U0018805

午夜圖書館

THE MIDNIGHT LIBRARY

MATT HAIG

麥特・海格 著　　章晉唯 譯

所有醫事人員
以及所有護理人員
感謝你們
——

《午夜圖書館》推薦語

這是一齣關於「未行之路」的故事，在主角諾拉即將終結的生命旅程裡，有了一個機會能夠重新走入那些曾經放棄選擇的人生。透過小說淺顯易懂的筆法，不強硬說教，而是以辯證式的對話引導自我醒覺，使得讀者更能夠投入角色，反思己身。

每個人都曾幻想過「如果當初沒有……我會不會……」，諾拉就和平凡的你我一樣，無時無刻不抱著後悔的有色眼鏡去看待當下的生活，但其實回憶就和想像一樣，有太多是憑空捏造的，而不是世界真實的全貌，且讓諾拉代替我們穿梭生死之間，在每一個取捨中學會放下，直到了悟我們的現在是最壞的，卻也是最好的。——李豪（詩人）

人生除了死亡，都是擦傷。擦傷要擦藥。

我喜歡讀書。

讀書多數時候，不一定可以幫我解決問題，但多數時候，讓我輕易逃離問題。而少數時候，當你可以短暫逃開，再回來的時候，你已經帶了答案，或者，答案已經不是那麼重要了。

我以前很喜歡圖書館，曾經想要把南一中圖書館的書全部看完，這個想要當然沒有達成，卻幾乎決定了我現在的樣子，我很習慣在每天的睡前看書，好讓自己短暫進到另一個世界，並因此感到眼前的世界稍稍安全，或者說，稍稍能夠忍受。

那麼問題來了，你會想待在這個世界嗎？你當然可以走開，可是在不知道另個世界有比較好之前，你要不要先試著用讀書的方式，走到另個地方，走到別的地方，走進別人的世界，在別人的生活裡待上一陣子。

這書被認為是二〇二〇年必須讀的九本小說之一，對我來說，就是個值得一去的地方。如果眼前不OK，一動也不動，就是挨著打，等著受傷，你要不要跟我一起用這書當OK繃呀？——盧建彰（詩人導演）

如果時間可以倒流，恍若不光一次在腦海裡這麼默許過，可真正倒流而事與願違的人生就會如願以償嗎？這本書如同潘朵拉盒子一樣，擁有著致命的吸引力，引導著徬徨後悔的人們重新尋找一次他們渴望的人生，去彌補當年遺憾的缺口。

或許有些遺憾是無法被救贖的，但值得慶幸的是，有趣的人生是可以經歷一次又一次的探索而獲得滿足，這本書就帶來了如此重大的意義和啟發。——蘇乙笙（作家）

隨著麥特．海格創造出來的故事不斷進展，我們可以客觀地看見，一次次不同的選擇，如何引領人生發展出一條條新支線。儘管有時，不同支線走到最後，仍走到了同個結局。

但本書也提醒了我們：當你有機會發現到，其實你走過的每一條路，都有一個屬於它自己獨特的「過程」時，我們的人生就瞬間充滿了「可能性」——而這正是許多正在低潮之中的人們最需要的。

過程構成了結果，而結果只是過程的一部分。我們在每個當下所做的選擇，其實遠比自

己所想得還有影響力。願每個在低潮中的讀者們，都能從這個故事中，找回屬於自己的更多可能性。——蘇益賢（臨床心理師）

有趣、也讓人舒心的故事。我們看到了充滿無限個機會，其中有新的選擇、新的生活方式，以及對我們來說全然不同的世界，這些或許正是身處擾攘和煩惱年代的人們迫切渴望的。——《紐約時報》（*The New York Times*）

如果時光可以倒流，我們真的會做出比較好的抉擇嗎？麥特．海格最新的小說讓人思索也讓人振奮，探討了帶有遺憾的人際關係，以及完美的生命需要什麼。——《哈潑時尚》（*Harper's Bazaar*）

麥特．海格最新作品是個迷人的當代故事，探討了我們大大小小的選擇將塑造生命，而我們的種種悔恨卻讓生命窒息。這個動人的小說能引起讀者的共鳴。——《書單》（*Booklist*）

對於總是無止盡思索「如果那時不這樣」的人，一定要讀的小說。——BookRiot 網站

諾拉的生命充滿了遺憾，她走進一座圖書館，裡面的每本書能夠讓她嘗試她可能擁有的生命，像是一位極地冰川學家、奧運游泳選手、搖滾明星，或者其他。在麥特．海格這部迷人的幻想故事裡，諾拉的探索終究肯定了生命。——《基督科學箴言報》（*Christian Science*

Monitor）

麥特・海格是我們當代探討心靈健康最重要、也最受歡迎的作家。他的這部最新小說，採用了聰明又迷人的概念，打造出溫暖的故事，如同米奇・艾爾邦最棒的作品，用貌似簡單的手法為我們帶來智慧。——英國《獨立報》（*Independent*）

這部小說將如同麥特・海格的其他作品，登上暢銷書之列。一點《雙面情人》（*Sliding Doors*），一點哲學的探索，這個動人的故事，內在要傳遞有力的心靈健康訊息。——英國《書商》雜誌（*The Bookseller*）

迷人之作，對日常萬物萬事的禮讚：日常小事、一般人、平凡選擇中埋藏的無限世界。——英國《衛報》（*The Guardian*）

優美的寓言。當我們每個人都深陷其中，卻又希望世界能有所改變，這個故事對於現實再貼近不過了。——茱迪・皮考特（Jodi Picoult），《姊姊的守護者》作者我想成就的自己，再怎麼努力也無法全部達成，我想體驗的生活再怎麼活也活不盡。再怎麼學習技能，我永遠都學不完。為什麼會想這麼做呢？因為在這一生中，我想擁有並感受各形各狀、各色各樣的事物，窮盡所有身心靈的經驗。

雪薇亞・普拉斯[1]

1 雪薇亞・普拉斯（Sylvia Plath, 1932-1963），美國詩人，以當代前衛的自白詩為名，死後詩作獲普立茲獎肯定。

「生死之間，有間圖書館。」她說，「圖書館中，書架無止無境。每本書都是機會，能讓你嘗試人生的另一種可能。讓你看看，如果你選擇走上另一條路，事情會如何發展……如果你有機會消除後悔，你會願意做出改變嗎？」

關於雨的對話

在溫暖的貝德福鎮，哈澤汀小學小巧的圖書館裡，諾拉．席德決定自殺的十九年前，她盯著矮桌上的棋盤。

「諾拉，你擔心未來很正常。」圖書館員愛爾姆女士說，雙眼閃爍著光芒，如映著陽光的冰霜。

愛爾姆女士下出第一手棋，騎士越過白色士兵整齊的陣列，站到前方。「當然，你會擔心考試的事，諾拉，但你未來大有可為。想想各種可能性。那很令人興奮啊。」

「對，我想是這樣沒錯。」

「整個人生都鋪展在你面前。」

「整個人生。」

「你想做什麼，想住哪都行。也許住到比較溫暖乾燥的地方。」

諾拉將士兵向前推兩格。

諾拉總是情不自禁將愛爾姆女士和自己的母親比較。媽媽對待她時，就像對待一個必須修正的錯誤。例如，諾拉還在襁褓，媽媽便擔心她左耳比右耳突出，不只拿膠帶貼起，還替她戴上羊毛軟帽遮住。

「我恨透這溼冷的天氣了。」愛爾姆女士又強調一番。

愛爾姆女士有著一頭灰色短髮，蒼白圓臉略帶皺紋，面容和善，身上穿著一件龜綠色的高領毛衣。她年紀很大了。但她也是整間學校中和諾拉最聊得來的人，就算外頭沒下雨，她也會在這間小巧的圖書館裡度過午休。

「天氣寒冷不一定代表潮溼。」諾拉跟她說，「南極洲是地球上最乾燥的大陸。嚴格來說，那裡是塊荒漠。」

「啊，聽起來挺適合你的。」

「我覺得那裡不夠遠。」

「啊，也許你可以當個太空人。在宇宙中旅行。」

諾拉露出笑容。「其他星球的雨下起來更可怕。」

「比貝德福郡更糟嗎？」

「金星會下硫酸雨。」

愛爾姆女士從手邊抽出張面紙，輕輕擤了擤鼻子。「看吧？你這麼聰明，一定什麼都辦得到。」

窗上有著斑斑雨滴，有個小諾拉兩年級的金髮男生跑過窗前，他不是在追人，便是有人在追他。諾拉的哥哥畢業後，她在外頭總感覺不安全。圖書館則像是文明的小堡壘。

「因為我不游泳，我爸覺得我放棄了一切。」

「我是不會這麼說啦，但這世界上除了游泳競速之外，還有好多事能做。你的人生還有許多不同的可能。像我上週說你可以當個冰河學家。我一直在查資料，然後——」

這時電話響了。

「等我一下。」愛爾姆女士溫柔地說，「我最好去看誰打來。」

過一會，諾拉看到愛爾姆女士接起電話。「對。她在這裡。」圖書館員表情驟變，一臉驚愕。她別開身子，但一字一句都清楚劃過靜悄悄的圖書館：「喔，不。不。我的天啊。沒問題……」

十九年後

門口的男子

諾拉．席德決定自殺的二十七小時前，她坐在破爛不堪的沙發上，滑手機看著其他人快樂的生活，無所事事。突然之間，有事找上門了。

不知何故，有人按了她門鈴。

她腦中閃過一個念頭，也許她家根本不該設門鈴。畢竟，雖然才晚上九點，但她已換上睡衣。她的睡衣是一件印著「生態戰士」的超大T恤和一條格子呢睡褲。

她套上室內拖鞋，想稍微得體一點，結果一開門發現站在門口的是個男人，而且她認得。那人身材高瘦，面容和善，有點男孩子氣，但眼神犀利明亮，彷彿能看穿一切。

諾拉很高興見到他，但也有點意外，尤其外頭天冷又下雨，但穿著運動服的他卻全身散發熱氣，滿是汗水。兩人站在門口，比起五秒鐘之前，諾拉覺得自己更邋遢了。

她剛才一直很寂寞。雖然她讀了不少存在主義哲學的書，相信在這本質上毫無意義的宇宙中，寂寞是身而為人的基礎，但諾拉很高興見到他。

「艾許。」她微笑說，「艾許，對吧？」

「對。沒錯。」

「你怎麼會來？很高興見到你。」

幾週前，她彈著電子琴時，艾許正巧跑過班科羅夫大道，從窗戶看到在門牌號碼33A公寓內的她，並朝她輕輕招手。好幾年前，艾許曾邀她喝咖啡。也許艾許現在又來約她了。

「我也很高興見到你。」但他眉頭深鎖，感覺不怎麼開心。

諾拉在店裡和他說話時，他態度總是輕鬆愉快，但他此時語氣沉重。他搔搔額頭，嘴中發出聲音，卻說不出話。

「你去跑步啊？」這是毫無意義的問題。很明顯，他剛才在慢跑。但他聽了，能暫時鬆口氣，說些無關緊要的話。

「對。我在練習貝德福半馬。這週日比賽。」

「對。太好了。我原本也考慮跑半馬，但後來想起來我討厭跑步。」

她在腦中想像時，這句話感覺很好笑，但真從口中說出，卻不是那麼回事。她甚至不討厭跑步。總而言之，她看到艾許嚴肅的神情，心裡忡忡不安。兩人沉默，氣氛不只尷尬而已。

「你跟我說過你養了隻貓。」他終於開口。

「對。我有養貓。」

「我記得牠的名字。伏爾泰[2]。橘毛虎斑貓？」

「對。我叫牠伏特。牠覺得伏爾泰這名字有點做作。後來發現，牠對十八世紀法國哲學和文學沒太大興趣。牠非常實際。你知道的，以貓來說。」

艾許低頭看著她的室內拖鞋。

「我想牠恐怕死了。」

2　伏爾泰（Voltaire, 1694-1778），法國啟蒙時代文史哲學家，他是啟蒙運動的領袖，也受尊稱為「法蘭西思想之父」。他思想上主要批判天主教會，反對君主制度，提倡言論自由。

「什麼？」

「牠躺在路邊動也不動。我從項圈看到名字。我想可能有輛車撞到牠。我很遺憾，諾拉。」

她害怕自己情緒驟然失控，於是臉上繼續掛著笑容，彷彿微笑能讓她留在剛才的世界，在那個世界裡，伏特仍活著，向她買歌本的男生來按門鈴是為了別的事。

她想起來了，艾許是外科醫生。不是獸醫，也不是一般家醫。如果他說死了，可能真的死了。

「我很遺憾。」

諾拉內心湧上熟悉的悲傷感。因為她在服用抗憂鬱藥舍曲林，所以沒哭出來。「天啊。」她幾乎忘了呼吸。她走上班科羅夫大道龜裂、潮溼的人行石板，看到可憐的橘毛貓倒在路緣旁積著雨水的柏油路上。牠的頭貼著人行道，四隻腳向後，彷彿追逐著幻想的鳥兒，跑到半途。

「喔，伏特。喔，不。天啊。」

諾拉知道該為自己的貓感到可憐和悲痛，也確實如此，但她不得不承認，內心還有別的感覺。她望著伏爾泰平靜安寧的表情，彷彿不再感到痛苦，內心黑暗深處不由自主浮現一種感覺。

嫉妒感。

弦理論

小時候，她父親會緊咬著牙，站在泳池邊，一下望向她，一下望向碼錶，督促女兒打破個人紀錄。這天下午，她上班遲到，上氣不接下氣跑進弦理論樂器店時，她忽然在茫茫記憶中想起，自己用盡全力後，父親那張充滿批判的臉。

「對不起。」她在破舊無窗的方形辦公室跟尼爾說，「我的貓死了。昨晚的事。我去埋葬牠。有人幫我埋了牠。但後來我在公寓獨自一人，睡不著覺，忘了設鬧鐘，中午醒來後才急急忙忙趕來。」

她說的都是真的，自己的樣子也不言自明。她沒化妝，馬尾是隨手綁的，十分凌亂，身上套著二手的綠色燈芯絨吊帶裙，她這一週工作都穿這件衣服。她渾身散發疲倦，一臉萬念俱灰。

尼爾從電腦前抬頭，身子靠向椅背。他雙手聚攏，食指相接形成一個三角形，放到下巴上，彷彿他是孔子，思考著宇宙中深奧的哲學真理，而不是一個在處理員工遲到問題的樂器店老闆。他身後牆上貼著一張巨幅的佛利伍麥克海報[3]，右上角的黏膠已失去黏性，海報像小狗的耳朵垂下。

3　佛利伍麥克（Fleetwood Mac）是支英美搖滾樂團，成軍於一九六七年，團員來來去去共有近二十名，也因此經歷各時期風格轉變，對流行搖滾有深刻的影響。

「諾拉，聽著，我喜歡你。」

尼爾是個好人。他年約五十，熱愛彈吉他，喜歡講冷笑話，常在店裡表演巴布．狄倫[4]的老歌，歌聲還算堪聽。

「我知道你精神上的狀況。」

「每個人精神上都有狀況。」

「你懂我的意思。」

「整體來說，我感覺好多了。」她說謊。「不到需要就醫的程度。醫生說這是面對各種情況的反應性憂鬱。只是我不斷在面對新的……情況。但我都沒請過病假。除了我媽……對。除了那時候。」

尼爾嘆口氣。他嘆氣時，鼻子會發出咻一聲。那聲音是個降B，散發不祥的氣息。「諾拉，你在這裡工作多久了？」

她非常清楚。「十二年……十一個月又三天。斷斷續續。」

「很長的一段時間。我覺得你應該追求更好的發展。你已經快四十歲了。」

「我才三十五歲。」

「你生活十分忙碌。你還教人彈鋼琴……」

「只有一個而已。」

他撥落毛衣上的麵包屑。

---

4 巴布．狄倫（Bob Dylan, 1941-），美國二十世紀最具影響力的創作歌手，六〇年代民權運動代表人物，也是二〇一六年諾貝爾文學獎得主。

「你以前就想像自己要待在家鄉，在一家店工作嗎？我的意思是，你十四歲的時候？你那時怎麼想像自己的未來？」

「十四歲？游泳選手。」她是國內十四歲蛙泳最快的選手，自由式第二快。她記得自己站上全國游泳錦標賽獎臺的那一刻。

「後來怎麼了？」

她閉上雙眼。她記得氯氣的味道，也記得只得第二名的失落。「壓力很大。」

「但壓力才會成就我們。人一開始就像煤炭，而壓力會讓人成為鑽石。」

關於鑽石生成的原理，諾拉不想糾正他。她沒告訴尼爾，煤炭和鑽石雖然都是由碳元素組成，但煤炭雜質太多，不論壓力多大都不可能成為鑽石。根據科學，你一開始是煤炭，最後也是煤炭。也許這才是人生真正的教訓。

她把鬆落的烏黑髮絲順手梳到馬尾裡。

「你想說什麼，尼爾？」

「追求夢想永遠不嫌晚。」

「我這夢想倒是來不及了。」

「你學經歷都非常好，諾拉。你有哲學學歷……」

諾拉低頭望著左手的痣。那顆痣和她經歷了一切，卻仍待在那裡，對世事毫不在乎。單單純當一顆痣。「我老實說，尼爾，貝德福對哲學家的需求量不大。」

「你讀過大學，在倫敦住了一年才回來。」

「我當時別無選擇。」

諾拉不想聊到她過世的母親。甚至不想提到丹。因為尼爾覺得諾拉在婚禮兩天前反悔，是繼科特和寇特妮之後[5]，最不可思議的愛情故事。

「我們全都有選擇。畢竟有個東西叫自由意識。」

「如果你相信命定論的話就不是。」

「但你為什麼選擇這裡？」

「不是這裡就是動物救援中心。這裡薪水比較高。而且，你知道的，音樂啊。」

「你以前組過樂團。跟你哥哥。」

「對。迷宮樂團。我們其實沒什麼發展。」

「跟你哥說的不大一樣。」

諾拉聽到大吃一驚。「喬？你怎麼——」

「他買了一臺放大器，Marshall DSL40。」

「什麼時候？」

「星期五。」

「他在貝德福？」

「除非我看到的是全息投影，像圖帕克[6]一樣。」

5 科特・柯本（Kurt Cobain, 1967-1994）是涅槃樂團（Nirvana）的主唱，寇特妮・樂芙（Courtney Love, 1964-）是洞（Hole）樂團主唱，兩人形象叛逆，當時婚姻蔚為一時熱門話題。

6 圖帕克（Tupac, 1971-1996）是美國西岸嘻哈音樂人，作品描繪種族、暴力、社會福利等議題，表達對於政治、社會和經濟問題的關切，於一九九六年遭人刺殺喪命。他對於嘻哈文化和社會影響力甚鉅，因此常有圖帕克仍活著，或以其他形式存活的傳說。

諾拉心想，她哥可能去找拉維。拉維是她哥最好的朋友。喬放棄吉他，去倫敦做一個他恨之入骨的 IT 工作時，拉維繼續留在貝德福。他現在組了個翻唱樂團叫第四號屠宰場，並在鎮上酒吧表演。

「好。真有趣。」

諾拉確定她哥知道她星期五休假。一想到此，她肚裡糾結一下。

「我在這裡很開心。」

「但你不開心。」

尼爾說得對。她的靈魂彷彿生了病，化膿潰爛。她思緒彷彿在嘔吐。她撐開臉上的笑容。

「我是說，我很高興自己有這份工作。我說高興的意思是，你知道的，我很滿足。尼爾，我需要這份工作。」

「你是個好人。你會為這個世界著想，會關心遊民和環境。」

「我需要工作。」

他又回到孔子的姿勢。「你需要自由。」

「我不想要自由。」

「這裡不是非營利組織。但我必須說，這家店正快速朝那方向邁進。」

「聽著，尼爾，這是關於另一週我說的話嗎？你說你需要把店裡現代化？我想到了一些能吸引年輕人——」

「不。」他斷然拒絕。「這地方以前就只賣吉他。『弦理論』，懂嗎？我後來讓店裡多元化，想辦法經營。只是現在時機不好，我不能雇你在店裡板著一張臭臉，客人都不想來了。」

「什麼？」

「諾拉，恐怕……」他頓了頓，彷彿用這段時間將斧頭高舉。「我要請你辭職了。」

活著就是折磨

諾拉漫步在貝德福街頭，尋找著存在的理由，這時天氣陰霾，烏雲密布，彷彿反應著她的心情。城鎮像是一條絕望的輸送帶。她經過抿石外牆的運動中心，她過世的父親曾在游泳池看她游泳。她經過曾帶丹去吃法士達的墨西哥餐廳，也經過母親帶她去治療的醫院。

丹昨天傳訊息給她。

諾拉，我想念你的聲音。我們聊聊好不好？丹

她回覆說，她現在瞎忙到天昏地暗（大笑）。但除此之外，她無言以對。不是因為諾拉對丹不再有感情，反而是因為她仍對丹有感情，不想再不小心傷害他。她毀了丹的人生。諾拉在婚禮前兩天反悔，不久之後，她收到丹喝醉酒傳來的訊息，丹跟她說我的生活一團混亂。

宇宙趨向混亂失序。那是基礎的熱力學定律。也許，那也是人生而存在的定律。

丟了工作後，更多鳥事將接踵而至。

風在樹間竊竊私語。

天空下起大雨。

她走向書報攤躲雨，內心深處有個預感，事情會變更糟。而好巧不巧，真給她說對了。

門

諾拉眨眼的一瞬間，在腦海中看到了父親，他緊盯著碼錶，彷彿在等她游到他跟前。她睜開雙眼，走進了書報攤。

「來躲雨嗎？」櫃檯後的女人問。

「對。」諾拉低著頭。她心中絕望滋長，像她無法承受的重擔。

架上放著《國家地理雜誌》。

她望著雜誌封面的黑洞照片時，發現那就是她。一個黑洞。一顆瀕死的恆星，自我塌縮。

她爸以前訂過這本雜誌。她記得自己為斯瓦爾巴的一篇文章著迷，那是北極海上挪威的群島。她從來沒見過如此偏僻遙遠的地方。她讀到科學家在那研究冰河、峽灣和海鸚。後來因為愛爾姆女士鼓勵，她決定要成為冰河學家。

諾拉看到哥哥的朋友拉維，他也是他們之前樂團的團員。拉維站在音樂雜誌旁，專注看著一篇文章。她駐足太久，趕緊走開時，聽到拉維叫她：「諾拉？」

「拉維，嗨。我聽說喬前幾天在貝德福。」

他微微點個頭。「對。」

「他……嗯，你有見到他嗎？」

「我們見了面。」

兩人一陣沉默，諾拉感到心痛。「他沒告訴我他要來。」

「只是經過而已。」

「他好嗎？」

拉維頓了頓。諾拉以前很喜歡他，他是哥哥忠實的好友。但諾拉和喬有點心結。他們鬧得不歡而散。諾拉向他坦承自己要退出樂團時，哥哥在排練室將鼓棒扔到地上，氣呼呼離去。

「我覺得他不大開心。」

諾拉想到哥哥可能和她一樣難過，心中感到沉重。

「他最近情緒不穩。」拉維語帶憤怒，繼續說道，「他不得不從牧羊人叢林區的鞋盒式建築搬走。畢竟他沒辦法成為成功搖滾樂團的主吉他手。聽著，我也沒錢。酒吧表演現在都沒酬勞了。就算你答應要掃廁所也一樣。你有掃過酒吧廁所嗎，諾拉？」

「如果我們在比慘，我最近也不好過。」

拉維邊咳邊乾笑幾聲。「我眼淚都要為你流下來了。」

她沒心情開玩笑。「你是不是在說迷宮樂團的事？你還在氣？」

「樂團對我來說很重要。對你哥、對我們所有人都很重要。我們那時要跟環球簽約了。都水到渠成了。我們可以出專輯、單曲、巡迴、宣傳。我們搞不好就是下一個酷玩樂團。」

「你討厭酷玩樂團。」

「那不是重點。我們也許早就在馬里布，而不是困在貝德福。所以，對，你哥現在不想見到你。」

「我那時恐慌症發作。最後大家一定會對我大失所望。我叫唱片公司放棄我，簽下你們倆。我也答應要繼續寫歌。訂婚不是我的錯。我那時和丹在一起。那其實才是談不成的關鍵。」

「哼，對啊。後來一定很順利吧？」

「拉維，你這樣說不公道。」

「公道。真是個好詞。」

櫃檯後的女人津津有味看著這齣好戲。

「樂團不會長久。我們就像流星雨，才開始就會結束了。」

「流星雨他媽的超美。」

「別這樣。你還是和艾拉在一起，不是嗎？」

「我可以和艾拉在一起，並且在一個成功的樂團裡，賺進大把鈔票。我們明明就有機會。機會就在眼前。」他指著自己的手掌。「我們的歌大受好評。」

諾拉好恨自己在心底默默把「我們的」改成「我的」。

「我覺得你的問題不是舞臺恐懼，也不是婚禮恐懼。我覺得你的問題是對人生感到恐懼。」

拉維說到她的痛處。諾拉聽到這句話幾乎無法呼吸。

她聲音顫抖著回嘴：「我覺得，你的問題是把自己悲慘的人生怪罪到別人身上。」

他點點頭，彷彿被打了一巴掌，並把雜誌放回去。「再見，諾拉。」

他離開書報攤，走入雨中時，諾拉說：「幫我跟喬問好。拜託。」

她看到《你家貓》的雜誌封面，上頭是一隻橘貓。她腦中一陣嗡鳴，彷彿響起一首狂飆突進時期[7]的交響樂，彷彿有個德國作曲家困在腦中，製造混亂和緊張。

櫃檯後的女人說了些什麼，她沒聽到。

「什麼？」

「你是諾拉吧。諾拉．席德？」

那女人留著金色的鮑伯頭，深色皮膚塗抹了仿曬乳液，看起來快樂、自在又放鬆，諾拉已不知道該如何找回這樣的自己。女人的前臂靠在櫃檯上，彷彿諾拉是動物園裡的狐猴。

「對。」

「我是凱莉安。我記得我們讀同一所學校。你是游泳的那個。超聰明的。那個誰……布蘭弗先生不是有次在朝會表揚過你？說你最後會進奧運？」

諾拉點點頭。

「所以你有進奧運嗎？」

「嗯，我後來放棄了。我那時……對音樂更有興趣。人生無常。」

「那你現在在做什麼？」

「我……東做做、西做做。」

「成家了嗎？有丈夫？孩子？」

諾拉搖搖頭，乾脆把頭搖斷，腦袋最好掉到地上算了。如此一來，她就再也不用和陌生

7　狂飆突進運動（Sturm und Drang）發生在一七六〇年代到一七八〇年代，德國城市青年所進行的文藝解放運動，這時的文藝發展形式從古典主義走向浪漫主義，反對封建和傳統，追求自然，強調情感衝突，風格真摯熱烈。

人對話。

「唉呀，別浪費時間。時間滴答滴答就過去了。」

「我現在三十五歲。」她好希望伊琪在這裡。伊琪從來不受這種鳥氣。「我不確定自己想要——」

「我和傑克像兔子一樣定不下來，但最後終於生了兔崽子。生了兩個小惡魔。但很值得，你知道嗎？我心裡感覺完整了。我可以給你看照片。」

「我看手機會……頭痛。」

丹原本想要孩子。諾拉則不確定。她對於為人母親感到恐懼。她害怕自己陷入更深的憂鬱。她無法照顧好自己，遑論其他人。

「所以你還待在貝德福？」

「嗯。」

「我以為你會離開這裡。」

「我回來了。我媽生病了。」

「噢，真遺憾。她現在康復了嗎？」

「我要走了。」

「可是外頭還在下雨。」

諾拉逃出書報攤。她好希望面前有一道道門，讓她一次次穿越，將一切拋諸腦後。

如何成為黑洞

諾拉彷彿不斷墜落，而且找不到人傾訴。

她最終的希望落在她之前最好的朋友伊琪身上。伊琪如今遠在距離一萬公里外的澳洲。她們兩人關係已落入冰點。

她拿出手機，傳訊給伊琪。

嗨，伊琪，好久沒聊天了。好想念你，朋友。近況如何，期待聽到你的消息。X

她又加了另一個「X」，代表獻上親吻，並按下傳送。

不到一分鐘，伊琪已讀。諾拉等待螢幕出現三個點，代表對方打字中，但卻沒看到。

她經過電影院，今晚上播映萊恩．貝里的新電影。那是一部老掉牙的西部浪漫喜劇，片名叫《最後機會酒館》。

萊恩．貝里的臉彷彿洞悉人生深奧且重要的道理。自從諾拉在電視上看到他在《雅典人》中飾演時時沉思的柏拉圖，並在訪談中說自己對哲學略有研究，便深深愛上他。她曾幻想兩人在他西好萊塢按摩浴缸的濛濛蒸氣中，深談亨利．大衛．梭羅[8]的思想。

「自信朝著夢想的方向前進。」梭羅曾說，「活你想像中的人生。」

8 梭羅（Henry David Thoreau, 1817-1862）是美國哲學家和詩人，超驗主義代表人物，思想充滿對大自然的關懷，知名著作為《湖濱散記》。

梭羅是她最喜歡研究的哲學家。但誰真能自信朝著自己夢想的方向前進？唯獨梭羅。他住到森林中，和外在世界斷絕聯繫，坐在大自然中，寫作、劈柴和釣魚。但兩世紀之前，在麻州康科德的生活，可能比貝德福郡貝德福市的現代生活簡單許多。

也許沒那麼簡單。

也許其實她真的很爛，人生一團糟。

好幾個小時過去。她想找個目標，找到讓自己存在的理由。但她一無所獲。兩天前她把幫班納傑先生拿藥當作小目標，現在她甚至連這都放棄了。她想給遊民一些錢，卻發現自己身無分文。

「開心點，親愛的，未來也許什麼都不會發生。」有人說。

她在心底對自己說，什麼都沒發生，那正是問題所在。

反物質

她決定自殺的五小時前，正在回家的路上，手中的手機震動。

也許是伊琪。也許拉維要哥哥和她聯絡。

都不是。

「喔，嗨，朵琳。」

朵琳的聲音激動：「你在哪裡？」

她全忘了。現在幾點了？

「我今天過得真的很糟。對不起。」

「我們在你公寓外頭等了一小時。」

「我回去還是可以教里歐。再五分鐘就到了。」

「太晚了。他接下來要和他爸在一起三天。」

「喔，對不起。我真的很抱歉。」

她的道歉像瀑布一樣從口中傾瀉。她彷彿在內心溺水。

「老實說，諾拉，他在考慮放棄。」

「但他彈得很好。」

「他真的很喜歡。但他太忙了，又要考試、又要和朋友玩、又要踢美式足球。有些事勢必要放棄……」

「他真的很有天分。我已經教到他能彈蕭邦了。拜託——」

電話另一頭傳來深深的嘆息。「再見，諾拉。」

諾拉想像地面裂開，自己落入地殼、地函，最後直入地核，壓縮成堅硬、毫無感覺的金屬。

諾拉決定自殺的四個小時前，經過年邁的鄰居班納傑先生面前。

班納傑先生八十四歲。他身子很虛弱，但動過臀部手術之後，稍微能行動。

「外頭天氣很糟，對吧？」

「對。」諾拉喃喃說。

他望向花床。「不過鳶尾花開了。」

諾拉望向紫色的花朵，擠出笑容，心裡不覺得花朵能給她任何安慰。

班納傑先生眼鏡後的雙眼疲憊。他站在門口，掏著鑰匙，手上拿著購物袋，裡頭裝著一瓶牛奶，這似乎對他來說太重了。很難得看到他出門。諾拉住到這裡第一個月曾拜訪他，幫他設定線上日常用品購物網站。

「喔。」他現在說，「我有好消息。我不需要你幫我拿藥了。藥劑師搬到附近，他說他會順便幫我把藥拿來。」

諾拉想回答，卻說不出話。於是她點點頭。

就這樣了。沒人需要她。對宇宙而言，她的存在是多餘的。

她進到公寓，四下寂靜。房裡都是貓食的氣味，伏爾泰的貓碗仍在地上，飼料仍剩一半。她倒杯水，吞下兩顆抗憂鬱藥，盯著剩下的藥沉思。

她決定自殺前三小時，全身發疼，滿心懊悔，彷彿她腦中的絕望也擴散到身體和四肢，彷彿占領身體每一寸。

這時諾拉想起，少了她，所有人都過得更好。靠近黑洞之後，重力會將你拉入冰冷黑暗的現實之中。

思緒一波波襲來，腦袋彷彿抽了筋，她全身好不舒服，難以忍受，又無法忽略。

諾拉看了看社群軟體。沒有訊息、留言和追蹤，也沒有好友邀請。她彷彿是自怨自艾的反物質。

她點開ＩＧ，看到除了她以外，所有人都懂得該如何生活。她在臉書上隨手留下一段話，其實她甚至不大用臉書了。

她決定自殺前兩小時，打開了一瓶紅酒。

以前的哲學教科書在她上方，那是大學時期留下的鬼魂，當時人生仍充滿可能性。房裡有株斑葉尤加，還有三盆小巧方正的仙人掌。她想像自己如果是無心的生命形體，成天在盆栽中過活，可能比較容易。

她坐到小型電子琴前，但沒彈奏任何樂曲。她想起自己坐在里歐身旁，教他彈蕭邦Ｅ小調前奏曲的時光。物換星移，快樂的日子也變得令人心痛。

音樂家常有一個說法，鋼琴上沒有一個音是錯的。但她的人生卻是一連串刺耳的音符。這首曲子原本能悅耳動聽，現在卻事與願違。

時間一分一秒流逝。她望著空蕩蕩的房間。

喝完酒，她突然恍然大悟。她不適合這段人生。

她的每一步都是錯誤，每一個決定都是災難，每一天都離她想成為的自己更遠。

游泳選手、音樂家、哲學家、妻子、旅人、冰河學家、快樂、被愛。

一無所成。

她甚至當不好「貓飼主」，或「一週一小時的鋼琴家教」，或「能聊天的人類」。

藥沒效。

她喝完酒。喝完了整瓶酒。

「我想你。」她朝空氣說，彷彿她愛過的每個人的靈魂，都和她在房中。

諾拉打電話給哥哥，他沒接，她便留了言。

「我愛你，喬。我只是希望你知道這點。你其實也無能為力。這是我自己的問題。謝謝你是我哥。我愛你。拜。」

外頭又開始下雨，窗簾已拉開，她坐在原地，望著窗玻璃上的雨滴。

時間是十一點二十二分。

她心裡只有一件事確定。她不想活到明天。她站起身，拿起一枝筆和一張紙。

她決定，現在自殺最好。

敬啟者

我曾有機會在人生中成就一番事業，結果我全搞砸了。由於我毫不珍惜機會，再加上命運多舛，世界已放棄了我，所以我現在放棄世界也算合情合理。

如果我找到留下的理由，我一定會留下，但我沒找到。所以我不能留下。我總害大家生活變得更慘。

我毫無貢獻。對不起。

善待彼此吧。

拜了。

諾拉

0點0分0秒

起初雲霧濃密，她什麼都看不見，後來她漸漸看到兩側的圓柱。她站在一條類似柱廊的走道上。圓柱呈現腦灰質的顏色，散放著亮藍的光點。霧氣像不願被人看到的鬼魂漸漸散去，霧中浮現一個淡淡的輪廓。

篤實方形的輪廓。

那是一棟建築物，大約像教堂或小型超市的大小。建築正面以石磚砌成，顏色和圓柱一樣，中央有道巨大的木門，屋頂雄偉華麗，設計精緻，山牆上有面大鐘，鐘面上有著黑亮的羅馬數字，指針顯示午夜零點整。建築的拱窗高大漆黑，窗旁石磚等距排列，延伸到牆邊。她第一眼見到時，以為建築物只有四扇窗，但過一會，她發現這棟房子有五扇窗。她覺得自己剛才一定數錯了。

四周空無一物，諾拉也無處可去，於是她小心翼翼走向那棟建築。

她低頭看了一下自己電子錶上的數字。

0點0分0秒

如大鐘所示，現在是午夜。

她等待時間向前一秒，但時間停留在午夜。就連她走向建築，打開木門，走入門中，錶上的數字都沒變化。不是她錶壞了，便是時間出了差錯。此時，兩者都有可能。

她心想，怎麼了？到底發生什麼事？

她心想，也許這地方會有答案。她走入建築物中，裡面燈火通明，地面是淡色的石地，顏色大概介於淡黃和奶茶色之間，像是古老的紙頁。但她進到裡面，沒看到剛才所見的窗戶。其實，她往屋內走幾步之後，牆面就不見了。屋裡全是書架。諾拉現在走在一條寬敞的走道上，一排又一排的書架向四周延伸，並延續到天花板。她轉入其中一條走道，停下腳步，疑惑地望著滿坑滿谷的書本。

到處都是書，書架木板相對輕薄，彷彿不存在。每一本書都是綠色書皮，有著深淺不同的層次。有的是明亮的黃綠色，有的是深濃的祖母綠，有的則像夏日的草坪，呈現青翠的色澤。

說到夏日草坪。書本看似陳舊，但圖書館中的空氣格外清新。屋里並未瀰漫著塵封古書的氣味，反而散發蒼翠蔥鬱的樹木氣味，像在戶外一般。

書架真的無窮無盡，筆直延伸到遠方的地平線。除了中途偶爾出現的走廊，書架毫不間斷，像是美術課所教的透視法線條。

她隨便選了條走道，順著走道向前。到了下一個路口，她向左轉，有點迷失了方向。她尋找出口，但四周都沒有出口標示。她試著回溯自己的來時路，但根本不可能。

最後她確定自己找不到出口了。

「這太詭異了。」她對自己說，並從自己的聲音尋求安慰。「真的太詭異了。」

諾拉停下腳步，走近一排書。

書上沒有標題，也沒有作者名字。除了顏色之外，每本書唯一的差別是厚薄。書的高度都一樣，但厚度不同，有的書脊有兩寸厚，有的卻薄得出奇。有一、兩本書跟小冊子一樣薄。

她選了一本大小適中的書，書皮呈灰暗的橄欖綠色，表面陳舊破爛，看似帶點灰塵。她書還沒拿下書架，便聽到身後傳來個聲音。她嚇得向後一跳。

「小心。」那聲音說。

諾拉轉身去看是誰。

圖書館員

「拜託。你一定要小心。」

那女人似乎憑空出現，她服裝整潔，留著一頭灰色短髮，身上穿著龜綠色的高領毛衣。若要諾拉說，年紀大約六十歲。

「你是誰？」

但她問題還沒問完，便發覺自己早已知道答案。

「我是圖書館員。」那女人靦腆答道，「如此而已。」

她態度親切，面容嚴肅又散發智慧。她留著同樣俐落的灰色短髮，長相和諾拉印象中一模一樣。

站在她面前的不是別人，正是她以前學校的圖書館員。

「愛爾姆女士。」

愛爾姆女士露出淡淡微笑。「也許是吧。」

諾拉記得雨天午後和她下棋的時光。

她記得她父親過世那天，愛爾姆女士在圖書館溫柔地告訴她這不幸的消息。她父親在男子寄宿學校橄欖球場教學時，突然心臟病發。聽到消息之後，她愣了半小時，茫然望著下到一半的棋局。起初事實太過震撼，她無法吸收，後來她內心感到巨大的衝擊，情緒潰堤。她緊緊抱著愛爾姆女士，埋頭在她毛衣中痛哭，最後她雙頰紅腫，臉上滿是淚水和毛衣纖維。

愛爾姆女士抱著她，像照顧寶寶一樣摸著她的後腦，沒說些陳腔濫調或虛假的安慰，只表達發自肺腑的關心。她記得愛爾姆女士當時告訴她：「事情會好轉的，諾拉。不會有事的。」

一小時之後，諾拉的母親來接她，她哥哥神情恍惚，怔怔坐在後座。諾拉坐在前座，她母親坐在她旁邊，不斷顫抖，不發一語。諾拉不斷說著她愛她，卻沒得到回應。

「這是什麼地方？我在哪裡？」

愛爾姆女士露出非常正式的笑容。「當然是圖書館了。」

「這裡不是學校圖書館。而且這裡沒有出口。我死了嗎？這是死後的世界嗎？」

「不算是。」愛爾姆女士說。

「我不懂。」

「那容我解釋吧。」

愛爾姆女士說著，雙眼亮了起來，像月光下的水坑閃閃發光。

「生死之間，有間圖書館。」她說，「圖書館中，書架無止無境。每本書都是機會，能讓你嘗試人生的另一種可能。讓你看看，如果你選擇走上另一條路，事情會如何發展……如果你有機會消除後悔，你會願意做出改變嗎？」

「所以我死了嗎？」諾拉問。

愛爾姆女士搖搖頭。「沒有。仔細聽好。生死之間。」她手比向走道遠方。「外頭便是死亡。」

「好，我應該往那走。因為我想死。」諾拉邁出腳步。

但愛爾姆女士搖頭。「死不是那樣。」

「為什麼？」

「你不能走向死亡。死亡會來找你。」

看來就連想死，諾拉都做不好。

這感覺好熟悉。處處都未完成的感覺，彷彿一張未拼完的人形拼圖。活得不完整，死得也不完整。

「所以我為何沒死？為何死亡沒找上我？我邀請它上門。我想死。但我卻在這裡，還存在。我還是感受得到事物。」

「你也別糾結，你可能差不多快死了。不論是生是死，來到圖書館的人通常不會待太久。」

諾拉回想起來，她一想到自己，腦中都是她無法成為的人，或她無法達成的成就。她最近愈來愈常有這念頭。她半途而廢的事情非常多，並一直在腦中重複懊悔。我沒有成為奧運游泳選手。我沒有成為冰河學家。我沒有成為丹的妻子。我沒有成為母親。我沒有成為迷宮樂團的主唱。我沒有成為善良快樂的人。我沒有辦法照顧好伏爾泰。沒想到如今，她甚至連死都辦不到。她這一生浪費多少可能性啊，真要說起來，她其實很可悲。

「諾拉，只要午夜圖書館還在，你就還沒死。現在你可以決定你想過的生活。」

移動的書架

諾拉兩側的書架開始移動。書架角度不變，只是不斷滑動。也許書架根本沒動，但書在動，只是她看不出原因，甚至不知如何辦到的。她看不出任何機關，沒聽到、也沒看到有書從書架落下，甚至連晃動都沒有。書本依據位置有不同的滑動速度，但都很緩慢。

「怎麼了？」

愛爾姆女士板起臉，挺起胸膛，下巴略收。她朝諾拉走近一步，雙手交握。「該開始了，親愛的。」

「不好意思，我問一下，到底開始什麼？」

「每一段人生都有數百萬個選擇。有的大，有的小。但每次決定之後，結局都不同。每一次選擇都會產生無法回溯的變化，因此也會造成更多變數。這些書能開啟你人生中所有的道路。」

「什麼？」

「你擁有多少可能性，便有多少種人生。這裡的人生代表你做出不同的選擇，導致了不同的結局。你只要有件事不一樣，就會有不一樣的人生故事。這一切全都收藏在午夜圖書館。它們全和你的人生一樣真實。」

「平行人生？」

「不一定平行。有些甚至……垂直。所以你想選個你原本能有的人生嗎？你想擁有不同的選擇嗎？有什麼事你希望改變？你犯過什麼錯嗎？」

這問題的答案很簡單。「有。每件事都大錯特錯。」

圖書館員聽了這答案，好像鼻子癢。

愛爾姆女士手忙腳亂地從毛衣袖子抽出衛生紙。她迅速拿到臉前，擤了鼻涕。

「保重。」諾拉說，她發現圖書館員一擤完，不知透過何種神奇又衛生的魔法，衛生紙隨即在她手中消失。

「別擔心，衛生紙和人生一樣抽不完。」愛爾姆女士再次沉思。「只要改變一件事，通常就代表改變一切。不論我們多努力，人生都無法重來……但你現在不在人生之中。你已跳脫到人生之外。諾拉，這是你的機會，你可以趁此機會，看看事情能如何發展。」

諾拉心想，這絕對不是真的。

愛爾姆女士似乎知道她在想什麼。

「喔，這是真實的，諾拉．席德。但你眼前的現實，和你所理解的現實不同。最好的說法是，這裡既不是生，也不是死，而是處於生死之間。這和傳統概念上的現實世界不同，但也不是一場夢，無法用非黑即白來解釋。簡而言之，這裡是午夜圖書館。」

緩慢移動的書架戛然而止。諾拉注意到她右邊肩膀高度的書架上，有個巨大的空位。四周其他區域的書都一本本整齊排列，但她右邊白色輕薄的書架上只平放著一本書。

這本書不像其他書，書皮不是綠色，而是灰色，像濃霧中這棟建築正面的石磚。

愛爾姆女士將書從書架上拿下，交給諾拉。她臉上露出自信和期待，彷彿那是耶誕節禮物。

看愛爾姆女士拿著時，書好像很輕，但拿在手中，書比想像中沉重。諾拉伸手想翻開書頁。

愛爾姆女士搖搖頭。

「你一定要等我開口。」

「為什麼？」

「除了其中一本之外，圖書館中每本書都是你人生的某個版本。這間圖書館是你的，也為你存在。每個人的人生都可能有無數條路。架上的書都是你的人生，全從同一時間開始，也就是現在，四月二十八日星期二的午夜。但這些午夜都有不同的可能。有的很類似，有的非常不同。」

「這太瘋狂了。」諾拉說，「除了其中一本？這本嗎？」諾拉將石磚色的書拿向愛爾姆女士。

愛爾姆女士一臉驚訝。「對。就是這本。這本書你沒動手寫下任何一字，卻是你寫的。」

「什麼？」

「這本書是你所有問題的源頭，以及所有的答案。」

「這是什麼？」

「親愛的，這本書叫《後悔之書》。」

《後悔之書》

諾拉盯著書，她現在看到了。書封上有幾個小巧的浮雕字。

《後悔之書》

「從你出生以來，你所有的後悔都記錄在這本書中。」愛爾姆女士說著，手指在書封點了點。「我現在允許你打開。」

書很重，諾拉盤腿坐在地上，將書打開。她開始讀書裡的內容。書依照她的年齡分章節，從零歲、一歲、二歲、三歲……一路到三十五歲。隨著書的章節增加，每一年的內容都愈厚。但她累積的後悔不一定和那年相關。

「後悔會跨越時間。它們會縈繞不散。順序會不斷更動。」

「對，沒錯，我覺得很有道理。」

她馬上發現，書中的後悔小至日常瑣事（我後悔今天沒做運動），大至人生大事（我後悔沒在父親生前告訴他我愛他）。

背景還有許多大大小小的後悔，延續好幾頁。「我後悔沒待在迷宮樂團，讓哥哥失望。」「我後悔放棄迷宮樂團，讓自己失望。」「我後悔沒為環境多盡一點心力。」「我後悔自己將時間花在社群媒體上。」「我後悔沒和伊琪去澳洲。」「我後悔沒在年輕時多玩一點。」「我後悔和父親吵架。」「我後悔沒有去做動物相關的工作。」「我後悔在大學沒念地質系，反而念了哲學系。」「我後悔沒學著當個更快樂的人。」「我後悔感到如此有罪惡感。」「我後悔沒有堅持學好西文。」「我後悔在普教高級程度課程中沒選科學。」「我後悔沒成為冰河學家。」「我後悔沒結婚。」「我後悔沒申請劍橋哲學研究所。」「我後悔沒照顧好健康。」「我後悔搬去倫敦。」「我後悔沒去巴黎教英文。」「我後悔沒寫完大學開始寫的小說。」「我後悔搬離倫敦。」「我後悔找了個沒前途的工作。」「我後悔沒當個更好的妹妹。」「我後悔讀完大學沒去壯遊。」「我後悔讓父親失望。」「我後悔我教鋼琴的時間比練琴還多。」「我後悔沒做好財務管理。」「我後悔沒住在鄉下。」

有的後悔比其他顏色淡。而有個後悔原本看不見，後來變粗體，又再次消失，彷彿在她眼前不斷閃爍。那個後悔是「我後悔還沒有小孩」。

愛爾姆女士彷彿再次讀到她的心，說道：「那份後悔有時在，有時不在。有些後悔是這樣。」

三十四歲後是書本後半最長的章節，有許多關於丹的後悔。字跡粗重清晰，在她腦中像是海頓協奏曲以極強音演奏。

「我後悔對丹那麼殘忍。」「我後悔和丹分手。」「我後悔沒和丹在鄉下酒吧生活。」

她一行行看下去，想起這個她差點嫁的男人。

後悔超載

她和伊琪住在圖丁時遇到丹。他蓄短鬚，有著大大的笑容，外表上看來像電視上的獸醫。他個性有趣，充滿好奇心。他會喝點酒，但似乎永遠不會宿醉。

他以前學過藝術史，運用魯本斯和丁托列托[9]的知識，當上了蛋白質穀物棒公司的公關長。不過，他確實有個夢想。他的夢想是在鄉下經營酒吧。他想和諾拉一起分享。

諾拉受他的熱情打動，和他訂了婚。但突然之間，她發現自己不想嫁給丹。

諾拉內心深處害怕自己變得和母親一樣。她不想複製父母親的婚姻。

諾拉怔怔望著《後悔之書》，不知道她父母究竟有沒有愛過彼此，也不知道他們結婚，是不是因為只是時候到了，便找個身邊單身的人結婚了，就像在音樂停止前，抓住身旁第一個人。

她永遠不想玩那個遊戲。

英國哲學家伯特蘭．羅素曾寫道：「害怕愛便是害怕人生，害怕人生的人有四分之三已經死了。」也許那便是她的問題。也許她只是害怕生活。不過伯特蘭．羅素的老婆和情人比吃過的飯還多，也許他沒資格給建議。

9 魯本斯（Peter Paul Rubens, 1577-1640），法蘭德斯畫家，法蘭德斯巴洛克畫派最具影響力的人物。丁托列托（Tintoretto, 1518-1594），義大利文藝復興畫家，風格大膽且充滿戲劇性，威尼斯畫派三傑之一。

母親在她婚禮前三個月過世，諾拉悲痛欲絕。她曾暗示丹，結婚日應該延後，但不知何故，日子並未更動。諾拉在悲傷和焦慮交攻之下，感到生活無法由自己掌控。婚禮彷彿是內心混亂的一個症狀，她感到自己被綁在一條火車鐵軌上，如果要解開繩索，掙脫束縛，奔向自由，就只能從婚禮中脫身。但話說回來，她放棄和伊琪去澳洲的計畫，讓伊琪失望，孤身一人待在貝德福，養隻貓，在弦理論商店上班，這樣的生活完全和自由背道而馳。

「喔，不妙。」愛爾姆女士打斷諾拉的思緒。「這對你來說負荷太大了。」

突然之間，她再次感到內心深沉的悔意，並再次感到她讓大家和自己失望。不到一小時前，她便是想擺脫這種折騰。後悔同一時間湧上心頭，甚至比她在貝德福渾噩度日時還更痛苦，那股力量層層累積，令人難以忍受。罪惡感、懊悔和悲傷無比強烈，她雙眼緊閉，放下沉重的書，雙手撐著身子，身體向後。她幾乎無法呼吸，彷彿有雙看不見的手掐住脖子。

「讓它停下來！」

「合上書。」愛爾姆女士說。「合上書。不要只閉上眼。合上書，你必須自己來。」

諾拉覺得快昏倒了，她坐起來，手伸到封面底下，感覺書現在變得更沉重了，她設法合上書，心口一鬆，大抽了一口氣。

所有生活由此開始

「所以呢？」

愛爾姆女士雙臂交叉。雖然她的長相和諾拉熟悉的愛爾姆女士一樣，但她的舉止確實更粗魯。她是愛爾姆女士，但也不完全是，這令諾拉無比困惑。

「所以什麼？」她仍喘著氣，不過身體已放鬆，因為她不再感到自己所有的後悔。

「哪個後悔最痛？你想收回哪個決定？你想要試試看怎樣的人生？」

她就是這麼說的，一字不差。試試看，好像在服飾店裡，諾拉可以像選T恤一樣選個人生。感覺是個很殘酷的遊戲。

「太痛苦了。我感覺自己要被勒死了。這有什麼意義？」

諾拉抬頭，她第一次注意到燈。她們上方有一盞盞燈泡，從尋常的淡灰色天花板垂吊而下，只是天花板並沒有接觸任何牆面。和地面一樣向四周延伸，毫無止境。

「重點是，你的人生也許會就此劃下句點。你一心尋死，這次你搞不好真的會死。而你會需要一個地方落腳，會需要另一段人生。所以你現在必須仔細思考。這間圖書館叫作午夜圖書館。這裡供選擇的新人生都是從此時此刻開始。換言之，你選擇的未來都會從午夜零點開始。這間圖書館所收藏的那一本本書，都代表著未來，記載著你不同人生的現在及未來。」

「所以裡面都沒有過去？」

「沒有。只有結果。但過去同樣寫在書裡，每一本我都十分熟悉，只是那些書你不能看。」

「每一段人生何時結束？」

「可能只有幾秒，或好幾小時，或好幾天，也可能好幾個月以上。如果你找到想度過的人生，那你可以就此活到老死。如果你真心想活在那段人生，不需要擔心。你會留在那段人生中，彷彿不曾離開過。因為在某個宇宙中，你確實一直都存在。簡單來說，有點像借貸或禮物，那本書永遠不會自動歸還，當你發自內心想要那段人生，那麼現在你腦海中的一切，包括這間午夜圖書館，最終都將化為模糊且難以捉摸的記憶，宛如不曾存在過似的。」

頭頂上有盞燈閃爍。

愛爾姆女士表情一沉，繼續說：「唯一的危險便是待在這裡，介於生死之間。如果你失去意志，不想繼續下去，便會影響你原本的生命，也就是你現實的生命。這地方會因此毀滅。你也將喪失生命，永遠消失，再也無法回到這裡，也不再有任何選擇。」

「那就是我想要的。我想要一死了之。我想死，所以我才自殺，所以我才吃下大量的藥物。我想死。」

「也許是，也許不是。畢竟你還在這裡。」

諾拉試著在腦中理解這一切。「所以我要怎麼回到這間圖書館？如果我發現我選的人生比過去的人生還糟怎麼辦？」

「只要你感到徹底失望，你會不知不覺回到這裡。有時失望的感覺會慢慢累積，有時會恍然大悟。如果你一直都很滿足，你便會留在當下，真心快樂過著生活。一翻兩瞪眼。所以選個人生的轉捩點吧，哪件事你想做出不同的選擇，我會替你找到那本書和那段人生。」

諾拉低頭望著放在黃褐色地磚上的《後悔之書》。

她記得和丹在深夜聊著他的夢想，他想在鄉下擁有一家小巧酒吧。他的熱情感染了諾拉，彷彿那也成了諾拉的夢想。「我希望我沒離開丹，還是和他在一起。我後悔沒有和他繼續在一起，努力朝夢想前進。這裡有我們仍在一起的人生嗎？」

「當然有。」愛爾姆女士說。

圖書館的書再次移動，書架彷彿是輸送帶一樣。但這次不像婚禮進行曲那麼慢，書架移動愈來愈快，最後完全看不清任何一本書，一眼望去，只看到一面模糊的綠牆。

剎那間，書架停止了。

愛爾姆女士蹲下，從左邊下層書架拿起一本書。那本書的封皮呈深綠色。她把書交給諾拉。雖然書的大小差不多，但那本書比《後悔之書》要輕得多。書脊同樣沒有書名，但封面有排浮雕的小字，和書本其他處呈現同樣的顏色。

上面寫著：**我的人生**。

「但這不是我的人生……」

「噢，諾拉，這全都是你的人生。」

「我現在該怎麼做？」

「你打開書，翻到第一頁。」

諾拉照做了。

「好。」愛爾姆女士說，語氣簡短謹慎。「現在唸第一行字。」

諾拉低頭讀。

她走出酒吧，走入涼爽的夜……

諾拉心裡才剛想著：「酒吧？」一切便發生了。文字開始快速飛旋，不久便無法辨讀，她感到全身失去力量。她不曾主動放下書，但一時之間，她再也沒讀著書，書從手中消失，甚至連圖書館都不見了。

三個馬蹄鐵

諾拉站在外頭，空氣清新乾淨。但和貝德福不同，這裡沒有下雨。

「我在哪裡？」她對自己低語。

弧形的道路另一邊，有一小排精巧的石磚房。房子已有一定年紀，燈已熄滅，屋內無聲，座落在寧靜的鄉村邊緣。天空晴朗無雲，抬頭便是滿天星斗，還有一彎新月。街上瀰漫著田野的氣息，遠方傳來灰林鴞的啼聲。啼聲停了之後，四周回復寂靜，空氣中的聲音彷彿都受到壓抑。

好怪。

她原本在貝德福，後來進到那間詭異的圖書館，現在她來到一條美麗的鄉村道路上。她明明絲毫沒有移動過。

路這一邊，金色的燈光從一樓的窗戶照出。她抬頭看到酒吧精緻的油漆招牌在風中輕輕搖晃，咿呀作響。招牌上有個馬蹄鐵的底圖，圖上面精心用斜體字寫著：「三個馬蹄鐵。」

她前方人行道上有個黑板，她認出自己整齊的字跡。

三個馬蹄鐵

星期二——機智問答之夜

晚上八點半

「你唯一知道的就是你什麼都不知道。」

——蘇格拉底（機智問答遊戲輸才說的！！！）

這是她會寫四個驚嘆號的人生。那可能是更快樂、更放鬆的人會做的事。充滿希望的徵兆。

她低頭看自己穿的衣服。她穿著丹寧襯衫，袖子捲到手臂上，腿上穿著牛仔褲，鞋子是楔型鞋。這些衣物她在現實人生中都不曾穿過。外頭很冷，她起了雞皮疙瘩，這身穿著顯然是不打算在外頭久待。

她左手無名指上有兩個戒指。她戴著以前的藍寶石訂婚戒。一年前她顫抖著雙手，含淚摘下的。另一個戒指是素雅的銀色婚戒。

太扯了。

她戴著錶。在這段人生中，她戴的不是數字錶，而是優雅細緻的指針錶，錶面是羅馬數字。時間是午夜零點一分。

這怎麼回事？

在這人生中，她雙手更滑嫩。也許她在用護手霜。她指甲整理得乾淨明亮，她看到左手熟悉的小痣，心裡感到安定不少。

碎石路傳來腳步聲。有人從車道走向她。透過酒吧窗內的燈光和獨立的街燈，她看出那是個男人。那人有紅色的雙頰和像作家狄更斯的灰色八字鬍，身穿一件防水夾克，看起來就像個胖老頭人形的啤酒杯。從他小心翼翼的腳步看來，他有點醉了。

「晚安，諾拉。我星期五再來。來聽那個民謠歌手。丹說他滿厲害的。」

在這人生中，她可能知道這男子的名字。「對。當然好。星期五。一定會是很棒的夜晚。」

至少她的聲音聽起來像自己。她望著那人過馬路，雖然路上沒車，但他還是左右看了看才走，最後消失在農舍間的巷子裡。

真的發生了。一切成真了。這就是酒吧的人生，彷彿夢想化為真實一般。

「這真的太奇怪了。」她對著夜晚喃喃自語。「非、常、奇、怪。」

這時有三人也走出酒吧，兩女一男，他們經過時朝諾拉笑了笑。

「我們下次一定會贏。」一個女人說。

「好。」諾拉回來。「永遠會有下次機會。」

她走向酒吧，從窗戶偷看。酒吧裡頭似乎已人去樓空，但燈仍亮著。剛才那群人一定是最後一組客人。

酒吧看起來非常舒適，既溫暖又有特色。裡面有一張張小桌子，還有一根根木橫梁，牆上掛著馬車輪。地面鋪著紅色的厚地毯，木吧檯有一整排拉霸啤酒，感覺很有那回事。

她從窗前退開，看到酒吧外頭草地和人行道分界處有一塊立牌。

她馬上邁步走過去看。

利特爾沃斯

歡迎安全駕駛

她注意到立牌中間有個小紋章，四周小字寫著牛津郡議會。

「我們辦到了。」她在鄉村中輕聲說，「我們真的辦到了。」

丹和她在巴黎塞納河畔散步，吃著在聖米歇爾大道買的馬卡龍時，第一次向諾拉提起他的夢想。

那個夢想和巴黎無關，反而是關於英國鄉村，兩人住在一起的未來。

在牛津郡鄉間開一間酒吧。

諾拉的母親癌症復發，病情嚴重，感染到淋巴結，迅速擴散到全身。在那之後，他們的夢想便暫時擱置，丹和她從倫敦搬到貝德福。她母親知道他倆已訂婚，原本想活到參加婚禮。但最後她少活了四個月。

也許這就是了。也許這就是她該有的人生。也許這是她第一次走運，或說是第二次走運。

她緊張地露出微笑。

她沿著道路踏上碎石道，走到側門口，剛才留著八字鬍、穿著防水夾克的醉漢便是從這裡走出來。她深吸口氣，踏進酒吧。

裡頭很溫暖。

而且一片寂靜。

她站在一條類似走廊的地方。地上鋪的是紅陶磚。牆上設有低矮的木板護牆，上方則貼著英桐葉的壁紙。

她沿著小走廊向前，進到她剛才從窗外看的地方。一隻貓忽然竄出，嚇她一跳。那是一隻巧克力色削瘦優雅的緬甸貓，牠發出咕嚕一聲。諾拉彎身去摸牠，看一下貓脖子上項圈的吊牌，上面寫著伏爾泰。

同一個名字，不同貓。牠和諾拉心愛的橘貓不同，她覺得這隻伏爾泰不是領養的。貓又發出呼嚕聲。「哈囉，伏爾泰二號。你看來在這裡很開心。我們全都跟你一樣開心嗎？」

貓咪呼嚕一聲作為答覆，並用頭摩擦諾拉的腿。她把貓抱起來，走向吧檯。那一排拉霸是各種精釀啤酒，包括黑啤酒、蘋果酒、淡愛爾啤酒和ＩＰＡ，酒名包括維卡的最愛、失物招領、瑪波小姐、沉睡檸檬、破碎的夢。

吧檯上有個錫製的愛心捐款箱，目的是為了支持蝴蝶保育。

她聽到玻璃杯碰撞的聲響，好像有人將杯碗放入洗碗機。諾拉心口一緊，感到一陣焦慮。這感覺太令人熟悉了。這時吧檯後方冒出一個二十多歲高瘦的男人，他身穿鬆垮的橄欖球衣，看都沒看諾拉，他把最後的髒玻璃杯收一收，放到洗碗機裡，啟動機器，並將衣鉤上的外套拿起穿上，掏出車鑰匙。

「拜，諾拉，我排好椅子，桌子也都擦了。洗碗機啟動了。」

「啊，謝啦。」

「星期四見。」

「好。」諾拉說，她覺得自己就像身分快曝光的間諜。「再見。」

那男的離開一會，她聽到某處底下傳來腳步聲，從酒吧後方經過她剛才走過的路。接著，他走出來了。

他看起來不一樣。

他鬍子刮掉了，雙眼旁邊有更多皺紋，且有黑眼圈。他手中那杯黑啤酒幾乎喝完了。他看起來仍像個電視上的獸醫，只是感覺已演了好幾季。

「丹。」諾拉說，彷彿他是隻路上的兔子，她必須叫出他的名字。「我只是想說，我為你感到驕傲。我為我們感到驕傲。」

他茫然望著諾拉。「我剛才把冷卻機組關了。明天要清理那些管線。我們拖兩週了。」

諾拉完全不知道他在說什麼。她摸了摸貓。「好。對，沒問題。管線。」

在這段人生中，他是諾拉的丈夫。丹望向店裡的桌子和倒放的椅子。他穿著褪色的《大白鯊》T恤。「布萊克和蘇菲回家了嗎？」

諾拉猶豫了一下。她猜他在問員工的事。穿著寬鬆橄欖球上衣的年輕人大概是布萊克。店裡看來也沒有其他人。

「對。」她說，雖然情況詭異，但她努力裝出自然的樣子。「我想他們回家了。他們把店裡都收好了。」

「好。」

她記得自己在丹二十六歲生日時，替他買了那件《大白鯊》T恤。那已是十年前的事。

「今晚的答案倒是有點怪。其中一組……就彼得和裘莉那組，他們還以為畫〈利比亞女祭司〉的是馬拉度納。」

諾拉點點頭，手摸著伏爾泰二號，假裝她知道彼得和裘莉是誰。

「老實說，今晚題目的確很難。下次換一個網站出題吧。我是說，誰知道喀喇什麼山脈最高的山叫什麼名字？」

「喀喇崑崙山？」諾拉問，「那是K2。」

「你當然知道。」他語氣有點生硬，也有點醉了。「那就是你會知道的事。因為大多數人只聽搖滾樂，你熱衷的卻是真正的岩石[10]」

「嘿。」她說，「我曾組過樂團。」

她這時才想起，丹當時很討厭她組樂團。

丹聽了大笑。她認得這笑聲，但不大喜歡。她忘記他們交往時，丹多常將幽默建立在別人身上，尤其是諾拉。他們在一起時，對於他這點，諾拉都努力忽略。丹有許多其他的優點。諾拉母親生病時，他對她母親一直很好，而且他能輕鬆談論任何事情，對於未來也充滿夢想。他非常有魅力，個性好相處，對於藝術也極有興趣，經常停下腳步關心遊民。他關心世界。人就像座城市，不能因為少數缺點，而否定整體，雖然有些地方、暗巷和郊區你不喜歡，但有那麼多優點也值得了。

他會聽很多煩人的Podcast，常逼諾拉一起聽。他笑聲令人不舒服，用漱口水漱口很大聲。對啦，他在床上還會搶被子，有時對於藝術、電影和音樂的看法也很傲慢，但其實他沒有太大的缺點。嗯……現在回頭來想，丹從來不支持她做音樂，曾跟她說，待在迷宮樂團和唱片公司簽約有害她的心理健康，也說過他覺得諾拉的哥哥有點自私。但當時，她覺得丹並沒有踩到她的線，反而感到很窩心。她的想法是：丹關心她，有人能關心自己是件好事。丹不追

10 搖滾和岩石在英文同樣是rock。

求名聲和膚淺的事物，而且能在人生的大海上為她領航。所以丹在倫敦 Oxo 塔頂樓酒吧向她求婚時，她答應了，也許這是正確的選擇。

他向前走到酒吧裡，暫時將酒杯放下，現在拿起手機，搜尋更適合的題目。

她不知道丹今晚喝了多少。她不知道夢想擁有酒吧，是不是其實是夢想一輩子有喝不完的酒。

「二十邊形英文是什麼？」

「我不知道。」諾拉說謊，她不想再面對丹幾秒前的反應。

他把手機放到口袋。

「但我們辦得不錯。他們今晚都喝不少。以星期二來說，還算不賴。生意愈來愈好。我是說，明天能跟銀行說了。也許貸款能再寬限久一點……」

他望著杯中的啤酒，晃了晃酒杯，一飲而盡。

「不過我要叫A．J換午餐菜單。利特爾沃斯這裡沒人想吃蜜漬甜菜、蠶豆沙拉和玉米炸肉餅。這裡又不是他媽的菲茨羅維亞[11]。我知道酒銷得不錯，但我覺得你選的紅酒不值得。尤其是加州的那批。」

「好。」

他轉身望向身後。「黑板呢？」

「什麼？」

11　Fizrovia，倫敦多元住宅區域，充滿藝術文化氣息，酒吧和咖啡館林立。

「黑板。我以為你剛才去搬了?」

所以她出去外頭是為了這個。

「沒有。沒有。我現在去搬。」

「我以為我看到你出去了。」

諾拉緊張地笑了笑。「對,嗯,沒錯。但我……我擔心貓。伏特、伏爾泰。我找不到牠,所以我去外面看,後來我找到了。」

丹走到酒吧後面,倒了杯蘇格蘭威士忌。

他似乎感覺到諾拉責難的目光。「這只是第三杯。也許第四杯吧。今天是機智問答之夜。你知道我主持會緊張。喝酒能讓我變好笑一點。而且我今天很好笑,你不覺得嗎?」

「對。超好笑。好笑到不行。」

他的表情變得很認真。「我看到你在跟愛琳聊天。她說什麼?」

諾拉不知道要怎麼回答。「喔,沒什麼。就跟平常一樣。你也知道愛琳。」

「跟平常一樣?你之前從沒跟她聊過天。」

「我是說平常大家會聊的。不是常跟愛琳聊的意思。就一般人平常會聊的……」

「威爾過得如何?」

「嗯,還不錯。」諾拉亂猜。「他向你問好。」

丹瞪大雙眼,一臉訝異。「真的假的?」

諾拉不知道要說什麼。也許威爾是個嬰兒。也許威爾失去意識。「對不起,沒有,他沒問好。對不起,我在放空。總之,我……我去搬黑板進來。」

她將貓放到地上，走到外頭。這次她注意到進門時沒看到的東西。

牆上木框中有張《牛津時代報》的報導，上面有張諾拉和丹站在「三個馬蹄鐵」酒吧外的照片。丹手摟著她。他穿著諾拉從沒見過的西裝，諾拉自己則穿著原本生活中不曾穿過的時髦洋裝（她幾乎不穿洋裝的）。

酒吧店主美夢成真

根據報導，他們低價買下這間年久失修的酒吧，然後靠著（丹的）遺產、積蓄和銀行貸款翻新。報導寫得像是一則成功的故事，不過那已是兩年前的新聞。

她走到外頭，好奇人生能否靠星期二午夜的幾分鐘來定奪。也許這段時間就已足夠。

風漸漸大了。寧靜的鄉村街道上，風吹得黑板微微移動，差點將它吹倒。她搬起黑板前，感到口袋裡的手機震動。她沒注意到口袋裡有手機。她掏出來，看見伊琪傳來訊息。

她發現自己的手機桌面，是她和丹在某個晴朗炎熱之地的照片。

她用臉部辨識將螢幕解鎖，打開訊息。伊琪傳來一張照片，照片中一隻鯨魚從海中升起，白色的水花四濺，像是噴湧的香檳酒一般。那張照片好美，她光看到便露出笑容。

伊琪在打字。

下一則訊息出現：

這是我昨天在船上照的照片。

另一則訊息：

座頭鯨媽媽

接著她又傳了一張照片。這次有兩隻鯨魚，背浮出水面。

跟小孩。

最後一則訊息還加了鯨魚和海浪的圖案。

諾拉感到一陣溫暖。照片雖然美麗，但她不是因為照片而感到溫暖，而是因為伊琪和她聯絡了。

諾拉當年逃避丹的婚禮時，伊琪堅持要她一起去澳洲。

她們把未來都擬定好了，打算在拜倫灣附近生活，並在賞鯨船上謀一份工作。

她們分享了無數座頭鯨的影片，對於人生新的冒險充滿期待。但後來諾拉遲疑了，放棄了計畫。就像她放棄游泳、樂團和結婚一樣。但不像其他事情，這次甚至連個理由都沒有。對，她當時已開始在弦理論工作。對，她必須去替父母掃墓，但她知道留在貝德福是最爛的選擇。然而她仍做此決定。她當時心裡興起一股莫名的鄉愁，讓她心情憂鬱，於是最後，她覺得自己不值得獲得快樂。她傷害了丹，而她的懲罰就是必須待在細雨綿綿的家鄉，終生鬱鬱寡歡。她不想、不願、也無力做任何事。

所以，她將最好的朋友換成一隻貓。

在她現實人生中，她不曾和伊琪吵架。沒那麼戲劇化。但伊琪去澳洲之後，她們漸行漸遠，兩人友誼化為輕煙，只會在臉書和ＩＧ上按讚，生日則會傳一串表情符號。

她回溯自己之前和伊琪的對話，發現雖然兩人之間仍相隔一萬哩，但她們在這版本的人生中關係也好多了。

她回到酒吧中，這次把黑板搬進來了，丹不知道去哪，於是她鎖上後門，在酒吧走廊等一會，試著找到樓梯，不確定自己是不是真的想跟著有點醉意的丈夫上樓。

她從酒吧後頭走進一道寫著「員工通道」的門，找到樓梯。她踏上酒椰葉纖維地毯，經過裱框的《黑暗中學到的事》海報，走向樓梯。《黑暗中學到的事》是他們最喜歡的一部萊恩．貝里的電影，以前曾在貝德福戲院一起看過。她在雅緻的小窗櫺上看到一張小巧的照片。

那是他們的結婚照。那是張黑白照片，有著新聞報導的風格。他們從教堂中走出，空中飄著五彩紙片。兩人的臉不算清楚，但他們兩人都在大笑，而且似乎深愛彼此。至少照片上是這樣。她記得母親提到丹時說的話（他是個好男人。你很幸運。好好珍惜他）。

她也看到她哥哥喬了。喬理了平頭，手中拿著香檳杯，看起來真心快樂，身旁站著他交往不久便鬧得雞飛狗跳的投資銀行男友路易斯。伊琪和拉維都在場，拉維看起來不像鼓手，反倒像個會計師。他站在一個諾拉從沒見過的戴眼鏡女子身旁。

丹在廁所時，諾拉找到了臥房。從丹剛才緊張和銀行碰面的事看來，他們有經濟問題，但房間裝潢很豪華。百葉窗設計時髦，床鋪又大又舒服，羽絨被蓬鬆柔軟，潔白乾淨。床兩邊都放著書。在她現實人生中，她床邊至少六個月沒放書了。她六個月來沒讀半本書。也許在這段人生中，她能比較專心。

她拿起其中一本書，書名叫《初學者的冥想練習》，底下是她最喜歡的哲學家亨利．大衛．

梭羅的自傳。丹床頭桌上也有一本書。她記得丹最後讀的一本書是土魯斯—羅特列克[12]所寫的自傳《小巨人》，但在這個人生中，他讀的是一本商管書，書名是《從零到英雄：工作、玩樂、生活的成功之道》和《酒吧經營指南》最新版。

她覺得自己身體不大一樣，比較健康一點，比較強壯一點，但很緊繃。她摸了摸肚子，發現在這個人生中，她更常做重訓。她的頭髮感覺也不同。她留了很厚的一層劉海，後面的頭髮比較長。她覺得有點昏昏沉沉，剛才一定至少喝了兩杯紅酒。

「你還好嗎？」丹問，他進到臥室。諾拉發現丹的聲音和她印象中不同，他聲音聽起來比較空洞、比較冰冷。也許是累了，也許壓力大，也許是喝了酒的關係，也許是因為婚姻。

也許是別的事。

很難確切想起他過去的聲音，或他本來是什麼樣的人，但回憶本質上便是如此。大學時，她寫過一篇標題非常無聊的報告〈霍布斯回憶和想像的原理〉。湯瑪斯．霍布斯[13]認為記憶和想像基本上一模一樣，發現此事之後，她再也不完全相信自己的記憶。

窗外昏黃的街燈照亮小鎮寂寥的街道。

「諾拉？你今天怪怪的。你站在房間中間幹嘛？你準備要睡了嗎？還是你在做某種站姿冥想？」

---

12 亨利．德．土魯斯—羅特列克（Henri de Toulouse-Lautrec, 1864-1901），法國貴族，也是後期印象派畫家，他的作品對海報歷史影響至深，他畫筆下的海報不僅是傳遞訊息的媒介，也變成藝術品。

13 湯瑪斯．霍布斯（Thomas Hobbes, 1588-1679），英國政治哲學家，知名作品《利維坦》（*Leviathan*）也為未來政治哲學奠定論述基礎，詳述了社會契約論。

丹大笑。他覺得自己很幽默。

他走到窗前，拉上窗簾。接著他脫下牛仔褲，掛到椅背上。諾拉望著他，努力感受他身上曾讓自己入迷的魅力。這似乎要用盡洪荒之力。她沒料到這件事。

每個人的人生都可能有無數條路。

他沉沉倒到床上，彷彿鯨魚沒入海洋。他拿起《從零到英雄》，試著專心一會，後來又把書放下，拿起床邊的筆電，將耳機塞到耳裡。也許他想聽 podcast。

「我只是在想事情。」

諾拉感覺一陣暈眩，彷彿她魂飛了一半。她記得愛爾姆女士曾說，在人生中感到失望會讓她回到圖書館。她發現，和一個她兩年沒見的人同床共枕感覺太奇怪了。

她注意到數字鐘上的時間。零點二十三分。

丹的耳機仍塞在耳裡，抬頭再次望向她。「好吧，聽著，如果你今晚不想試著生孩子，你可以直接說，你知道吧？」

「什麼？」

「我是說，我知道我們必須再等一個月，你才會再排卵……」

「我們要生孩子？我想要小孩？」

「諾拉，你怎麼了？你今天怎麼這麼怪？」

她脫下鞋。「我哪有。」

她腦中浮現一段回憶，和《大白鯊》的T恤有關。

其實不是回憶，是一首歌，叫做〈美麗天空〉。

她替丹買《大白鯊》T恤那天，她曾為丹演唱一首她為迷宮樂團所寫的〈美麗天空〉。諾拉相信那是她寫過最美的一首歌。不只如此，那是一首快樂的歌，反應著她人生那一刻樂觀的心境。因為她和丹展開新生活，她才得到靈感，寫下這首歌。丹當時聽了歌之後，只冷漠聳聳肩，她覺得好受傷，要不是那天是丹的生日，她一定會跟他明說。

「好。」他說，「沒關係。」

諾拉不知道為何這段回憶一直埋藏在她心底，直到現在才浮現，就像丹T恤上褪色的大白鯊。

她也想起別的事。她有次跟丹提到一個客人。他叫艾許，是個剛學吉他的外科醫師。他來弦理論買歌本，隨口邀諾拉喝杯咖啡，結果丹反應過度。

（我當然拒絕了。不要再吼了。）

不過，當大廠牌的製作部希望簽下迷宮樂團，他反應更可怕。其實也不算大廠牌，就是以前在環球旗下頗有規模的獨立唱片公司。丹告訴她，他們不可能走下去。他從大學朋友那也聽說一個可怕的故事，他朋友曾組過樂團，跟唱片公司簽約，最後公司騙他們，害樂團所有人都失業，最後成為酒鬼之類的。

「我可以帶你一起去。」她說，「我會把這條列在契約內。我們去哪裡都能在一起。」

「對不起，諾拉。但那是你的夢想，不是我的。」

結婚之前，丹夢想在牛津郡鄉下開酒吧，諾拉為了讓這也成為自己的夢想，不知犧牲多少。事後對照，她心裡更痛了。

丹嘴上老說自己多關心諾拉。她在樂團時，尤其要上舞臺時，總會恐慌症發作。她現在回想起來，丹那份關心多少有點私心。

他現在開口道：「我以為你重新相信我了。」

「相信你？丹，我為什麼不相信你？」

「你知道原因。」

「我當然知道。」她說謊。「我只希望你能親口說。」

「好吧，因為跟愛琳的事。」

諾拉盯著他，像是在做羅夏克墨跡測驗，卻看不出答案。

「愛琳？我今晚聊天的那個人？」

「就因為我喝醉，犯了個愚蠢的錯誤，難道一輩子都要受罪嗎？」

外頭的街上，風勢越發強勁，呼嘯著掃過樹林，彷彿試著說話。

這是她哀怨自己錯過的人生。她因為錯過這段人生，不斷在內心苛責自己。她原以為自己會後悔沒走入這段人生，沒走入這條時間軸。

「一個愚蠢的錯誤？」她重複。

「好吧，兩個。」

愈問愈多了。

「兩個？」

「我狀況不好。你知道，壓力很大。因為酒吧的關係。而且我非常醉。」

「你跟別人上床，感覺你好像不怎麼想努力……彌補。」

「說真的，幹嘛又翻舊帳？我們聊過了。記得婚姻諮詢師說的話。我們要放眼未來，不要專注在過去。」

「你想過我們也許不適合彼此嗎？」

「什麼？」

「我愛你，丹。你是非常善良的人。你對我媽很好。我們以前……我是說，我們總是能聊得很盡興。但你不覺得我們已漸行漸遠嗎？你不覺得我們都變了嗎？」

諾拉坐到床邊，離他最遠的地方。

「你曾覺得擁有我幸運嗎？你知道婚禮前兩天，我差一點就離開你了嗎？你知道我婚禮沒出現，你人生會變多慘嗎？」

「哇。真的假的？你現在自尊心倒是挺高的，諾拉。」

「我不該嗎？我是說，每個人不都應該如此？自尊心高哪裡不好？何況我說的都是真的。在另一個宇宙中，你傳 WhatsApp 訊息給我，說你少了我有多慘，說你後來變成一個酒鬼，但看來你就算和我在一起，還是會變酒鬼。你當時傳訊息來跟我說，你想念我的聲音。」

他發出了不置可否的聲音，像是笑聲，又像哼聲。「現在，我一點也不想念你的聲音。」

她脫下鞋之後就停下動作。她覺得好難，甚至不可能在丹面前脫下更多衣物。

「不要再提我喝酒的事。」

「如果你要用喝醉當幹別人的藉口，我就能繼續說你喝酒的事。」

「我是鄉下酒吧老闆。」丹嗤之以鼻。「那就是鄉下酒吧老闆做的事。充滿活力，開開心心，願意喝下好幾杯自己賣的酒。老天啊。」

他什麼時候會這樣說話的？他說話語氣一直都是這樣嗎？

「搞什麼，丹。」

他似乎渾不在意，對於自己所在的宇宙沒有一絲感激。對於這個宇宙，她內心曾充滿罪惡感，因為自己沒讓這一切發生。丹把手伸向手機，筆電仍放在羽絨被上。諾拉看著他滑手機。

「這就是你當初想像的未來？夢想成真了嗎？」

「諾拉，我們不要聊這麼沉重的話題。他媽的快上床睡覺。」

「你快樂嗎，丹？」

「沒有人快樂，諾拉。」

「有人很快樂。你以前很快樂。你在還沒擁有酒吧時，聊到夢想眼神都會發亮。現在這就是你夢想的生活。你想要我，想要這一切，但你不但出軌，還像魚一樣喝酒，我覺得你只有失去時才會珍惜我，這心態很糟糕。那我的夢想呢？」

他沒在聽，或努力裝作沒在聽。

「加州大火。」他喃喃自語。

「至少我們不在那裡。」

他放下手機，蓋上筆電。「你到底要不要睡覺？」

諾拉為了成全他，委曲自己，但他還是沒找到自己的舞臺。她不再退讓。

「icosagon。」諾拉對他說。

「什麼？」

「機智問答。二十邊形的英文。二十邊形的英文是icosagon。我知道答案，但沒跟你說，因為我不希望你嘲弄我。現在我不在乎了，因為我不覺得我知道你不知道的事，會讓你感到困擾。還有，我要去廁所了。」

她拋下瞠目結舌的丹，輕輕越過寬木板地，走出房間。

她走進廁所，打開燈。她手臂、雙腿和身體一陣發麻，像是靜電在尋找出口。她確定自己在消失，她不會再久留。她對這一切已心死。

這間廁所很高級，裡頭有面鏡子。諾拉看到自己的倒影不禁抽一口氣。她看起來健康多了，但也老多了。她的髮型讓自己看起來好陌生。

這不是她想像自己會擁有的人生。

諾拉祝福鏡子中的自己：「祝你好運。」

過了一會，她回來了。她站在午夜圖書館中，愛爾姆女士和她隔一段距離，雙眼望著她，臉上掛著耐人尋味的笑容。

「嗯？怎麼樣？」

諾拉在處於生死之間前，發布的倒數第二篇狀態

你可曾覺得「我怎麼步入這田地」？彷彿你置身在迷宮之中完全迷失方向，而一切都是自己的錯，因為每個彎都是自己決定的。你聽到許多人已走出迷宮，並在嘻笑打鬧，所以你知道這座迷宮其實有許多出口。有時透過樹籬和葉片，你會在一瞬間看到他們的身影。他們走出迷宮時他媽的開心不已，你看到之後，不會怨恨他們，但你會恨自己不如他們。你曾這麼覺得嗎？亦或這是專屬於我的迷宮？

P.S.我的貓死了。

棋盤

午夜圖書館的書架再次恢復平靜，彷彿書架一向不能移動。

諾拉感覺她們現在在圖書館另一處了，嚴格來說不算另一個空間，因為圖書館似乎只有一個寬廣無止境的空間。其實她不確定自己在圖書館哪裡，因為四周仍是一本本綠書，但她似乎比剛才更接近一條走道。透過書架，她看到了新的景象。書架之間的走道上，有一張辦公桌和一臺電腦，像是一間簡單的開放式臨時辦公室。

愛爾姆女士沒坐在辦公桌前。她坐在諾拉前方一張矮木桌前，下著西洋棋。

「跟我想像的不一樣。」諾拉說。

愛爾姆女士棋下到一半。

「很難預測，對不對？」她問，目光茫然望著前方，並將黑主教移過棋盤，吃掉白色士兵。

「能讓我們開心的事情。」

愛爾姆女士把棋盤轉了一百八十度，看來她在和自己下棋。

「對。」諾拉說，「很難。但她後來發生什麼事？我發生什麼事？她的結局是什麼？」

「我怎麼知道？我只知道今天的事。我知道許多關於今天的事。但我不知道明天會發生的事。」

「但她會待在廁所，不知道自己為何在那裡。」

「你不曾走進一個房間，不知道自己為何進來嗎？你不曾忘記剛才做了什麼嗎？你不曾一時之間腦中一片空白，或記錯自己剛才在幹嘛嗎？」

「有，但我在那段人生中待了半個小時。」

「另一個你不會知道。她會記得你剛才做的事和說的話。但彷彿都是自己做的。」

諾拉深吐一口氣。「丹以前不是那樣。」

「人會變的。」愛爾姆女士說，她仍望著棋盤，手在主教上。

諾拉重新想了想。「也許他就是那樣，只是我沒發現。」

愛爾姆女士望著諾拉，好奇問道：「所以你現在感覺如何？」

「我還是想死。我想死好久了。我仔細想過，我的生活亂七八糟，讓我非常痛苦，但要是我自殺的話，其他人的痛苦遠遠不及我的痛苦。其實，我相信我自殺會是一種解脫。我對任何人來說都沒用處。我工作也做不好，大家都對我感到失望。老實說，我的碳足跡全浪費了。我會不知不覺傷害別人，身邊的人都離開我了。甚至連可憐的伏特都死了，牠會死也是因為我連貓都照顧不好。我想死。我的人生是場災難。我希望我人生劃下終點。我不適合活著，現在這一切一點意義都沒有。我就算在其他的人生中，也注定不快樂。我就是這樣。我毫無建樹，總會沉溺於自憐之中。我想死。」

愛爾姆女士專注盯著諾拉，彷彿在看書中熟悉的一個段落，並在這一刻發現其中新意。她以慎重的語氣向她說：「『想』是個很有趣的字。它同時代表『缺乏』。有時我們用別的事物填滿缺口，原本的欲望就會完全消失。也許在某個人生中，你會真心想活下來。」

「我以為是剛才那段人生，和丹在一起的人生，但不是。」

「沒錯，不是。但那只是你其中一種可能。在無限的可能中挑出一個，只是非常小的一塊碎片而已。」

「但不管是哪一段人生，都有我這掃把星，所以那些人生根本毫無可能性。」

愛爾姆女士不理她。「好了，跟我說，你現在想去哪？」

「哪都不想。」

「你需要再看看《後悔之書》嗎？」

諾拉皺起眉頭，過了一會，搖搖頭。她想起被後悔壓得喘不過氣的感受。「不要。」

「你的貓呢？牠叫什麼名字？」

「伏爾泰。有點做作，但牠其實沒那麼做作，所以我都簡單叫牠伏特。我心情好時會叫牠伏伏，當然那機會很少。我甚至連貓的名字都舉棋不定。」

「你說你不擅長養貓。你會想改變什麼？」

諾拉思考一會。她非常清楚愛爾姆女士在拐她上鉤，但她也想再見到她的貓，而不是同名的另一隻貓。其實，她此刻最想念的就是牠。

「好。我想去一個我把伏爾泰養在屋子裡的人生。我的伏爾泰。我希望自己沒自殺，而且我昨晚沒讓牠上街，是個很稱職的貓主人。我想要去那段人生，一下下就好。那個人生存在，對吧？」

活過才知道

諾拉朝四處張望，發現自己躺在床上。

她看手錶。午夜零點一分。她打開燈。這是她現實的人生，但更好了，因為伏爾泰在這段人生中還活著。她真正的伏爾泰。

但牠在哪裡？

「伏特？」

她爬下床。

「伏特？」

她看了公寓每一角，到處都找不到牠。雨拍打著窗戶，這點沒有變。她新的一盒抗憂鬱藥放在廚房檯子上。電子琴默默靠在牆邊。

「伏伏？」

她的尤加仍在，三盆小仙人掌也在，她的書架上有著同樣的哲學書、小說、沒動過的瑜珈手冊、搖滾明星自傳和熱門的科學書。那裡有一本舊的《國家地理雜誌》，封面是一隻鯊魚，還有五個月前的《Elle》雜誌，她會買主要是為了萊恩．貝里的訪問。她很久沒買新書了。

地上仍有個滿是貓飼料的碗。

她叫著牠的名字，找遍各處。她回到臥房，看床底才發現牠。

「伏特！」

貓沒動。

諾拉手臂不夠長，搆不到牠，所以她搬開床。

「伏伏。來，伏伏。」她輕聲說。

但一碰到貓冰冷的身體，諾拉便明白牠怎麼了，她心中湧上悲傷和困惑。諾拉馬上回到午夜圖書館，面對愛爾姆女士，她這次坐在一張舒服的椅子上，陶醉地看著一本書。

「我不懂。」諾拉跟她說。

愛爾姆女士的目光仍停在手中的書上。「有許多事你不會了解。」

「我要的是伏爾泰仍活著的人生。」

「其實不是。」

「什麼？」

她放下書。「你要你把牠養在室內的人生。那是完全不同的事。」

「有差嗎？」

「有。天差地遠。你知道，如果你要一段牠仍活著的人生，那我會拒絕你。」

「為什麼？」

「因為那不存在。」

「我以為所有的人生都存在。」

「所有可能的人生都存在。你知道，伏爾泰罹患了……」她小心地看著書唸。「窄縮性心肌症，牠天生如此，而且病況非常嚴重，牠注定年輕時便會心臟病發去世。」

「但牠被車撞了。」

「諾拉，死在路上跟被車撞不一樣。你原本的人生中，伏爾泰活得比其他人生都還久。你剛才經歷的那段人生中，伏爾泰是三小時前過世的。雖然牠幼年過得很辛苦，但你擁有牠的這段時間，是牠生命中最棒的時光。相信我，伏爾泰有更悲慘的人生。」

「你剛才甚至不知道牠的名字。現在你知道牠罹患窄縮性心什麼的？」

「我知道牠的名字，而且不是『剛才』才知道。時間沒有變，你看你的錶。」

「你為何說謊？」

「我沒說謊。我問了你貓的名字，但我從來沒說我不知道你貓的名字。你了解其中差別嗎？我只需要你說出牠的名字，這樣你才會有感情。」

諾拉悲憤不已。「那更糟！你明知道伏特會死，還把我送進那段人生。而且伏特本來就死了。所以什麼都沒改變。」

愛爾姆女士目光再次閃爍。「除了你。」

「什麼意思？」

「你不會再覺得自己是個不好的貓主人了。你盡自己所能全力照顧好牠。牠也全心回報你給牠的愛，也許牠不希望你看到牠過世。你知道，貓是知道自己死期的。牠們明白自己的壽命。牠出門是因為牠要死了，牠心底知道。」

諾拉試著理解這件事。現在回想起來，她的貓身上沒有任何外傷。她只和艾許一樣，不假思索便認定是車禍。死貓倒在路上，可能就是路殺。如果外科醫師這麼想，一般人也會這麼想。八九不離十。

「可憐的伏特。」諾拉喃喃說道，十分惋惜。

愛爾姆女士微笑，像是老師發現學生理解了。

「牠愛你，諾拉。你照顧牠的方式不比其他人差。去看《後悔之書》最後一頁。」

諾拉看到那本書放在地上。她跪到書旁。

「我不想再打開書。」

「別擔心。這次比較安全。只看最後一頁就好。」

她翻到最後一頁，看到她最後一項後悔的事：「我後悔沒好好照顧伏特。」但字跡已漸漸消失在頁面上，像陌生人從濃霧中走遠的身影。

諾拉合上書，以免感覺到太強烈的情緒。

「你明白了嗎？有時人的後悔和事實無關。有時後悔只是……」她尋找適當的說法，後來想到了。「後悔只是一堆狗屁。」

諾拉回憶學生時期，納悶愛爾姆女士以前可曾說過「狗屁」這兩字，她很確定不曾說過。

「但我仍然不懂，你明知道伏特橫豎都會死，卻讓我進到那段人生，為什麼？你大可以跟我說。你可以直接說我不是個爛貓主人。為什麼不說？」

「諾拉，因為有時活過才知道。」

「聽起來好辛苦。」

「坐下吧。」愛爾姆女士告訴她。「找個座位坐下。你不該跪在地板上。」諾拉轉身看到她身後有張之前沒看到的椅子。那是一張古董椅，桃花心木製成，還有鈕扣皮革，也許來自愛德華時代，其中一邊的椅臂上架了個銅製的讀書架。「給自己一點時間。」

諾拉坐下。

她看了看手錶，無論她給自己多少時間，時間都維持在午夜。

「我還是不喜歡。經歷一段悲傷的人生就夠了。為何要再體驗更多？」

「好吧。」愛爾姆女士聳聳肩。

「什麼？」

「那我們什麼都別做。你可以待在這間圖書館，呆望著書架上所有人生，不做任何選擇。」

諾拉感覺愛爾姆女士在激她。但她沒有反抗。

「好。」

於是愛爾姆女士再次讀起書，諾拉繼續站在原地。

諾拉覺得很不公平，愛爾姆女士可以讀她的人生，而且不需墜入其中。

時間一分一秒過去。

當然，嚴格來說，時間沒有過去。

諾拉在這待到天荒地老，也不會感到飢餓、口渴或疲倦。但看來，她會感到無聊。

時間不動，但諾拉對她周圍人生的好奇心漸漸萌生。人身在圖書館裡，根本不可能不將書拿下書架。

「你為什麼不直接給我一段美好的人生？」她突然說。

「這間圖書館不是這樣運作的。」

諾拉有另一個問題。

「當然，在大多數的人生裡，我現在會在睡覺，對吧？」

「在許多人生中是如此。」

「那接下來會怎樣？」

「你會繼續睡覺。然後你會在那段人生中醒來。沒什麼好擔心的。但如果你緊張，你可以試時區不同的人生。」

「什麼意思？」

「其他地方此時不一定是晚上，不是嗎？」

「什麼？」

「你的人生擁有無限的宇宙，有各種可能。你真以為你所有人生都在格林威治平均時間？」

「當然不是。」諾拉說。她發現自己又被說動，想選擇另一段人生了。她想起座頭鯨，想起沒收到回覆的訊息。「我希望我和伊琪一起去澳洲。我想體驗那段人生。」

「非常好的選擇。」

「什麼？那段人生很好嗎？」

「喔，我可沒這麼說。我只是覺得你愈來愈會選擇了。」

「所以那是段爛人生嗎？」

「我也沒這麼說。」

書架再次移動起來，幾秒之後停下。

「啊，有了，這裡。」愛爾姆女士說，她從地面數來第二層的書架拿起一本書。很奇怪，她居然馬上認出那本書，因為那本書和旁邊的書並無二致。

她把書遞給諾拉，態度十分熱情，彷彿那是生日禮物。

「拿去吧。你知道該怎麼做。」

諾拉遲疑了。

「萬一我死了呢？」

「什麼？」

「我是說在另一段人生。我一定有在今天之前就死了的人生。」

愛爾姆女士的表情耐人尋味。「那不正投你所好嗎？」

「對，可是——」

「沒錯，早在今天之前，你在無數人生中已經死了。車禍、用藥過度、淹死、食物中毒、被蘋果、餅乾、素熱狗、正常熱狗噎死，也曾感染任何你有機會感染的疾病死亡……你有過各種死法，也曾在人生各個時刻死亡。」

「所以我也可能打開書，直接死了？」

「不會。不會馬上死。就像伏爾泰，這裡唯一能開啟的人生只有……活著的人生。我的意思是，你進入新人生時，有可能會死，但你不會在進到人生之前就死，因為午夜圖書館可不是幽靈圖書館，也不是藏屍館，而是充滿可能性的圖書館。死亡毫無可能性可言。懂嗎？」

「我想是吧。」

諾拉望著她手中的書。書皮光滑，顏色像針葉樹一樣，書封同樣鑲上令人難過、毫無意義的浮雕字**我的人生**。

她打開書，看到空白的頁面，接著她又翻一頁，好奇這次會發生什麼事。「**游泳池的人稍微比平常多……**」

轉眼間，她已身在其中。

火

她抽了口氣。感官刺激瞬間湧上來，四周人聲吵雜，水淹到身上。她張開嘴巴，馬上嗆了口水。她嚐到鹹水強烈刺激的味道。

她試著用腳踏游泳池底，但水太深了，她趕緊開始蛙泳。

這是個游泳池，但池中是鹹水，這是位於海邊的戶外泳池。泳池似乎是根據突出海岸的岩石所刻成。她看得到泳池外真正的海洋。烈陽在她頭頂上照耀。空氣無比悶熱，清涼的池水令人感到舒爽。

曾幾何時，她是貝德福最厲害的十四歲游泳選手。

她在全國中學游泳錦標賽同年級組獲得兩次冠軍，分別是四百公尺自由式和兩百公尺自由式。她父親每天會開車載她到當地的游泳池，有時是上學前，有時是放學之後。但當她哥用吉他彈出涅槃樂團的歌，她的興趣也從水波變成音波，她不只彈奏蕭邦，更學了經典歌曲像〈讓它去〉和〈雨天和星期一〉，迷宮樂團的概念在哥哥腦中還沒出現之前，她就開始寫自己的歌。

但她其實不討厭游泳，只討厭游泳的壓力。

她游到泳池邊緣，停下望向四周。她看到下方遠處有塊海灘，海岸呈半圓弧，海浪拍打著白沙。

海灘往內陸延伸，變成一片草坪。那裡有個種滿棕櫚樹的公園，有許多人在蹓狗。

再過去便是一間間樓房和低矮的公寓，一輛輛車沿著道路駛去。她看過拜倫灣的照片，和此處截然不同。不論這是何處，這裡似乎有更多建設。這裡仍是衝浪聖地，但也更都市化。

她注意力回到泳池，發現有個男人調整泳鏡時朝她微笑。她認識這男人嗎？她在這段人生會回應他的笑容嗎？她毫無概念，於是她出於禮貌，微微朝對方一笑。她感覺像是不熟悉匯率的觀光客，不知道要付多少小費。

這時有個戴著泳帽的婦人朝她微笑，划過水面朝她的方向游來。

「早安，諾拉。」她手繼續划，並向她說。

這聲招呼透露了諾拉經常來這裡。

「早安。」諾拉說。

她望向大海，避開尷尬的對談。

一群早晨的衝浪客，在海上成豆點大，趴在衝浪板游向寶石藍的巨大海浪。

澳洲生活第一眼看來很有希望。她看一下錶。她戴著外表廉價的亮橘色卡西歐錶。這隻錶散發快樂的氣息，她希望這段人生也很快樂。時間剛過九點。她錶旁邊有一個塑膠環，上頭掛著鑰匙。

所以，來海灘旁的泳池晨泳是她固定的儀式。她不知道自己是不是單獨前來。她掃視泳池，期待看到伊琪，但四周沒有別人了。

她又游了一會。

她愛游泳是因為能暫時消失在世上。在水中時，她的注意力會十分集中，腦中不會有任何想法。學校和家庭的擔憂都蕩然無存。和任何藝術一樣，她覺得游泳追求的是純粹。你愈專注在活動上，你對其他事的注意力愈少。你彷彿不再是自己，而成為你在做的事。

但諾拉手臂和胸肌開始酸痛，很難專注。她感覺已游了很久，可能差不多要上岸了。她看到一個看板，上面寫著「勃朗特海灘游泳池」。丹在空檔年曾來過澳洲，她依稀記得他提過這地方，當時「勃朗特海灘」這名字因為很好記，所以留下深刻的印象。彷彿能看到簡愛[14]站在衝浪板上。

但這也證實了她的疑惑。

勃朗特海灘在雪梨，絕對跟拜倫灣毫無關係。

所以這代表兩件事。要嘛伊琪在這段人生中，人不在拜倫灣，或是諾拉和伊琪已分開。

她注意到自己全身都曬成淡淡的焦糖色。

當然，問題是她不知道自己衣服放在哪，但後來她想起手上掛著鑰匙的塑膠環。五十七號。她的置物櫃是五十七號。她找到更衣室，打開寬大方正的置物櫃，並發現自己在這段人生中的風格，和手錶一樣變得更多彩。她有件印著鳳梨的T恤。一顆顆鳳梨裝在豐裕之角[15]中。還有一件粉紫色的丹寧短褲和一雙格紋便鞋。

我是什麼人？她心裡納悶。兒童節目的主持人嗎？

除了防曬乳和朱槿色的脣膏之外，沒有其他化妝品。

---

14 勃朗特三姐妹（The Brontës）三人是英國十九世紀著名小說家，著名作品為《簡愛》和《咆哮山莊》，簡愛則是《簡愛》一書中的主角。

15 希臘神話中，類似聚寶盆的羊角，象徵富饒和食物。

她穿上T恤，注意到手臂上有幾條痕跡。疤痕。她想了一會，不知道這是不是自己弄的。她肩膀下也有個刺青，圖案是鳳凰和火焰。那刺青好醜。在這段人生中，她顯然毫無品味。但話說回來，品味跟快樂又有何關係？

她穿好衣服，從短褲口袋拿出手機。比起她經營酒吧的婚後生活，她手機款式比較老舊。幸運的是，她可以用指紋辨識解鎖。

她走出更衣室，沿著海灘旁的路向前。天氣溫暖和煦。四月天，陽光毫不遮掩地照亮大地，也許人生會自動變更好。這裡比起英國，萬物更加鮮豔，也更五彩繽紛，充滿生命力。

她看到一隻鸚鵡停在長椅上。那是一隻彩虹吸蜜鸚鵡，兩個觀光客站在旁邊拍照。一個一臉愛衝浪的男子騎著腳踏車經過，手裡拿著橙色的冰沙，面帶笑容，並真的開口對她說：「你好。」

這裡絕對不是貝德福。

諾拉注意到她臉上有點不同。她……在笑。真的假的？而且是自然而然露出笑容，不是因為別人。

後來她注意到一道矮牆上的塗鴉，上面寫著「世界失火」，另一句寫著「一個地球＝一個機會」，她笑容隨即垮下。畢竟，即使是不同的人生，不代表地球也改變了。

她完全不知道自己住哪、工作為何、游完泳要去哪裡，但其實這樣更是毫無牽掛。沒人期待她要幹什麼，甚至她自己也不知道。她一邊走，一邊在網上搜尋她的名字，並把關鍵字加上「雪梨」，看有沒有線索。

她還來不及看結果，抬頭便看到一個男人面帶微笑，迎面朝她走來。那人身材矮小，全身曬黑，眼神親切。他雖然長髮，但髮量不多，並隨手綁成了馬尾。他穿著一件襯衫，但鈕釦扣錯了。

「嘿，諾拉。」

「嘿。」她試著維持鎮定。

「你今天幾點開始？」

她要怎麼回答？「呃。喔。靠，我忘了。」

他大笑。從他的笑聲中，她發現這大剌剌的回答符合她的形象。

「我在輪班表看到了。我想可能是十一點。」

「早上十一點？」

親切男大笑。「你剛才抽了什麼？給我來一點。」

「哈，沒有啦。」她生硬地說，「我沒有抽什麼。我只是沒吃早餐。」

「好，那下午見……」

「好。那……地方見。對了，那在哪？」

他皺眉大笑，便繼續走了。也許她還是在賞鯨船工作，只是不在雪梨。也許伊琪也是。

諾拉完全不知道她（或她們）住哪裡，Google 搜尋也找不到，但朝海的另一端走似乎是正確的方向。也許她是當地人。也許她是步行來的。她看到幾輛腳踏車鎖在泳池咖啡廳外，也許其中一輛是她的。她翻了翻她的小皮夾，摸摸口袋找鑰匙，但她只看到家裡的鑰匙。沒有車鑰匙，也沒有腳踏車鑰匙，所以她不是搭公車，就是步行。家裡鑰匙上沒有任何的資訊，於是她坐在一張長椅上，後頸曬著炎熱的太陽，查看手機訊息。

上面的名字她都不認識。

愛咪、羅里、貝拉、露西・P・卡梅拉、路克、露西・M。

這些人是誰？

還有一個沒用的聯絡對話框，上面簡單寫著「工作」。最近工作的對話框中只有一條訊息寫著：

你在哪？

另外有個名字她認得。

丹。

她心一沉，點開他最近的訊息。

嘿，諾拉！希望奧茲對你不錯。這封信老套又變態，但我決定全部都跟你說。我前幾天晚上夢到我們的酒吧。那真是一場美夢。我們好快樂！總之，別管那奇怪的事了，我要跟你說的重點是，你猜我五月要去哪？**澳大利亞**。十年來第一次要回去了。我要去工作，和澳洲當代藝術博物館合作。我們可以好好聊聊近況，如果你在附近，甚至能喝杯咖啡。丹X

好奇怪，諾拉差點笑出來，但她只咳了咳。現在她才發覺，她在這段人生中也許身體沒那麼健康。她好奇世上有多少個丹，內心懷抱著夢想，但夢想成真之後，反而會厭惡那樣的生活。又有多少丹逼著其他人一起追尋這場快樂的幻夢？

她唯一有的社群軟體是ＩＧ，她似乎只有上傳圖片，並搭配詩句。

她花點時間讀了其中一首。

火

她身體的每一寸都
因為校園中的嘲笑
和早已過世親人的教訓
和過世朋友的痛苦
被改變
被狠狠刮下
她從地板上拾起身體的碎片
像蒐集削下的木屑
她以這一切為燃料
投入**火**中
火焰熊熊燃燒
明亮到足以看清**永恆**

這首詩教人不安，但畢竟這只是首詩。她滑過幾封電子郵件，找到一封寄給夏洛特的信。夏洛特是個蘇格蘭傳統樂團的長笛手，超愛開黃腔，她回到蘇格蘭之前，是諾拉在弦理論唯一的朋友。

嗨，夏洛特！

希望你萬事如意。

很高興你生日一切順利。不好意思，我不能到場。雪梨這裡風和日麗，一切都好。終於搬到新地方了，就在勃朗特海灘（美極了）。社區有許多咖啡店和有趣小店。我也找到新工作了。

我每天早上都會去鹹水游泳池游泳，每天晚上我會在陽光下喝杯澳洲紅酒。生活過得很好。

諾拉

X

地址：澳洲新南威爾斯州２０２４，勃朗特

達令街29號公寓2號

事有蹊蹺。她語氣模稜兩可，熱情無比，但內容空洞，彷彿在寫信給久未聯絡的阿姨。社區有許多咖啡店和有趣小店，這彷彿是TripAdvisor網站的評論。她不會跟夏洛特，甚至任何人這樣說話。

而且這段話也沒有提到伊琪。終於搬到新地方了。這是在說「我們」，還是在說「我」？夏洛特認識伊琪。我為何不提到她？

她不久便會知道真相。確實，二十分鐘後，她站在公寓走廊，望著四袋要拿出去的垃圾。

客廳看起來又小又哀傷。沙發老舊破爛，屋子聞起來發了霉。

牆上貼著一張電玩遊戲《天使》的海報，咖啡桌上有根電子菸，上面貼著大麻葉貼紙。一個女子盯著螢幕，將畫面中的殭屍一一爆頭。

那女子留一頭藍色短髮，一時之間，諾拉以為那是伊琪。

「嗨。」諾拉說。

女子轉過頭。她不是伊琪。女子雙眼疲倦，一臉茫然，彷彿她射殺的殭屍也稍微感染了她。她可能是個身心健全的好人，但諾拉這輩子從沒見過她。女子露出微笑。

「嘿。你的新詩怎麼樣？」

「喔，對。很不錯。謝了。」

諾拉頭暈目眩，在公寓走了一圈。她隨機打開一道門，發現那是浴室。她不需要上廁所，但需要思考一下。於是她關上門，洗淨雙手，望著水以反方向的漩渦流入排水孔。

她望向淋浴間，暗黃色的浴簾髒兮兮的，依稀有種學生宿舍的感覺。這地方讓她有這種感覺。學生宿舍。她已經三十五歲，在這人生中，她卻活得像個學生。

垃圾筒旁地上有本《國家地理雜誌》。這期的封面是個黑洞，不過是昨天的事，她在另一段人生，世界另一端也同樣在看這本雜誌。她覺得這本雜誌是她在看的，因為她一直都很喜歡。甚至到最近，她偶爾心血來潮還是會買紙本雜誌回家，因為網路版沒有辦法完整呈現照片的美感。

她記得自己十一歲時，拿起爸爸的雜誌，看到北極海上挪威的群島斯瓦爾巴的照片。景色無比遼闊荒蕪，壯麗震撼，她好想知道如果她像文章中的科學探險家，整個夏天待在島上，進行地理研究會是什麼感受。她將照片剪下，最後釘到房間的軟木板上。接下來許多年，她孜孜矻矻學習科學和地理，希望自己能像文章中的科學家，在冰山和峽灣度過夏天，望著海鸚飛過天空。

但她爸爸過世，她讀了尼采《善惡的彼岸》之後，諾拉決定（A）由於她情緒突然變得無比緊繃，哲學似乎是唯一能提供解答的學門；（B）說到底，比起科學家，她倒比較想成為搖滾巨星。

她走出浴室，回到她神祕的室友身旁。

她坐到沙發上，望著四周，等了一會。

那女子的角色腦袋中槍死了。

「滾開，殭屍混蛋。」女子開心地朝螢幕大叫。

她拿起電子菸。諾拉好奇自己怎麼認識這女子的。她覺得她們是公寓室友。

「我一直在想你說的事。」

「我說什麼？」諾拉問。

「就是去接顧貓的案子。你知道的啊，你想要照顧那隻貓吧？」

「喔，對。沒錯。我記得。」

「這主意他媽的爛透了。」

「真的假的？」

「貓耶。」

「怎麼了？」

「貓有寄生蟲。弓什麼的。」

諾拉知道。她青少女時代在貝德福動物救援中心工作，當時便學會了。

「弓形蟲。」

「沒錯！我之前在聽一個podcast，對……裡面提到了一個理論，說有錢人有個內部的團隊，專門讓貓感染寄生蟲，這樣一來，他們就能讓人類愈來愈笨，最後接管世界。你仔細想想。世界到處都有貓。我跟傑瑞德提這件事，他說：『裘裘，你抽了什麼？』我就回他：『就你給我的東西。』他說：『對，我知道。』然後他告訴我蚱蜢的事。」

「蚱蜢？」

「對。你聽說過蚱蜢的事嗎？」裘裘問。

「怎麼了？」

「牠們全都在自殺。寄生蟲會在牠們體內生長，最後會成為一種水生成蟲。當蟲一天天長大，牠們會慢慢奪走蚱蜢的腦，於是蚱蜢會想：『嘿，我好喜歡水。』所以牠們最後就會一股腦跳進水裡淹死。這件事每分每秒都在發生。你去Google。Google搜尋『蚱蜢自殺』。總之，重點是社會上的菁英份子都在用貓殺我們，所以你不該靠近貓。」

諾拉覺得這人生和她想像中的版本差太多了。她原本想像自己和伊琪在拜倫灣的船上，感嘆著座頭鯨多麼美麗，但她現在卻在這兒，在雪梨一間充滿大麻味的小公寓，和一個相信陰謀論的女子住在一起，她甚至不讓諾拉靠近貓。

「伊琪怎麼了？」

諾拉突然情不自禁脫口而出。

裘裘一臉疑惑。「伊琪？你的老朋友伊琪？」

「對。」

「死了的那個？」

這句話來得好突然，諾拉一時無法消化。

「嗯，什麼？」

「那個出車禍的女孩？」

「什麼？」

裘裘神情困惑，電子菸的白煙飄過她面前。「你還好嗎，諾拉？」她把菸遞向前。「想抽一口嗎？」

「不用，我沒事，謝了。」

裘裘咯咯笑。「這倒是頭一遭。」

諾拉拿起手機，點開網頁，在搜尋欄打入「伊琪．賀許」，然後選擇「新聞」。

出現了。網站上有張伊琪的照片，她有著古銅色的皮膚，臉上露出笑容。報導標題寫著：

英國女子在新南威爾斯州死於車禍

昨晚於考夫斯港發生一起重大車禍，一名女子駕駛豐田可樂拉轎車行駛在太平洋高速公路時，和對向來車相撞，造成一名三十三歲女子死亡，三人受傷送醫。

當時接近九點鐘，女駕駛英國公民伊琪．賀許不幸在車禍中當場死亡。豐田車上沒有其他乘客。

根據她室友諾拉．席德所述，伊琪當時正要從雪梨駕車回拜倫灣，參加諾拉的生日派對。伊琪最近開始在拜倫灣賞鯨團工作。

「我好難過。」諾拉說，「我們一個月前才一起來澳洲，伊琪打算住在這裡一輩子。她是如此生氣勃勃，我無法想像少了她的世界。她對新工作滿懷興奮。我好難過，這件事令我難以承受，也無法理解。」

另一輛車上的人全都受傷，駕駛克里斯．戴爾由直升機送到巴林加的醫院。新南威爾斯州警方正在尋找車禍目擊者，釐清車禍相關細節。

「我的天啊。」她輕聲自語，腦中一陣昏眩。「喔，伊琪。」

她知道伊琪在她眾多人生中都沒過世，至少大多數都仍活著。但在這段人生中，她真的死了，諾拉心中所感受到的悲傷好真實。

這感覺既熟悉又可怕，並伴隨著罪惡感。

她還來不及好好思考，手機響了。螢幕上寫著「工作」。

一個男人的聲音傳來，他嗓音低沉，講話慢吞吞的。「你在哪？」

「什麼？」

「你半個小時前就該到了。」

「哪裡？」

「渡船站。你要負責賣票。我沒打錯吧？你是諾拉・席德嗎？」

「我是其中一個沒錯。」諾拉嘆口氣，並慢慢化於無形。

魚缸

圖書館員專注的目光再次緊盯棋盤，諾拉回來時，她頭也不抬。

「真是糟透了。」

愛爾姆女士單邊嘴角勾起。「正好學一課，對吧？」

「學什麼？」

「你可以選擇，但你無法選擇結果。不過我還是覺得自己說的沒錯。這是個好選擇，只是結局差強人意。」

諾拉望著愛爾姆女士的臉。她很享受這一切嗎？

「我為何留下來了？」諾拉問，「她過世之後，我為何沒直接回家？」

愛爾姆女士聳聳肩。「你無法放下。你還在難過，心情憂鬱。你知道憂鬱的感覺。」

諾拉確實了解。她想起她在某處看過一篇關於魚的研究。魚比一般人所想得還像人類。魚會感到憂鬱。他們研究了斑馬魚，用馬克筆在魚缸的中間畫一條水平線。憂鬱的魚會待在那條線下。但只要給魚百憂解，牠們便會游到水平線上，游到魚缸上端，像重獲新生般四處游竄。

魚缺少刺激就會感到憂鬱，彷彿缺少生命中的一切。牠們只會在毫無意義的魚缸中漂浮。也許少了伊琪，對諾拉來說，澳洲就像空蕩蕩的魚缸。也許她沒有游到線上的誘因。不論是百憂解或氟西汀，都不足以讓她向上游。於是她只會和袞袞留在那間公寓，靜止不動，直到被迫離開澳洲。

也許甚至連自殺都太過積極。也許在某幾段人生中，你只會在人生中飄浮，不期不待，甚至不試著改變。也許大多數人生都如此。

「對。」諾拉高聲說，「也許我不知所措。也許在每一段人生中我都無法放下。我是說，也許我就是這樣的人。每段人生中，海星依舊是海星。海星不可能在別的人生中成為航空工程教授。也許世上沒有一個我能放下的人生。」

「嗯，我想你錯了。」

「好啊，那我想試試看我能放下的人生。那是哪一段人生？」

「不是你要告訴我嗎？」

愛爾姆女士移動王后，吃掉士兵，然後將棋盤轉半圈。「我只是個圖書館員。」

「圖書館員博學多聞。他們會帶你找到最適合你的書，去到最適合的世界。他們會找到最好的位置，就像靈魂加持的搜尋引擎。」

「沒錯。但你也必須知道自己想要什麼。在這比喻中，就像要在搜尋欄打入關鍵字。有時你必須先試幾次，才能清楚自己的目標。」

「我沒毅力。我覺得我辦不到。」

「活過才知道。」

「對。你一直在說。」

諾拉深深吐口氣。她在這間圖書館中能吐氣其實很有趣。她能感覺到自己在自己的身體裡，一切感覺都很正常。但這地方絕對不正常。實體的她不在這裡。不可能在這裡。但某個角度來說，她就在這裡，而實際上她雙腳也站在地上，彷彿這裡仍有地心引力。

「好吧。」她說，「我想要一段我很成功的人生。」

愛爾姆女士不以為然，發出嘖嘖聲。「以一個讀過不少書的人而言，你遣詞用字不大精確。」

「什麼？」

「成功。那對你來說是什麼意思？錢嗎？」

「不是。好吧，也許是。但不是關鍵。」

「好，那成功是什麼？」

諾拉對於成功毫無概念。她長年都覺得自己是廢材。

愛爾姆女士露出笑容，也不催促她。「你想再看一下《後悔之書》嗎？你要不要再想想看，究竟是哪些錯誤決定讓你偏離你所謂的成功之路？」

諾拉像狗甩開身上的水一樣，馬上搖頭。她不想再面對那毫無止境的錯誤及歧路清單。她已經夠憂鬱了。再說，她知道自己後悔什麼。後悔深埋心中，不曾消失。它們不像蚊子咬，過一陣子就消了。它們會癢一輩子。

「對，不會消失。」愛爾姆女士讀她的心，說道，「你現在不後悔自己怎麼對待貓了，也不後悔沒和伊琪去澳洲。」

諾拉點點頭。愛爾姆女士說得對。

她想起在勃朗特海灘泳池游泳的事。那感覺好舒暢，又莫名熟悉。

「小時候大家都鼓勵你繼續游泳。」愛爾姆女士說。

「對。」

「你爸爸總是很樂意帶你去游泳池。」

「那是少數幾件能讓他開心的事。」諾拉若有所思。

對她來說，游泳等同於父親的認可，而且她很享受沉入水中，脫離世界的感覺，因為在那裡，她不會看到父母朝彼此吼叫。

「你為何放棄？」愛爾姆女士問。

「我贏得游泳比賽之後，大家便看到我了，我不想被看到。而且不光如此，我當時穿著泳裝，並處在對自己身體特別有意識的年紀。有人說我肩膀和男生一樣寬。那真的很蠢，但在那時期，你會在意很多蠢事。在我還是少女時，我希望自己不會受到注目。大家都叫我『魚女』。他們這樣叫我不是稱讚。我當時很害羞，這就是我喜歡待在圖書館，不愛去遊樂場玩的原因。雖然感覺不重要，但有那塊小天地，對我來說幫助很大。」

「永遠不要小看微小事物的重要性。」愛爾姆女士說，「你要謹記在心。」

諾拉回想過往。她少女時期個性害羞，但又引人注目，這點令她很困擾，但她不曾被霸凌，大概是因為每個人都認識她哥。雖然大家不曾覺得喬很強悍，但大家都覺得他很酷，也很受歡迎，因此他的妹妹不會遭受校園霸凌。

她在地區和全國競賽中獲勝，但到十五歲，一切變得太沉重了。她每天都在游泳，一段游完又有一段。

「我不得不放棄。」

愛爾姆女士點點頭。「你和爸爸的感情受到影響，差點完全破裂。」

「差不多。」

她在腦中回想著父親在車上的表情。那是星期天早上，貝德福活動中心外，天空下著毛毛細雨，她告訴父親她不想再參加比賽了。父親的表情無比失望，深深感到挫敗。

「但你能有一段成功的人生。」父親說。對，她現在想起來了。「你絕不可能成為大明星，但游泳是實在的機會。就在你眼前。如果你繼續訓練，你能參加奧運。我確定。」

諾拉一直氣他這麼說。好像通往快樂人生的道路非常狹窄，而這是父親為她決定的路。彷彿她人生的決定一定會出錯。但當時十五歲的她完全不明白，自己會多後悔，她父親會有多痛苦，因為他感覺夢想已在咫尺之遙，觸手可及。

確實，諾拉的父親很難相處。

諾拉所有做的、渴望的、相信的，除非和游泳有關，不然他都會大肆批評。諾拉也覺得自己只要在他面前，無形中就有錯。自從父親韌帶受傷，讓他放棄橄欖球生涯，他打從心底相信宇宙在和他作對。他認為諾拉也是宇宙的詭計，至少諾拉自己這麼覺得。自從停車場那次之後，她感覺自己就像父親左膝的傷痛。一個活生生的傷。

但也許他懂未來會發生什麼事。也許父親能預見她會一次次後悔，等她驀然回首，才發覺她這一生都只在後悔，彷彿成了記載後悔的一本書。

「好，愛爾姆女士。我想知道我如果順著父親的意，人生會如何發展。在那人生中，我全力訓練。我不會抱怨五點要起來練習，或九點才結束。我每天都會按時游泳，不曾中途而廢。我也不曾去玩音樂或寫未完成的小說。我會犧牲一切，全心全意練習自由式。在那段人生中，我沒有放棄，我盡我所能登上奧運的殿堂。帶我去那段人生。」

一時之間，愛爾姆女士只是皺眉望著棋盤，思考要如何下贏自己，彷彿沒有注意到諾拉的小演說。

「城堡是我最喜歡的棋。」她說，「因為城堡走直線，所以你會不知不覺忽略它。你會留心狡猾的王后、騎士和主教，但最後你往往會著城堡的道。就算它直來直往，也不能掉以輕心。」

諾拉發覺，愛爾姆女士可能不只是在說下棋，但此時書櫃又動起來，像火車一般。

愛爾姆女士解釋：「比起酒吧夢想和澳洲冒險之旅，你這次想經歷的人生比較遠。剛才那兩段比較相近。這次的人生關乎許多選擇，必須追溯到更早的時刻。所以那本書比較遠，明白嗎？」

「我明白。」

「圖書館一定要有系統。」

這次愛爾姆女士沒有起身。她只舉起左手，一本書飛向她。

「你怎麼辦到的？」

「我不知道。好了，這就是你要的人生。去吧。」

諾拉接下那本書。那本書很輕、很新、呈萊姆色。她打開第一頁。這次她發現，她一點感覺都沒有。

諾拉處在生死之間前，最後發布的狀態

我想念我的貓。我累了。

成功人生

她剛才在睡覺。

她睡得很沉，沒有做夢。現在手機鬧鐘響起，她醒來了，而且不知道自己身在何處。手機上寫著六點三十分。她在螢幕的光線中，看到床邊電燈的開關。她打開燈，發現自己在旅館房內。那是間豪華的旅館，色調偏藍，布置中規中矩，散發商務旅館的感覺。牆上掛了張頗具品味的作品。那是一張半抽象、類似塞尚風格的蘋果畫作，也可能是梨子。

床旁有個圓柱型半空的玻璃瓶，裡面裝著礦泉水。還有一盒沒開封的奶油酥餅。一旁還有一疊用釘書機裝訂的文件，類似時間表之類的。

她看了一下。

榮獲大英帝國勳章的演講者諾拉．席德行程表

格列弗研究機構「啟發成功」春季大會

八點四十五分在洲際飯店大廳和普麗亞．納維魯里（格列弗研究機構）、羅里．朗佛（名人講者協會）和J見面

九點聲音測試

九點零五技術彩排

九點三十諾拉於VIP室預備，或在大廳看第一位講者（J·P·布理斯，MeTime手機App的發明者及《人生自己作主》的作者）

十點十五諾拉演說

十點四十五觀眾Q＋A

十一點見面和打招呼

早上十一點三十結束

獲勛的諾拉·席德

啟發成功

所以她真的擁有一段成功的人生。哇，這太神奇了。

她不知道「J」或她要在大廳見的是誰，她把文件放到一旁，下了床。她時間很充裕。為什麼她要六點半起床？也許她每天早上都會去游泳。有道理。她按了一個按鈕，窗簾喀啦喀啦滑開，她面對河景和一棟棟高樓大廈，也看到千禧巨蛋白色的屋頂。她從來沒有從這個角度看過這片風景。她站在大約二十層樓高的地方，倫敦和金絲雀碼頭鋪展在她眼前。

她走進浴室，裡頭鋪著褐色磁磚，淋浴間空間寬敞，並掛著潔白蓬鬆的毛巾，她發覺自己不像平常早晨那麼難受。對面有半面牆都是鏡子。她看到自己外表，驚訝地倒抽一口氣。然後大笑起來。她看起來健康到難以置信，而且不只健康，還很強壯。在這個人生，她晚上的穿著品味好差。她穿著芥末黃配綠色的格子睡衣。

浴室很寬敞。大到可以趴到地上做伏地挺身。她連做十下，膝蓋沒觸地，甚至連一口氣都沒喘。

然後她做平板式，並嘗試只用一手。接著換手，肌肉完全沒有顫抖。她又做了幾下波比跳。

完全沒問題。

哇。

她站起來，拍拍她如石頭般堅硬的肚子。諾拉想起在她原本的人生，她光走上街，爬個坡便氣喘吁吁，嚴格說來不過是昨天的事而已。

她少女時期之後便不曾感到這麼健康了。其實，這可能是她有生以來感到最健康的一次。絕對的身強體健。

她在臉書上搜尋「伊琪·賀許」，發現她之前最好的朋友仍活著，並在澳洲生活，諾拉很開心。她甚至不在意她們不是社群好友。在這人生中，諾拉可能沒去念布里斯托大學。就算有，她也不會選修同樣的課程。她有一點點慚愧，雖然這個伊琪·賀許從未見過諾拉·席德，但和諾拉原本的人生一樣，伊琪仍在做相同的事。

她也搜尋了丹。他和一個叫吉娜的飛輪課教練結婚，過著（看似）幸福快樂的日子。她全名叫「吉娜·羅德（原姓為夏波）」。他們在西西里辦婚禮。

接著諾拉 google 搜尋「諾拉·席德」。

她的維基百科頁面（她有維基百科頁面！）告訴她，她真的參加了奧運，而且還兩次。

她的專長為自由式。她在八百公尺自由式項目上奪得金牌，紀錄快到不可思議，八分五秒。她也在四百公尺項目拿到銀牌。

這都是在她二十二歲時的事。她二十六歲在四百公尺接力項目又拿到一面銀牌。更不可思議的是，她讀到自己一度是世界游泳錦標賽女子四百公尺自由式的紀錄保持者。她後來退休，不再參加國際賽。

她二十八歲退休。

她現在在英國廣播公司工作，負責播報游泳賽事，而且會上《體育問題》電視節目，她寫了一本自傳《成敗自取》。她偶爾也會擔任大英帝國游泳隊助理教練，至今每天仍會游兩個小時泳。

她捐了許多錢給瑪麗．居禮癌症照護基金會。她也為海洋保育協會在布萊頓碼頭舉辦募款游泳馬拉松。自職業競賽退役之後，她游泳橫渡英吉利海峽兩次。

頁面上有個連結，會打開一部TED演講的影片，她在演講談到運動毅力、訓練和人生的價值。有一百萬次點擊。諾拉看影片時，覺得自己彷彿在看別人。這女人充滿自信，掌控全場，臺風穩健，說話時展露自然的笑容，並讓觀眾在適當的時刻大笑出聲，鼓掌點頭。

她沒想像過自己能像這樣，並試著回憶這另一個諾拉現在要做什麼，但發現自己辦不到。

「有毅力的人和其他人並沒有不同。」她說，「唯一不同的是他們腦中有清楚的目標，並下定決心要達成。人生充滿許多干擾，毅力能幫助你專注。當身體和心到達極限，毅力能幫助你堅持，你會低著頭，在你的泳道不斷向前，不會朝兩旁顧盼，擔心有人會超越自己……」

這人到底是誰？

她跳過一小段，這另一個諾拉仍自信滿滿地說著話，宛如勵志版的聖女貞德。

「如果你目標不是要成為自己，你永遠都會失敗。你的目標一定要是成為自己。不論外表、行為或思考都要像自己，成為最真實的自己。擁抱你自己。為自己背書。愛上自己，努力成為自己。別人嘲笑或戲弄你，也不要猶豫。大多數閒言閒語都出自嫉妒。低著頭，展現毅力，不斷向前游，不斷向前游……」

「不斷向前游。」諾拉喃喃自語，重複另一個自己所說的話，心想不知道旅館有沒有游泳池。

影片消失，一秒之後，她的手機開始震動。

螢幕上出現一個名字：「娜迪亞。」

她原本的人生中，沒人叫娜迪亞這名字。她完全不知道看到這名字，她該感到期待還是害怕。

只有一個方法知道。

「喂？」

「親愛的。」一個她不認識的聲音傳來。她口氣親密，但不全然充滿善意。她有口音。也許是俄國人。「我希望你一切都好。」

「嗨，娜迪亞。謝了，我很好。我只是在旅館裡。準備大會的事。」她試著裝出輕鬆快樂的語氣。

「對，大會的事。演說一場一萬五千鎊。聽起來不錯。」

聽起來太扯了。但她也好奇，不論娜迪亞是誰，她怎麼得知此事。

「對。」

「喬跟我們說了。」

「喬？」

「對。嘿，聽著。我們找個機會，我要跟你聊一下你爸生日的事。」

「什麼？」

「我知道如果你能上來看我們，他會很高興。」

她全身發涼，雙腿發軟，彷彿見到鬼一樣。

她記得父親的喪禮。也記得她抱著哥哥，兩人靠在彼此肩頭哭泣。

「我爸？」

我爸。我過世的爸爸。

「他剛從花園進來了。你想跟他說句話嗎？」

這太神奇了，世界彷彿瞬間崩裂，和娜迪亞語氣完全兜不上。她說得輕描淡寫，彷彿那根本沒什麼。

「什麼？」

「你想跟爸爸說句話嗎？」

她一時之間說不出話，感覺像突然站不穩。

「我——」

她無法說話，也無法呼吸。她不知道要說什麼。一切感覺超乎現實，就像是時空之旅，她彷彿穿越到二十年前。

她想回應也來不及了，因為不久她便聽到娜迪亞說：「他來了……」

諾拉差點掛上電話。也許她應該掛上，但她沒這麼做。她知道這是人生的一種可能性，她需要再聽到父親的聲音一次。

先是他的呼吸聲傳來。

然後他開口：「嗨，諾拉，你好嗎？」

就這樣。稀鬆平常，毫不特別，只是日常對話。聲音是他沒錯。他聲音中氣十足，字正腔圓。但比起以往，也許有些單薄和虛弱。他的聲音比她印象中老了十五年。

「爸。」她說。她輕聲低語，語氣十分驚訝。「是你。」

「你還好嗎，諾拉？信號不穩定嗎？你想要用 FaceTime 視訊嗎？」

FaceTime。看到他的臉。不要。那樣她無法承受。她光講電話就快崩潰了。光想到在其中一個版本的人生中，她爸在 FaceTime 發明之後還活著，她就快嚇死了。她父親屬於有線電話的世界。他過世時，才正在接受像電子郵件和簡訊等前衛的概念。

「不用。」她說，「是我的關係。我剛才在想一些事，有點心不在焉。對不起。你好嗎？」

「很好。我們昨天帶莎莉去看獸醫。」

她猜莎莉是隻狗。她父母從沒養過狗或其他寵物。諾拉小時候曾央求父母要養貓狗，但她爸總是說貓狗會拖累自己。

「牠怎麼了？」諾拉問，並拉回正常語氣。

「牠耳朵又來了。就是一直感染。」

「對。」她說，彷彿她知道莎莉和牠耳朵的毛病。「可憐的莎莉。我……我愛你，爸。我只是想說這句話——」

「你還好嗎，諾拉？你聽起來有點……激動。」

「我過去都……我最近不常跟你說這句話。我只是希望你知道我愛你。你是個好父親。在另一個人生，我放棄游泳的人生中，我充滿懊悔。」

「諾拉？」

她感覺好尷尬，不敢問父親任何事，但她一定要知道。她內心湧出各種問題，像間歇泉一般。

「你好嗎，爸？」

「我怎麼會不好？」

「只是……你知道的，你以前會擔心胸口痛。」

「我再次找回健康之後，便不曾胸痛了。那是好幾年前的事了。你記得吧，我後來改頭換面，注重起健康啦。畢竟我老是在奧林匹克選手身旁。我後來練回了打橄欖球的身材。戒酒也已經十六年了。醫生說我膽固醇和血壓都很低。」

「對。當然了……我記得你改頭換面的事。」這時她又想到另一個問題。但她不知道要怎麼開口。於是她直接說了。

「對了，你再跟我說一次，你和娜迪亞在一起多久了？」

「你是失憶了嗎？」

「沒有。欸，對，也許有吧。我只是最近在想很多人生的事。」

「你現在是哲學家了嗎？」

「我還真念了哲學。」

「什麼時候？」

「算了。我只是想不起來你和娜迪亞怎麼認識的。」

她聽到電話另一頭傳來尷尬的一聲嘆息。父親語氣一冷：「你知道我們怎麼認識的……你為什麼現在要提起舊事？這是心理醫師要你提的嗎？你知道我對這件事的感覺。」

我有心理醫師。

「對不起，爸。」

「沒關係。」

「我只是想知道你很快樂。」

「我當然很快樂。我女兒是奧林匹克冠軍，我終於找到這一生的摯愛。你又再次振作起來，我是指心理上，我是說在葡萄牙的事件之後。」

諾拉想知道在葡萄牙發生什麼事，但她必須先問另一個問題。

「媽呢？她不是你這一生的摯愛嗎？」

「她以前是。但事情變了，諾拉。好了啦，你已經是大人了。」

「我……」

諾拉把電話開擴音。她按回自己的維基頁面。當然了，父親和娜迪亞．凡柯外遇後，她父母便離婚了。娜迪亞．凡柯是烏克蘭男泳選手伊格．凡柯的母親。在這段人生中，她母親在二〇一一年便過世了。

而這一切，全是因為諾拉並未在貝德福的停車場，告訴父親她不想成為職業泳者。

她又出現那感覺，像是她漸漸淡去，發現這段人生不屬於自己，並慢慢回到圖書館。但諾拉留了下來。她向爸爸道別，掛上電話，繼續看自己的資料。

她目前單身，但她曾和美國奧運獲獎的跳水選手史考特・理查茲交往三年，並和他在加州短暫同居，他們住在聖地牙哥的拉霍亞。她現在住在西倫敦。

她讀完整個頁面，放下手機，決定去看旅館有沒有游泳池。她想去做她在這段人生會做的事：游泳。也許水能幫助她思考她要說什麼。

雖然游泳沒讓她更有靈感，但她仍游得很盡興，心情也冷靜下來，畢竟她剛才和過世的父親對話了。游泳池中只有她。她劃過水面，以蛙式游了一趟又一趟，完全不需思考。她感覺全身充滿力量，感到自己健康又強壯，非常熟悉水性，一時間，她不再擔心父親的事，也不擔心自己演講其實沒準備好。

但她游著游著，心情漸漸變了。她想到父親多出的這幾年，以及她母親失去的歲月。她愈想愈氣父親，她滿腔怒火無處宣洩，不禁愈游愈快。她總覺得自己父母不離婚是因為自尊心太高，所以他們沒有消化自己的怒火，反倒將氣出在孩子身上，尤其是諾拉。而游泳是她唯一獲得認可的方式。

在這段人生，諾拉順父親的意投入職業生涯，犧牲自己的感情，她對音樂的熱愛，拋棄了除了獎牌以外的所有夢想。她放棄了自己的生活。結果她父親居然和娜迪亞出軌，丟下她母親，而且事到如今，父親對她口氣依然很差。

去他的。至少是這版本的他。

她換成自由式。她父母和一般父母不同，不曾不求回報的愛她，她突然發覺這不是自己的錯。而她母親注意到她每一寸缺點，從她耳朵不對稱開始，這也不是她的錯。不，事情的起因比這一切都更早。最根本的問題是，她在父母婚姻相對脆弱時莫名成為家中一份子。於是她母親陷入憂鬱，父親則逃到威士忌的懷抱。

她又游了三十趟，思緒漸漸平靜，她開始覺得自在，世界只有她和水。

然而等她終於出了泳池，走回房間換上唯一乾淨的衣服（一套俐落的藍色套裝），她盯著行李箱裡面，突然感到一股深沉的寂寞。行李箱有她自己寫的書。封面上的她眼神剛毅，充滿決心，身上穿著大英帝國游泳隊的泳裝。她拿起書，發現一旁小字寫著「和亞曼達．山茲合著」。

亞曼達．山茲，網路上介紹她是「眾多運動名星的影子寫手」。

接著諾拉看看手錶。她該去旅館大廳了。

大廳有兩個打扮光鮮亮麗的陌生人等著她，另外還有一個她非常熟悉的人。他穿著西裝，在這段人生中鬍子刮得乾淨。他頭髮整齊分邊，就像個商務人士，但他同樣是諾拉印象中的喬。他眉毛依舊濃密烏黑，母親常說：「那是你的義大利血統。」

「喬？」

而且，喬朝著她微笑。大哥哥般親切直率的笑容。

「早安，小妹。」他說，並且對於諾拉給他一個很長的擁抱，有點驚訝和尷尬。

他們分開之後，喬向她介紹身旁兩人。

「這是格列弗研究機構的普麗亞，就是大會的主辦單位，這是羅里，他是名人講者協會的人。」

「嗨，普麗亞！」諾拉說，「嗨，羅里。很高興見到你。」

「是啊。」普麗亞笑著說，「我們很高興能邀請你。」

「你說得像我們從來沒見過面一樣！」羅里發出宏亮的笑聲。

諾拉趕緊改口。「對，我知道我們見過面，羅里。我在開玩笑啦。你懂我的幽默感。」

「你有幽默感？」

「別鬧了，羅里！」

「好啦。」她哥哥笑著望著她。「你想看場地嗎？」

諾拉止不住臉上的笑容。她哥哥就在她身旁。她那兩年不見的哥哥，而且從更早之前開始，兩人關係就稱不上多好，而今他看起來健康又快樂，彷彿真心喜歡她。「場地？」

「對。演講廳。你演講的地方。」

「全都準備好了。」普麗亞接口補充。

「非常大的演講廳。」羅里附和，他手捧著裝咖啡的紙杯。

諾拉說好之後，他們帶她進到一個寬敞的藍色演講廳，裡面有個寬闊的舞臺和大約一千張空椅。穿著一身黑的技師上前問她：「你想要哪一種?領夾式還是手持?」

「什麼?」

「你上臺要用哪一種麥克風?」

「喔!」

「耳掛式。」他哥哥代替諾拉回答。

「對。耳掛式。」諾拉說。

他哥哥說：「我只要想到卡地夫那場麥克風惡夢，就覺得最好換一種。」

「對，沒錯。那真是場惡夢。」

普麗亞朝她微笑，似乎想問什麼。「你應該沒有多媒體的內容吧？投影片之類的？」

「嗯，我——」

她哥哥和羅里望著她，有點擔心。

這顯然是個諾拉該知道答案的問題，但她卻不知道。

「對。」她說，然後看到哥哥的表情。「我……沒有。對，我沒有。我沒有多媒體的內容。」

他們全看著諾拉，眼神透露出他們覺得她不大對勁，但她只笑笑帶過。

薄荷茶

十分鐘之後，她和哥哥單獨坐在一個叫「VIP商務休息室」的地方。那只是一個狹窄不通風的房間，裡面放了幾張椅子和一張桌子，上面放了幾份當天的報紙。有兩個穿著西裝的中年男子抱著筆電在打資料。

她現在已搞懂了，哥哥是她的經紀人。自從諾拉放棄職業游泳生涯之後，喬當她經紀人已經七年了。

「你可以嗎？」她哥哥問，他剛從咖啡機端了兩杯飲料過來。他打開側背包，拿出茶包。那是薄荷茶包。他將茶包放到剛才從咖啡機端來的熱水中。

接著他把茶給諾拉。

她這輩子從沒喝過薄荷茶。「那是給我的嗎？」

「對。他們這裡只有薄荷茶。」

喬自己倒了杯咖啡，諾拉其實心裡好想喝。也許在這段人生中，她不喝咖啡因。

你可以嗎？

「可以什麼？」諾拉好奇問道。

「今天的演講。」

「喔，嗯，當然。你再說一次，演講要多久？」

「四十分鐘。」

「對。」

「很大一筆錢。我從一萬英鎊開始談。」

「你真厲害。」

「我還是拿其中百分之二十。苦心不會白費。」

諾拉絞盡腦汁，思考該怎麼提起兩人的過去。她想知道在這段人生中，他們為何會坐在一起，彼此順利相處。可能是錢的緣故，但對她哥哥來說，錢從來不是多重要的事。不過，當然，諾拉放棄唱片公司的合約離開時，他確實難掩失落，但那是因為他想在迷宮樂團中當吉他手，一輩子當搖滾明星。

諾拉將茶包浸一浸，便拿出熱水。「你有沒有想過，我們人生也許可以是別的樣子？你知道，比如說，如果我不曾堅持游泳的話？」

「沒特別想過。」

「我是說，如果你不是我的經紀人，你覺得自己會做什麼？」

「我也當別人的經紀人，你知道的啊。」

「對，我當然知道。這個自然。」

「我想，要不是你，我可能不會當其他人的經紀人。我是說，你是我第一個客戶。你後來把我介紹給凱依和娜塔莉。接著是艾里，所以……」

她點點頭，彷彿她知道誰是凱依、娜塔莉和艾里。「對，但也許你會找到別的工作。」

「誰知道？也許我仍會待在曼徹斯特。我不知道。」

「曼徹斯特？」

「對。你記得我多愛那裡吧。讀大學的時候。」

她聽到這一切，難掩驚訝的表情。除了她能和哥哥相處，一起工作之外，她沒想到喬曾讀過大學。在她原本的人生中，她哥哥讀完高中之後，便申請去曼徹斯特讀歷史，但他成績一直不夠，大概是因為他每天晚上忙著跟拉維呼麻。最後他決定不去讀大學了。

他們又聊了一會。

中途他分心去看手機。

諾拉發現他手機的螢幕保護畫面是個陽光帥氣、笑臉迎人的男人，她從沒見過這人。她注意到哥哥戴著婚戒，於是故作輕鬆的表情。

「所以結婚生活怎麼樣？」

喬露出笑容。那是發自內心快樂的笑容。她已經好幾年沒見過他露出這樣的笑容。在她原本的人生中，喬的戀情一直都不順利。雖然從哥哥青少年時期之後，諾拉便知道哥哥是同志，但他到二十二歲才正式出櫃。他從來沒有一段幸福的長期關係。她感覺好有罪惡感，她沒想到自己的人生對於哥哥的人生有如此巨大的影響力。

「喔，你知道伊旺。伊旺就那樣。」

諾拉也露出笑容，彷彿她知道伊旺是誰，他是怎麼樣的人。「對。他很棒。我為你們兩個高興。」

他大笑。「我們已經結婚五年了。你說得好像我和他才剛在一起。」

「沒有，我只是……你知道吧，我有時覺得你好幸運，能沉浸在愛情之中，並過得如此幸福。」

「他想養隻狗。」他微笑。「我們最近在吵這個。我的意思是，養狗沒問題。但我想認養狗。而且我不想養瑪律蒂波狗或比熊犬。我想養狼犬。你知道的，一隻大狗。」

諾拉想起伏爾泰。「有動物陪著自己很好……」

「對啊。你還是想養狗嗎？」

「對。貓也可以。」

「貓太不安分了。」他說，語氣像是諾拉印象中的哥哥。「狗懂得自己的本分。」

「不安分才代表自由。太聽話就是奴隸。」

他一臉困惑。「那句話是哪冒出來的？誰說過的話嗎？」

「對。亨利・大衛・梭羅。你知道的啊，我最喜歡的哲學家。」

「你打從何時喜歡哲學了？」

當然了。在這段人生中，她從來沒拿過哲學學位。在她原本的人生中，她在布里斯托臭氣薰天的學生公寓讀了梭羅、老子、沙特的作品，而現在的她則曾經站在北京的奧運殿堂。奇怪的是，她沒發揮潛能登上奧運舞臺時，覺得很可惜，但如今她也為這版本的自己感到難過，因為她不曾為《湖濱散記》純粹的美醉心，也不曾領略馬可斯・奧里略[16]《沉思錄》克己自制的精神。

「喔，我不知道……我只是在網路上看到他的文章。」

16 馬可斯・奧里略（Marcus Aurelius, 121-180），羅馬帝國皇帝，著名斯多葛學派哲學家，素有哲學家皇帝的美譽。

「啊。好。我會去看看。你可以在演講中加一點他的內容。」

諾拉感到臉色瞬間慘白。「嗯，我在想今天也許做點不同的改變。我可能會……嗯，臨場發揮一下。」

畢竟，她最近一直在臨場發揮。

「我那天晚上看到一部關於格陵蘭的紀錄片。我想到你以前對北極圈很有興趣，剪了一堆北極熊之類的照片。」

「對。愛爾姆女士說要到北極探險，最好的方式是成為冰河學家。所以當時那就是我的目標。」

「愛爾姆女士。」他輕聲說，「好像有點印象。」

「學校的圖書館員。」

「就是她。你以前根本就住在圖書館裡，對不對？」

「差不多。」

「你想想看，如果你沒堅持游泳，你現在就會在格陵蘭了。」

「斯瓦爾巴。」她說。

「什麼？」

「挪威的群島。在北極海上。」

「好，那就挪威吧。你會在那裡。」

「也許吧。或也許我只會待在貝德福，混吃等死，當個無業遊民，為房租煩惱。」

「別傻了。你總會闖出一片天地。」

她看到哥哥那麼天真，不禁笑了。「另一段人生中，我跟你可能還會不合。」

「屁啦。」

「但願真是這樣。」

喬似乎有點不自在，明顯想換個話題。

「嘿，你猜我那天看到誰？」

諾拉聳聳肩，希望是她聽過的人。

「拉維。你記得拉維嗎？」

她想起昨天才在書報攤責怪她的拉維。「喔，對。拉維。」

「我遇到他了。」

「在貝德福？」

「哈！老天，當然不是。我好幾年沒回貝德福了。不是。我在黑衣修士地鐵站遇到他。超巧的。我已經超過十年沒見到他。至少十年。他正要去一家酒吧。於是我解釋我戒酒了，接著又要解釋我之前酒精上癮的事。總之就是全部的事，跟他說我好幾年沒喝酒，也沒抽大麻。」諾拉點點頭，彷彿這不足為奇。「媽過世之後，我人生就一團糟。我想他這次看到我時還覺得：『這人是誰啊？』但他很好，過得還不錯。他現在當攝影師了，平常還在兼職做音樂，當然不是搖滾樂，是當ＤＪ。記得我跟他組的團嗎？好幾年前的事，叫迷宮樂團？」

裝糊塗愈來愈容易了。「喔，對。迷宮樂團。沒錯。令人懷念。」

「對啊。感覺他很懷念那段時光。雖然我們超爛，我也不會唱歌。」

「你呢？你有沒有想過如果迷宮樂團大紅大紫，事情會怎麼樣？」

他大笑，笑中帶一點哀傷。「我不知道任何事情會怎麼樣。」

「也許你需要另一個團員。我以前會彈爸媽買給你的電子琴。」

「有嗎？你什麼時候有空彈？」

這是沒有音樂的人生，沒有讀她所愛之書的人生。

但這也是她和哥哥感情很好的人生。諾拉沒有讓他失望的人生。

「總之，拉維要我打聲招呼。他想聊聊近況。他現在工作的地方離這裡只有一站地鐵站。所以他會來聊聊。」

「什麼？喔。那……我希望他不要來。」

「為什麼？」

「我只是不曾發自內心喜歡他。」

喬皺起眉頭。「真的？我不記得你說過……他還好吧。人滿好的。也許以前有點揮霍光陰，但他似乎稍微振作了……」

諾拉有點不安。「喬？」

「嗯。」

「你記得媽過世的時候嗎？」

「記得。」

「我在哪裡？」

「什麼意思？你今天還好嗎，小妹？新的藥有用嗎？」

「藥？」

她檢查包包，動手翻找。看到包包裡有一小盒抗憂鬱的藥。她心一沉。

「我只是想知道。媽過世之前，我常去看她嗎？」

喬皺起眉頭。他還是同一個喬，還是搞不懂他的妹妹，還是想逃避現實。「你知道我們不在她身邊。事情發生太快。她沒告訴我們她病得多重。為了保護我們吧。也許她不希望我們叫她不要再喝了。」

「喝酒？媽媽喝酒？」

喬愈來愈擔心。「小妹，你失憶了嗎？自從娜迪亞出現之後，她每天要喝一瓶琴酒。」

「對。我當然記得。」

「而且你馬上要參加歐洲錦標賽，她不想影響你……」

「天啊。我應該要在她身邊。我們其中一個應該要待在她身邊，喬。我們兩個——」

他表情突然凍結。「你和媽一直沒那麼親，不是嗎？為什麼突然——」

「我後來跟她很親。我是說，我應該要才對。我——」

「你嚇到我了。你怪怪的。」

諾拉點點頭。「對。我……我只是……對，我想你說得對……我想是藥的關係……」

她記得母親在生命中最後幾個月說：「我不知道少了你該怎麼辦。」她可能也對喬這麼說。但在這段人生中，母親身邊沒有任何人。

這時普麗亞進門。她臉上掛著笑容，手中拿著手機和一塊記事板。

「時間到了。」她說。

我們的生命之樹

五分鐘之後，諾拉回到旅館寬敞的演講廳。現場至少有一千人，他們看著第一個講者的演講進入結論。他是《從零到英雄》的作者。在另一段人生中，丹床頭放了這本書。但諾拉坐到前排保留席時，沒有在聽演講。她為母親難過，為演講感到緊張，所以她就像用麵包沾湯吃一般，隨便撈起莫名傳入耳中的隻字片語，例如「很少人知道這事實」、「野心」、「你們聽到可能很驚訝」、「如果我做得到」、「逆境」。

在演講廳中，她感到難以呼吸。四周都是香水的麝香味以及新地毯的氣味。她努力保持冷靜。

她靠向哥哥，輕聲說：「我覺得我辦不到。」

「什麼？」

「我覺得我恐慌症要發作了。」

喬望著她，臉上露出微笑，但眼神無比凶狠。她不禁想起在另一段人生的事。迷宮樂團早期有次在貝德福酒吧演出時，諾拉在上臺前恐慌症發作，他也露出同樣的眼神。「你沒問題的。」

「我不知道我辦不辦得到。我腦中一片空白。」

「你想太多了。」

「我很焦慮。我沒辦法思考別的事情。」

「好了。別讓我們失望。」

別讓我們失望。

「可是——」

她試著去想音樂。

她只要想起音樂，情緒就能穩定。

她腦中響起一段旋律。即使是在心裡，她仍有點難為情，因為她發現自己腦中響起的歌是〈美麗天空〉。

這首歌很快樂，充滿希望，她已經好久沒有演唱了。*天空變黑／藍天化為黑夜／但星星依舊浮現／閃爍發亮——*

但諾拉身旁的人這時靠近，她是個五十多歲的女人，穿著套裝，一身光鮮亮麗，麝香味就是從她身上傳來的。她輕聲說：「很遺憾你遇到那些事。你知道的，在葡萄牙的事……」

「什麼事？」

那女人的回答被觀眾爆出的掌聲淹沒。

「什麼？」她又問一次。

但太遲了。有人朝諾拉招手，要她上臺，她哥哥用手肘頂了頂她。

她哥哥的聲音幾乎朝她吼來：「他們想要聽你演講。去吧。」

她躊躇走向舞臺上的講臺，走向投影幕上她自信巨大的臉龐，畫面中她充滿笑容，脖子上掛著金牌。

她一直很討厭受人注目。

「哈囉。」她緊張地朝麥克風說，「很高興今天來到這裡……」

一千多張臉盯著她，屏息以待。

她不曾同時對這麼多人說話。就算是迷宮樂團時期，他們也不曾在超過一百人面前表演，那時她在歌曲之間也盡可能少講話。她在弦理論工作時，雖然很樂意和客人交談，但她在工作人員會議中很少開口，即使會議人數不曾超過五個人。大學時期，伊琪總能輕鬆面對上臺報告，但諾拉在上臺前總會擔心好幾週。

喬和羅里盯著她，一臉困惑。

諾拉在ＴＥＤ演講上看到的不是她，她懷疑自己能不能成為那個人。而沒有完成那人的成就，一定辦不到。

「哈囉。我叫作諾拉・席德。」

她沒打算搞笑，但全場聽到都笑了。顯然她不需要自我介紹。

「人生很奇怪。」她說，「我們總是一口氣活過一生。直接了當，不會中斷。但其實人生不只於此。因為人生不只是由我們所做的事所形塑，也包括我們沒有做的事。我們人生的每個時刻都是……一種轉捩點。」

沒有反應。

「想想看。想想看我們如何從頭開始……一切像是安排好的。像是將樹的種子埋入地底。然後我們……我們生長……生長……起初我們是樹幹……」

完全沒反應。

「後來這棵樹……我們人生的樹發展出枝芽。想像所有樹枝，從樹幹分枝出去，達到不同的高度。想像所有樹枝會再次分出樹枝，朝向截然不同的方向發展。樹枝不斷分叉，最後變成細小的樹枝。每一根小樹枝的尾端都會落在不同的位置，但起點都是同一個。人生就像那樣，但規模更龐大。每天每秒都會有新的樹枝出現。從我們的視角、從每個人的視角，人生感覺就像……連續的整體。每根樹枝只代表一段旅程，但人生依舊有其他樹枝。世上仍存在著其他的今天。如果你在過去選擇不同方向，也會有其他不一樣的人生。這便是生命之樹。許多宗教和神祕學曾提到生命之樹。許多哲學家和作家也都曾以樹作為隱喻。對雪薇亞・普拉斯而言，存在像是一株無花果樹，而她人生的可能性都是甜美多汁的果實，例如擁有幸福的婚姻，或成為一名成功的詩人，但因為她嚐不到果實的滋味，於是果實便當著她的面腐爛了。如果一直去想我們錯過多少人生，我們一定會發瘋。

「像在大多數的人生中，我並未站在這個講臺，向你們講述成功的道理……在大多數的人生中，我不是一名奧運獲獎選手。」她想起愛爾姆女士在午夜圖書館告訴她的事。「你們知道，改變一件事，通常就代表改變一切。不論我們多努力，人生都無法重來……」

大家現在在聽了。他們的人生顯然需要一個愛爾姆女士。

「活過才知道。」

她繼續這樣演說二十分鐘，不斷回憶著愛爾姆女士對她說過的話，接著她低頭看向自己雙手，講臺的光照得她皮膚格外白皙。

她望著手臂上粉紅色鼓起的疤痕時，突然明白這是她割腕的痕跡，一想到此，她思緒不禁中斷。或者說，讓她開啟另一個話題。

「而且……而且重點是……重點是……我們認為最成功的人生道路，其實都不值得。因為我們心目中的成功，多半是表面上的狗屁成就，像奧運獎牌、理想的丈夫、優渥的薪水。我們視這一切為指標，努力去達成。但其實成功不能度量，人生不是一場競賽。說到底，那全是……胡說八道……」

觀眾現在全一臉尷尬。這顯然不是他們期待的演講。她環視眾人，看到一人朝她微笑。他打扮俐落，穿著藍色棉質襯衫，頭髮比在貝德福生活時來得短太多了，她花一秒才認出那是拉維。拉維看起來很友善，但她無法擺脫另一個拉維留下的印象，當時他衝出書報攤，氣自己連本雜誌都買不起，並怪罪於諾拉。

「其實，我知道你們期待我的ＴＥＤ演講會講述我的成功之路。但事實是，成功只是幻覺。全都是幻覺。我的意思是，沒錯，我們有些事情是可以克服的。例如，我是個有舞臺恐懼的人，但我此刻仍站在舞臺上。看看我，我站在臺上！最近有人告訴我，他們說我的問題其實不是舞臺恐懼。我的問題是人生恐懼。你們知道嗎？他們他媽說得對。人生很可怕，而且不是沒有原因，重點就是我們選擇哪條樹枝並不重要，因為我們永遠屬於同一棵腐爛的樹。我這輩子想成就很多事情，各式各樣的事。但如果人生腐爛了，不論你做什麼，一切都會爛光光。潮溼腐爛，完全沒用……」

喬的手在空中不斷劃過喉嚨，氣急敗壞要她「別說了」。

「總之，善待他人……善待他人就是。我覺得我要離開了，所以我只想說，我愛我的哥哥喬。我愛你，老哥，我也愛演講廳內所有人，很高興能來到這裡。」

她說很高興來到這裡的那一刻，就是她消失的那一刻。

系統錯誤

她回到午夜圖書館。

但這次她離書架有段距離。她在一條比較寬的走道上，這裡是她稍早之前看到約莫是辦公區域的地方。桌上有裝著一疊疊紙的公文匣，還有各種盒子和電腦。

淡黃色電腦放在桌上紙疊旁，造型老式，方方正正。愛爾姆女士以前在學校圖書館會用的那種。她現在坐在鍵盤前，雙手疾打，雙眼盯著螢幕，諾拉則站在她身後。

她上方的燈就像圖書館中的燈泡一樣，毫無燈罩直接從電線垂下，此刻正快速閃爍。

「因為我的選擇，我爸還活著。但他也出軌了，害我媽提早過世。我從來沒讓我哥失望，所以我和哥哥相處得很好，但他其實還是同一個哥哥，他跟我在那個人生中很好，只是因為我能幫他賺錢……而……那不是我想像中的奧運夢。我一樣是同一個我。而且我在葡萄牙發生一些事。我可能試圖自殺之類的……我真的有其他人生嗎？還是我只是外表改變而已？」

但愛爾姆女士沒在聽。諾拉注意到辦公桌上的東西。那裡有一枝塑膠製的橘色原子筆。那是諾拉在學校曾有過的同一枝筆。

「哈囉？愛爾姆女士，你聽到我說的話嗎？」

事情出狀況了。

圖書館員的表情緊繃，非常焦慮。她望著螢幕，喃喃自語。「系統錯誤。」

「愛爾姆女士？哈囉？嘿！你看到我了嗎？」諾拉拍她肩膀。她總算回過神來。

愛爾姆女士從電腦前轉過頭來，大大鬆了口氣。「喔，諾拉，你回來了？」

「你以為我不會回來嗎？你覺得我會想過那種生活？」

她沒搖頭，但感覺和搖了頭一樣。如果這樣說有道理的話。「不是。不是那樣。只是這看起來不大穩。」

「什麼看起來不大穩？」

「傳輸。」

「傳輸？」

「從書到這裡的傳輸。你選擇的人生到圖書館。事情出了問題，整個系統出現一個問題。我現下不能馬上解決。這是外部的問題。」

「你是說我真實的人生？」

她又望向螢幕。「對。午夜圖書館是因為你才存在的。所以問題是出現在你原本的人生。」

「所以我要死了嗎？」

愛爾姆女士有點氣惱。「有可能。換句話說，我們很有可能慢慢走到毫無可能性的地步。」

諾拉想起在游泳池游泳感覺多好，多麼充滿動力，感覺就像活著。這時她體內有所變化。她感到一股奇怪的感覺，肚子感到糾結，身體起了變化。她不一樣了。她在意起死亡的事。同時間，她頭上的燈不再閃爍，投下明亮的燈光。

愛爾姆女士拍著手，讀著電腦螢幕上的新資訊。

「喔，回來了。太好了。故障排除。我們再次順利運作。我想這要感謝你。」

「什麼？」

「電腦說主角問題源暫時獲得修正。你就是問題源。你就是主角。」她露出笑容。諾拉眨一下眼，當她睜開眼，她和愛爾姆女士已站在不同地方，再次回到圖書館的書架之間。兩人面對面尷尬站著，全身僵硬。

「對。好了，就序了。」愛爾姆女士說完，長嘆一口氣，意味深長。她顯然是在對自己說話。

「我媽在不同人生中死在不同的時間點。我想要一段她仍在世上的人生。這樣的人生存在嗎？」

愛爾姆女士的注意力回到諾拉身上。

「也許有。」

「太好了。」

「但你不能去。」

「為什麼？」

「因為這間圖書館是關於你的決定。沒有一個決定能明確讓她活過昨天。對不起。」

諾拉頭頂上的燈泡閃爍，但圖書館其他地方都如常。

「你必須想點別的，諾拉。上一段人生有什麼好的體驗嗎？」

諾拉點點頭。「游泳。我喜歡游泳。但我覺得我在那段人生不快樂。我不知道我在哪個人生中能真心感到快樂。」

「快樂是你的目的嗎？」

「我不知道。我想我希望自己的人生有意義。我想要做好事。」

「你曾想當個冰河學家。」愛爾姆女士看來記得。

「對。」

「你以前常提到。你說你對北極海有興趣，所以我建議你成為冰河學家。」

「我記得。我當下就覺得聽起來不錯，但我爸媽不喜歡。」

「為什麼？」

「我其實不知道。他們鼓勵我游泳，至少我爸是這樣。但任何和學術相關的工作，他們都很感冒。」

諾拉感到深沉的哀傷，內心無比沉重。她一有生命，父母親就先入為主覺得她和哥哥不同。

「除了游泳之外，他們期盼喬去追逐夢想。」她告訴愛爾姆女士。「但凡我要離家，我媽都不鼓勵。她不像爸爸，她甚至不鼓勵我游泳。但當然，一定有段人生是我不聽媽媽的話，最後成為北極圈的研究員。我會遠離一切紛擾，人生有著明確目的，並幫助地球。我會在前線研究氣候變遷的影響。」

「那你希望我為你找到那段人生嗎？」

諾拉嘆氣。她仍不知道自己想要什麼，但至少北極圈會不一樣。

「好吧。好。」

斯瓦爾巴

她在狹小船艙的小床上醒來。房間不斷搖晃，所以她知道這是艘船，雖然晃動不大，但她是被晃醒的。船艙很簡陋，只有基本所需。她穿著厚實的刷毛毛衣、長袖內衣和長褲。她拉開毛毯時，發現自己頭很痛。她嘴唇乾燥，雙頰緊貼著牙齒。她用力咳嗽，感覺自己的身體比奧運選手少游了數百萬趟泳池，十分虛弱，她手指有菸草的氣味。她坐起身，看到一個女人坐在另一張床上盯著她。女人有一頭白金色的頭髮，身材健壯，面孔歷經風霜。

「早安，諾拉。」她用某種語言向她道早安。

諾拉微笑。不論那女人說的是斯堪地那維亞地區的哪國語言，諾拉希望在這段人生中，自己都說得不流利。

「早安。」諾拉用英文回答。

她注意到女人床邊地上放著半瓶伏特加和馬克杯。兩張床中間，有個狗狗圖案的月曆靠在櫃子上，四月是史賓格犬。櫃子上有三本書，全都是英文書。靠近那女人的書名是《冰河力學原理》。兩本靠諾拉這邊的是《自然學家北極圈指南》和企鵝出版社出版的《沃爾松格傳說：屠龍鬥士西格魯德的北歐史詩》。她注意到別的事，這裡很冷，紮紮實實的冷。空氣冰冷到灼痛，手指和腳趾都會發疼，雙頰也變得僵硬。就算在室內，穿著好幾層保暖內衣，穿著毛衣也都一樣。她們旁邊有兩臺電暖器，散發橘色的光芒。她們每一口氣都化為霧氣。

「你為什麼來這裡，諾拉？」那女人用英文問，她口音很重。

這問題好難回答，尤其不知道「這裡」是哪裡。

「現在就考我哲學問題，不嫌太早嗎？」諾拉緊張大笑。

舷窗外她看到海上聳立一道冰牆。她不是在極北就是在極南。她距離世界非常遙遠。

那女人仍盯著她。諾拉完全不知道她們是不是朋友。那女人看起來為人強悍直率，舉止粗魯，但與之作伴也許很有趣。

「我不是在問哲學問題。我甚至不是在問你為何投入冰河研究。但我問的也可能是同個問題。我是說，你為什麼選擇要盡可能遠離文明？你從沒告訴我。」

「我不知道。」她說，「我喜歡冷一點的地方。」

「沒有人會喜歡這麼冷。除非是被虐狂。」

她說得對。諾拉伸手拿起床腳的毛衣，在身上的毛衣上再加上一層毛衣。她加衣服時看到伏特加瓶旁邊有張工作證。

國際極地研究中心
地球科學教授
英格麗·施爾貝克

「我不知道，英格麗。我想我就喜歡冰河。我想了解冰河。了解它們為何……融化。」

英格麗聽了驚訝地揚起眉毛，諾拉聽起來不像個冰河專家。

「你呢？」她問著，期盼能化解尷尬。

英格麗嘆口氣，用拇指摩擦手掌。「帕爾死後，我無法再待在奧斯陸。所有人都不是他，你知道嗎？我們大學時，有一間我們會一起去的咖啡店。我們總會靜靜坐在一起，但都不會交談，開開心心，沉默相伴。我們會讀報紙，喝咖啡。要避開那些充滿回憶的地方好難。我們以前去哪裡都在一起。每一條街上都有他煩人的身影……我一直叫那些回憶他媽的滾遠點，但就是消失不掉。悲傷是個王八蛋。如果我再多待一會，我會憎恨人類。所以斯瓦爾巴研究出現空缺時，我就覺得，對，這是我的救贖……我想去一個他從未到過的地方。我想去個我不需面對他鬼魂的地方。但其實一切並未解決，你明白嗎？地方是地方，回憶是回憶，人生是他媽的人生。」

諾拉靜靜思考。英格麗顯然是在向一個她覺得自己熟悉的人傾訴，但諾拉是陌生人。她感覺很怪，感覺不對。她心想，這一定是當間諜最難的部分。大家會向你投注情感，就像一筆錯誤的投資。這感覺就像你從別人身上剝奪了什麼。

英格麗露出微笑，打斷她的想法。「總之，昨天晚上謝謝你……聊天聊得很盡興。這船上有很多混蛋，你不是其中一個。」

「喔，謝謝。你也不是。」

這時諾拉注意到一把巨大的棕色獵槍，槍把厚實，靠在艙房另一端的牆上，就在大衣掛鉤下。

她看到那把槍，心裡莫名感到開心。她覺得十一歲的她一定會為自己感到驕傲。看來她正開始一段冒險。

雨果・李費佛

諾拉頭很痛，顯然還在宿醉。她走過一條簡陋的木走道，進到狹小的餐廳，裡面瀰漫醃鯡魚的氣味，幾個科學研究者在裡頭吃早餐。

她替自己倒了杯黑咖啡，拿了些不新鮮的乾硬黑麥麵包，找個座位坐下。

她四周窗外有著她這輩子見過最奇異又美麗的景緻。濃霧中出現一座座冰島，像潔淨又純白的岩石。諾拉數了一下，除了她，餐廳裡有十七個人。十一個男人，六個女人。諾拉獨自坐著，但五分鐘之後，一個男人便坐到她的桌子，他一頭短髮，滿臉鬍鬚，可能再過兩天就變一臉大鬍子了。男人像餐廳中多數人一樣穿著派克大衣，但衣服感覺不大適合他，彷彿他如果在海邊，穿著時尚的短褲和粉紅色 polo 衫會比較自在。他朝諾拉微笑。她試著解讀男人的笑容，了解他們究竟是什麼關係。男人又望了她一會，接著就把椅子拉過來，坐到她對面。她用目光搜尋他的名牌，但遍尋不著。她不曉得自己知不知道他名字。

「我是雨果。」男人說，她聽了鬆口氣。「雨果・李費佛。你是諾拉，對吧？」

「對。」

「我在斯瓦爾巴研究中心常看到你，但我們從沒打過招呼。總之，我只是想說，我讀完你關於冰河脈動的論文，深受啟發。」

「真的？」

「對。我是說，我一直覺得驚訝，為什麼冰河會這樣，但其他地方都不會。這種現象非常奇特。」

「生命充滿各種奇特的現象。」

她很想和人對話，但很危險。諾拉露出淺淺有禮的微笑，望向窗外。冰島化為真正的島嶼。島上有著附滿白雪的山丘，像是高山的山頂，還有一片片坡度平緩但崎嶇的土地。再過去便是諾拉剛才從舷窗看到的冰河。雖然頂端籠罩在一片雲霧之中，但她現在看得更清楚，冰河鋪展在她眼前一覽無遺，簡直不可思議。

在電視或雜誌中，你有時會看到冰河的畫面，就是一片雪白平滑隆起的土地。但這冰河像是山峰一樣，棕黑色和白色相間，白色有著千變萬化的層次，像是視覺上的大雜燴，有純白、藍白、綠松白、金白、銀白和透白，無比耀眼，令人驚豔。絕對比早餐更令人驚豔。

「很令人沒勁，對不對？」雨果說。

「什麼？」

「每天都無止無境。」

諾拉對這句話感到不安。「什麼意思？」

「白晝不曾中斷。」他說完咬一口乾餅乾。「從四月到現在。感覺像活在冗長的一天……我很討厭這種感覺。」

「可不是。」

「我以為他們會幫舷窗裝上窗簾。我登上這艘船幾乎都沒睡。」

諾拉點點頭。「所以是多久了？」

他笑了。那是友善的笑容，他閉著嘴，彬彬有禮，幾乎稱不上是個笑。

「我昨晚跟英格麗喝了不少。伏特加偷走我的回憶。」

「你確定是伏特加嗎？」

「還有什麼可能？」

他雙眼透露出疑問，諾拉不禁感到心虛。

她望向英格麗，英格麗喝著咖啡，敲打著筆電。諾拉希望她現在和英格麗坐在一起。

「昨天是我們第三個晚上。」雨果說，「我們從星期天開始便在群島這一帶晃。對，星期天。我們離開朗伊爾城是那天。」

諾拉扮個鬼臉，假裝她本來就知道。「星期天感覺是好遙遠的事。」

船感覺在轉向。諾拉全身不禁朝座位傾斜。

「二十年前，斯瓦爾巴根本沒有水面。現在你看。我們像在地中海航行一樣。」

諾拉試著放鬆臉上僵硬的笑容。「其實不像啦。」

「總之，我聽說你今天要幹苦差事？」

諾拉維持面無表情，這不算太難。「真的？」

「你是看守員，不是嗎？」

諾拉完全不知道他在說什麼，但又害怕他眼中的光芒。

「對。」她回答。「對，我是。我是看守員。」

雨果睜大雙眼，驚訝不已。也許是假裝驚訝，他的表情很難捉摸。

「看守員？」

「怎麼了？」

諾拉內心好想知道看守員到底要做什麼，但又不能問。

「好吧，祝你好運。」雨果說，一面打量著她。

「謝謝。」諾拉說，望著北極刺眼的光線和清新的景色，過去她只在雜誌上看過。「我準備好接受挑戰了。」

繞圈圈

一小時之後，諾拉站在布滿白雪的寬大石面上。那地方不算島嶼，比較像礁石。那裡不大，沒有任何生物，所以沒有命名，不過冰冷的海水另一端，有一座比較大的島嶼有個不祥的名字：熊島。她站在一艘船旁，不是她吃早餐時坐的那艘船，之前那艘船叫作蘭斯號，那是他們最大的船，現在安穩的停泊在海上。她身旁是一艘小型汽艇，那艘船光憑一個叫盧恩的大塊頭便能拖到水上，他雖然有著斯堪地那維亞的姓，卻說著一口懶洋洋的西岸美語。

她腳邊有個螢光黃的帆布包，地上還放著原本靠在船艙牆上的溫徹斯特步槍。這是她的槍。在這段人生中，她有一把槍。槍旁有個平底鍋，裡面放了個湯勺。她手中有另一把較不具殺傷力的槍。她舉著信號槍，準備發射信號彈。

她後來總算知道她要「看守」什麼。九名科學家在這小島上進行氣候追蹤和田野調查時，她必須注意北極熊。顯然，北極熊出現的可能性不小。如果她看到熊，必須馬上發射信號彈。此舉一石二鳥，一能嚇走北極熊，二能警告其他人。

這並非萬無一失的工作。人類肉好吃，蛋白質充足，熊也並非輕易能嚇走，尤其最近牠們失去棲息地，食物來源減少，牠們變得更難生存，不得不冒險求生。

團隊中最年長的人叫彼得，他是隊長。他沒有蓄鬍，五官立體。「你發射信號彈之後，用力敲打平底鍋和湯勺。瘋狂亂敲，嘴裡還要尖叫。牠們的聽力很敏感，就像貓一樣。十次有九次能把牠們嚇跑。」

「那例外那一次呢？」

他朝步槍點點頭。「你要在牠殺死你之前殺了牠。」

諾拉不是唯一有槍的人。他們所有人都有槍。他們是武裝科學家。總之，彼得大笑，英格麗拍拍她的背。

英格麗沙啞地大笑，說：「我真心希望你不會被吃掉。我會想念你的。總之只要你生理期還沒來，就不會有事。」

「老天。什麼？」

「牠們在一哩外就聞得到血味。」

另一人含糊對她說了聲「祝你好運」。他們全身都裹得緊緊的，就算她認識對方，也完全看不出來他們是誰。

「我們五小時就會回來……」彼得跟她說。他又大笑，諾拉希望這是個笑話。「在原地繞圈圈走，保持溫暖。」

後來他們便離開她身邊，走上遍布岩石的土地，並消失在霧中。

一小時之內，什麼都沒發生。諾拉繞圈圈走路，並左右換腳跳。霧稍微散了點，她看著四周的景色，好奇自己為何沒有回到圖書館。畢竟，這人生確實有點爛。在某段人生，她現在一定沐浴著太陽，坐在游泳池旁。她也許玩著音樂，也許躺在飄著薰衣草香氣的溫暖浴室裡，也許和人在第三次約會時享受一段盡情的性愛，也許在巴黎街頭散步，也許在羅馬恣意漫行，也許靜靜凝視著京都寺廟，也許有著一段快樂的關係，像活在溫暖的繭中。

在大多數的人生中，她至少身體舒適。但她在這裡有種新感覺，或說是一種埋藏在心底的舊感覺。她腦中第一個想法是冰河的景象讓她想起自己不過是活在這星球上的人類。她發現自己這一生做的所有事情，包括她買的、努力的和消費的，都讓她漸漸忘記，自己和所有人類其實不過是九百萬物種之一。

梭羅在《湖濱散記》中寫道：「如果人自信朝夢想的方向前進，努力去度過自己想像中的生活，他會在最尋常的時光中意外感受到成功。」他也觀察到，這種成功多半來自獨處。「我與孤獨相伴，不曾找到更好的選擇。」

諾拉在那一刻有著同樣的感受。雖然她此時才孤獨一小時，但她不曾在無人的大自然中，體驗這種程度的孤獨。

她在午夜夢迴，渴望自殺的時刻，都以為孤獨是問題。但其實是因為那不是真正的孤獨。在忙碌的大城市中，人會渴望與人連結，因為寂寞的心會覺得人與人的連結是一切的重點。但在純粹的大自然之中（或如梭羅所說的「荒野的滋潤下」），孤獨有著全然不同的性質。孤獨本身就是一種連結，連結著她和世界，連結著她和自身。

她記得她和艾許的對話。他身高很高，有點笨拙，有點可愛。為了練吉他，他老是缺一本新樂譜。

他們不曾在店裡好好聊天，反而是那次諾拉母親生病，他們才在醫院聊了許久。母親診斷出卵巢癌時，便需要動刀了。諾拉帶媽媽去貝德福綜合醫院找了所有醫生諮詢，幾週之間，她握著媽媽的手的時間，比這輩子之前都還長。

她媽媽進行手術時，諾拉在醫院食堂等待。艾許穿著外科手術服，認出諾拉是在弦理論常與自己聊天的店員，也發現她神情凝重，便來向她打招呼。

他在醫院做一般外科醫師，諾拉最後問了他許多手術方面的問題（尤其那天他剛好切除病患的闌尾和膽管）。她也問了平常手術復元的時間和程序，艾許令人感覺非常安心。他們最後聊天聊地，聊了大半天，他似乎感到她亟需有人陪伴。他特別叮嚀諾拉，不要在網上胡亂搜尋各種症狀，接著他們順勢討論到社群媒體。他覺得人在社群媒體上的連結愈多，會變得愈寂寞。

「那就是現在大家厭惡彼此的原因。」他指出，「因為他們周遭有好多不是朋友的朋友。你聽過鄧巴數嗎？」

這時他告訴諾拉牛津大學有個人叫羅傑．鄧巴，他發現人類天生只能認識一百五十人，那是狩獵採集部落所能形成的平均規模。

在醫院食堂平凡的燈光下，艾許告訴她：「而且如果你去看《末日審判書》，當時英國社區的平均大小正是一百五十人。唯一的例外是肯特郡。那裡只有一百人。我就來自肯特，我們有反社會DNA。」

「我去過肯特。」諾拉回答，「我注意到了。但我喜歡這理論。我一小時就能在IG上見到一百五十人。」

「沒錯。不健康！我們的大腦無法處理。這就是我們為何比過去更渴望面對面交談。而且……這就是我絕不會在網路上買賽門與葛芬柯吉他和弦歌本的原因！」

她想起這段回憶不禁露出微笑，忽然之間，她聽到一聲巨大的水聲，將她拉回北極圈冰天雪地的現實中。

她腳下的礁石和熊島之間，距離她幾公尺處，還有幾塊岩石。有東西從海水的泡沫中冒出。那動物很沉重，挾帶著海水的重量落到岩石上。她全身打顫，已準備發射信號彈，但那不是北極熊。那是隻海象。那隻肥胖、全身皺褶的棕色野獸在冰上移動身軀，然後停下動作，盯著她瞧。海象本來就有一張老臉，但牠看來確實不年輕了。海象就算盯著她瞧一輩子，也不會感到不好意思。諾拉內心感到害怕。關於海象，她只知道兩件事。海象性情凶殘，而且牠們不會獨自行動太久。

附近可能還有其他海象，準備從海中上岸。

她不知道自己該不該發射信號彈。

海象待在原地，在大雪紛飛的天光之下，像是鬼魂一般，但牠的身影漸漸消失在濃霧中。好幾分鐘過去。諾拉身上穿了七層衣服，但她的眼瞼無比僵硬，感覺如果閉太久便會結凍。她偶爾會聽到其他人的聲音，有一刻，她的同事回到她視線範圍之內，她在大霧中看到他們的輪廓。他們彎身到地面上，用她不理解的器材解讀冰層樣本。但後來他們又消失了。她吃了帆布袋中的蛋白質能量棒。能量棒很冷，跟太妃糖一樣硬。她看一下手機，但沒有訊號。

四周一片寂靜。

她處在寂靜之中，這才發現世界其他地方有多少噪音。在這裡，聲音有意義。聽到聲音，就必須注意。

她嚼著能量棒，旁邊又傳來一聲水聲，但這次方向不同。霧氣濃密，天光稀微，她看不清上岸的究竟是什麼。但這次不是海象。這點非常清楚，因為她發現朝她移動的輪廓很大。比海象還大，也比人類大多了。

無人之境一瞬間的存亡危機

「喔，幹。」諾拉在冰天雪地中喃喃說道。

真心需要圖書館卻找不到的哀傷

濃霧散開，一隻巨大的白熊出現，牠先是直挺挺站著，然後四肢墜地，繼續以驚人的速度朝她奔來。牠步伐沉重，動作優美卻令人膽顫心驚。諾拉不知所措。她內心驚恐，腦中一片空白，全身和腳下的永凍土一樣僵硬。

幹。

幹幹。

幹幹幹幹。

幹幹幹幹幹。

終於，生存欲望湧現，諾拉舉起信號槍發射，火焰彈像迷你彗星射向天空，落到水中，明亮的光芒如她的希望一般慢慢消逝。白熊仍朝她奔來。她跪到地上，拿湯勺敲著平底鍋，扯著嗓子大喊。

「熊！熊！熊！」

熊暫時停下。

「熊！熊！熊！」

熊再次向前。

敲打平底鍋沒有用，熊靠得很近了。她不知道自己搆不搆得到放在冰上的步槍，槍離她有點距離。她看到白熊巨大的腳掌，前端的利爪深深扣入布著白雪的岩石。白熊低著頭，黑色雙眼直直望著她。

「**圖書館員！**」諾拉尖叫。「**愛爾姆女士！拜託送我回去！這段人生不對！真的、真的、真的不對！帶我回去！我不想要冒險！圖書館在哪?!我想要回圖書館！**」

北極熊眼中沒有憎恨。諾拉只是食物。只是肉而已。在恐懼之下，她卻彷彿微不足道。她心跳如擂鼓，像是樂譜上的最強音，來到歌曲的尾聲。在那一刻，她終於恍然大悟：

她不想死。

那就是問題所在。面對死亡，生活相較之下更具吸引力。而當生活變得更吸引人，她怎麼回得到午夜圖書館？她不能光是害怕，她必須對生活感到失望，才能回到圖書館，再試下一本書。

死亡就在眼前。死亡此刻彷彿幻化為熊形，用黑色的眼睛盯著她，殘暴又無情。她這時真真切切明白，自己還無法接受死亡。北極熊為了生存，正和飢餓奮鬥，而她站在原地，與熊面對面時，她的覺悟也勝過了恐懼，於是使勁用湯勺敲打平底鍋，敲得無比大力，彷彿樂譜上快速的斷奏，噹噹噹不絕於耳。

我。不。怕。

我。不。怕。

我。不。怕。

我。不。怕。

我。不。怕。

我。不。怕。

白熊站起，望著她，就像海象一般。她瞄一眼步槍。對。槍太遠了。等到她抓住槍，搞清楚要如何發射，一切就太遲了。總之，她也不確定自己能不能殺死北極熊。於是她繼續敲打湯勺。

諾拉閉上雙眼，一邊製造噪音，一邊希望圖書館出現。她再次睜開眼，熊已經緩緩滑入海水中。即使熊消失之後，她仍不斷敲打著平底鍋。大約一分鐘之後，她聽到濃霧中有人喊她的名字。

島

她大受驚嚇，但跟其他在小船上的人所想略有不同。她不是因瀕臨死亡而受到驚嚇。她驚愕的是，發現自己其實想活下來。

他們經過一座小島，上面生意盎然。綠色的地衣在岩石上生長，小巧的海雀和海鸚縮成一團，抵抗著北極圈的風。生命對抗命運，努力生存。

雨果從扁壺倒出一杯咖啡，拿給諾拉。諾拉用雙手拿著杯子，即使戴了三雙手套，她手仍十分冰冷。

要成為大自然的一部分，就要擁有活下來的意志。

當你待在同個地方太久，你會忘記世界多麼遼闊。世界無垠，你難以捕捉。她心想，這就像人廣闊的可能性，你也無法丈量。

但你一旦感受到那浩瀚的可能性，一旦開了竅，不論你願不願意，希望便會萌生，並像岩石上的地衣，緊緊依附著在你身上。

永凍土

斯瓦爾巴表面氣溫暖化的速度為全球的兩倍。在此，氣候變遷發生的速度比地球上其他地方都快。

有個女子將紫色羊毛帽下拉，緊裹住額頭，她說自己看過冰山翻筋斗。冰山會翻筋斗是因為水溫變高，海水下的冰山慢慢溶化，最後變得頭重腳輕，因此崩垮。

另一個問題是土地上的永凍土逐漸在融化，地面因此變得更軟，造成山崩和雪崩，破壞了斯瓦爾巴最大的城鎮朗伊爾城的木屋。另外，當地墓園的屍體也可能因此暴露。

這群科學家盡全力去調查地球目前發生的事，試著觀察冰河和天氣活動，藉此警告社會大眾，並保護地球上的生命，身處他們之中相當激勵人心。

諾拉回到主船上，靜靜坐在餐廳，因為她遇到熊，每個人都來關心她。她覺得不能跟他們說，自己其實很慶幸擁有這次經驗。她只能維持禮貌，露出微笑，盡其所能避免對話。

這段人生十分刺激，毫無保留。現在氣溫是零下十七度，她差點被北極熊吃了。也許她原本人生的問題是出在生活平淡無奇。

她已漸漸覺得，自己注定平凡，令人失望。

諾拉的確一直覺得，自己出生在一個不斷後悔、希望不斷破滅的家族。

例如，她外祖父叫作羅倫佐．康提。他離開了位於義大利美麗鞋跟的普利亞，在搖擺的一九六〇年代來到倫敦[17]。

在布林迪西荒廢的海港城鎮，他像其他人一樣移民到英國，放棄亞得里亞海的生活，在倫敦磚廠公司討一份工作。羅倫佐相當天真，想像自己能有個美好的生活。他以為自己會每天製磚，晚上會聽著披頭四，揉揉肩膀，和珍．詩琳普頓或瑪莉安．菲絲佛[18]手挽著手在卡納比街[19]散步。

只是有個問題，雖然倫敦磚廠公司名字裡有倫敦，但它其實不在倫敦。公司位於北方六十哩外的貝德福，雖然貝德福有其異趣，但和羅倫佐嚮往的搖擺風格有著不小的差距。他向現實妥協，定居在此。這份工作也許不光鮮亮麗，但能賺到錢。

羅倫佐娶了一個當地的英國女子叫派翠莎．布朗，她也習慣接受失望的生活，她原本夢想成為演員，後來接受了平凡的命運，登上鄉下家庭主婦的舞臺。她廚藝再怎麼精進，也走不出普利亞婆婆傳奇義大利麵料理的陰影，而在羅倫佐眼中，那也是永遠無法勝過的家鄉滋味。

他們結婚一年後便生了個小女娃，也就是諾拉的母親，他們給她取名為唐娜。

唐娜小時候，父母親便經常吵架，因此她覺得婚姻不光天注定，更是天注定悲慘。她後來在法律事務所當祕書，並成為貝德福議會的聯絡員，但在這之後的遭遇，她沒仔細說過，

---

17 搖擺的六〇年代（Swinging Sixties）是英國年輕人興起的文化現象，藝術、時尚和音樂在此時期蓬勃發展，展現出色彩繽紛、充滿活力的樣貌。

18 珍．詩琳普頓（Jean Shrimpton, 1942-），英國超級名模，搖擺六〇年代的代表人物。瑪莉安．菲絲佛（Marianne Faithfull, 1946-）是英國著名歌手，在英倫流行文化向美國大量輸出的六〇年代中，她是女性流行藝人代表人物。

19 卡納比街（CarnabyStreet）為倫敦的著名商業購物街，在時裝服飾界有舉足輕重的地位。

至少沒向諾拉提起。總之有一天，她突然情緒崩潰，不得不請假待在家裡。後來她即使康復了，也不曾回去上班。而那次情緒失控只是個開始。

她母親彷彿無形中握有一根失敗接力棒，後來她將棒子傳承給諾拉，讓她拿了一輩子。也許那就是她放棄無數次機會的原因。因為一切都在她的ＤＮＡ中，她注定要失敗。

諾拉想著想著，船嘎吱作響，駛過北極海，海鳥在空中飛舞。英格麗說那是三趾鷗。

不管是父親還是母親的家族，雖然沒明說，但他們都相信人生注定讓人吃癟。諾拉的父親名叫吉歐夫，他確實也無法如願實現人生目標。

吉歐夫兩歲時，他父親便死於心臟病，因此他是在單親家庭長大，這悲慘殘酷的過去深埋在他最初的記憶中。諾拉的祖母來自愛爾蘭的鄉村，但她後來移民英國，成為學校清潔工，全心全力在掙錢餵飽肚子，生活沒有絲毫樂趣。

吉歐夫小時候便遭霸凌，但長大之後因為身材高大魁梧，學校惡棍馬上變得不敢惹他。他努力積極，發現自己擅長足球和鉛球，尤其是橄欖球。他為貝德福布魯青年隊效力，成為他們最好的球員。他原本有大好前程，卻因膝副韌帶受傷，斷送了未來。後來他成為體育老師，在大學怨天尤人，鬱鬱寡歡。他一直夢想出國旅遊，但都是嘴上說說罷了。他只訂了《國家地理雜誌》，偶爾長假會去基克拉澤斯群島。諾拉記得他曾在夕陽西下的納克索斯島上，拿著相機拍阿波羅神殿。

不過，也許人生便是如此。表面上最豐富、最值得的人生，也許最終會讓人有同樣的感受。你還是會覺得世事一成不變，處處充滿失望、傷痛和比較，美好和奇異的時刻則一閃而逝。

也許人生唯一重要的意義就是踏入這個世界，親眼目睹一切，如此而已。也許父母親不快樂，不是因為他們一事無成，而是他們期望過高。不過說實在話，她也不確定。但在那艘船上，她突然明白了一件事。她過去都沒發現，自己其實深愛著她的父母，在那一刻，她全心原諒了他們。

朗伊爾城的一夜

他們花了兩小時回到朗伊爾城的小港口。那是挪威、也是世上最北邊的城鎮，人口大約兩千人。

諾拉原本的人生就知道這些基本知識。畢竟，她從十一歲以來便深受這地方吸引，但她對這裡的認識也僅止於她讀過的雜誌文章，因此她仍不敢與人交談。

坐船回來的路上都算順利，因為她雖然沒和大家討論剛才採集的岩石、冰塊和植物，也不熟悉「條紋玄武岩基岩」和「後冰河同位素」，但大家都覺得應該是因為她剛才遇到北極熊，驚魂未定。

她確實驚魂未定，沒錯，但和同事所想不同。她的驚恐不是因為差點喪命。畢竟她進到午夜圖書館時本來就快死了。不，她的驚恐是感覺自己快活過來了。或者，至少她已能想像自己積極活著的樣子，而且如果她重獲生命，她會想做點好事。

根據蘇格蘭哲學家大衛．休謨[20]所說，人類的生命對宇宙的意義和牡蠣無異。但即使人生再沒意義，大衛．休謨還是把這句話寫下來了，也許人生做點好事，幫忙保育各式各樣的生命，也無可厚非。

20 大衛．休謨（David Hume, 1711-1776），蘇格蘭啟蒙哲學家，他以經驗主義、懷疑主義和自然主義為中心的哲學系統對後世影響深遠。

就諾拉所理解，她和其他科學家在做的，可能跟測量區域冰層和冰河融化速度有關。他們藉此評估全球氣候變遷的速率。就諾拉看來，雖然不只如此，但那是最主要的目的。

總之，在這段人生中，她在盡其所能拯救地球，或者至少觀測出地球穩定走向毀滅的事實，並警告世人環境出現了危機。這件事確實令人灰心喪氣，但話說回來，也是件充滿成就感的好事。有明確的目標，有意義。

他們也很佩服她。其他人聽到北極熊的故事時，諾拉變得好像英雄一般，雖然不是奧林匹克游泳冠軍，但同樣充滿成就感。

英格麗手臂摟著她。「你是平底鍋戰士。我想我們今天得好好吃一頓，紀念你無懼的表現，還有我們開創性的發現。吃一頓好料的，配一點伏特加。你覺得呢，彼得？」

「吃一頓好的？在朗伊爾城？他們有嗎？」

結果後來發現，他們有。

來到陸地上，他們進到一間叫葛魯佛拉格雷的精緻木屋餐廳。餐廳座落在一座中規中矩、布滿白雪的山谷中，就在一條單獨的道路旁。諾拉喝著北極圈艾爾啤酒，雖然菜單上有馴鹿肉排和麋鹿漢堡，她卻點了素食，同事見了都嘖嘖稱奇。諾拉看起來一定很疲倦，因為幾個同事都這麼說，但也許只是他們談論的話題，她都沒信心加入。她覺得自己像在忙碌十字路口的新手駕駛，等待路口安全淨空。

雨果也在。在諾拉眼中，他看起來還是像寧可在南法的昂蒂布或聖特羅佩度假。雨果一直目不轉睛盯著她瞧，害她覺得有點不自在。

後來他們邁著快步，走向他們基地的住處。他們的住處讓諾拉想起大學的宿舍，只不過規模更小，更具北歐木製和極簡風格。路上雨果小跑步追上她，走在她身旁。

「很有趣。」他說。

「什麼很有趣？」

「今天早上吃早餐時，你不認得我是誰。」

「為什麼？你也不知道我是誰。」

「我當然知道。我們昨天聊了快兩個小時。」

諾拉感覺自己困在陷阱之中。「有嗎？」

「吃早餐時，我找你之前觀察了你一會，我看得出你今天不大一樣。」

「太變態了，雨果。在早餐觀察女人。」

「我注意到異狀。」

諾拉將圍巾拉起，遮住臉。「太冷了。我們可以明天再聊嗎？」

「我注意到你都在臨場發揮。你今天一整天說的每一句話都含糊其詞。」

「哪有。我只是嚇到了。你知道的，熊的關係。」

「不。不是這樣。」他先用法文說，接著繼續轉為英文。「我說的是遇到熊之前。遇到熊之後也一樣。一整天都是如此。」

「我不知道你在說——」

「就這表情。我看過其他人露出同樣的表情。我不管在哪都認得出來。」

「我不知道你在說什麼。」

「為什麼冰河有脈動？」

「什麼？」

「這是你的研究領域。也是你來這裡的原因，不是嗎？」

「科學界對這點還沒有定論。」

「好。很好。跟我說這一帶其中一個冰河的名字。冰河有名字。你說一個……康斯冰河？納索斯冰河？有印象嗎？」

「我不想聊這個。」

「因為你跟昨天的你不一樣，對不對？」

「我們每個人都跟昨天不一樣。」諾拉故作輕鬆回答。「我們的腦袋會變化。這叫作神經可塑性。拜託。別再擺出那副大男人姿態，在冰河學家面前談論冰河了，雨果。」

雨果退怯了，她覺得有點罪惡感。兩人沉默一分鐘，腳步踏在雪地上，發出嘎吱聲響。他們快走回住處了，其他人也跟在後面。

這時，他開口了。

「我跟你一樣，諾拉。我過著不屬於我的人生。我在這段人生中已經五天了。但我已經體驗過不少其他的人生。我得到一個機會……一個罕見的機會，才得以如此。我已經在各個人生周遊一陣子。」

英格麗抓住諾拉的手臂。

「我還有一點伏特加。」他們來到門口時，英格麗說。她戴著手套的手拿著鑰匙卡，靠到感應器上。門應聲打開。

「聽著。」雨果鬼鬼祟祟地含糊說道，「如果你想知道更多，五分鐘之後在公共廚房跟我碰頭。」

諾拉心跳加速，但這次她手中沒有湯勺和平底鍋能敲。她不特別喜歡雨果的個性，但她太好奇了，想聽聽看雨果的說法。而且她也想知道自己能不能信任他。

「好。」她說，「我去找你。」

期待

諾拉一直不擅於接受自己。從有記憶開始，她總覺得自己不夠好。她父母有各自的不安全感，讓她更是如此。

她現在想像，如果她能全心接受自己，不知道是什麼感覺。接受她所有犯下的錯誤，接受她身上所有傷疤，接受她沒達成的夢想，接受她感到的所有痛苦，接受她所有壓抑的欲望和渴望。

她想像接受這一切，就像她接受大自然一樣。就像她接受冰河、海鸚和鯨魚躍身擊浪一樣。

她想像自己只是大自然中另一個耀眼的怪胎。只是另一個有感知的動物，盡其所能活著。藉此，她也想像無拘無束是什麼感覺。

生死和量子波函數

雨果看到的不是圖書館。

「是影音出租店。」他靠在放咖啡的簡陋櫃子上。「就像我小時候住在里昂郊區的影音出租店『盧米埃影音』。盧米埃兄弟是里昂的英雄，有很多店都以他們命名。他們在那裡造出了電影。總之，那有點離題了。重點是，我選的每一段人生都是我在店內播放的錄影帶。電影一開始，錄影帶一轉動，我就會消失。」

諾拉憋著笑。

「什麼那麼好笑？」雨果問，感覺有點受傷。

「沒事。沒什麼。只是聽起來有點好玩而已。影音出租店。」

「喔？圖書館又很合理了是吧？」

「比較合理。我是說，至少現在人還會讀書。現在誰還會放錄影帶？」

「有趣。我從來沒想到在生死之間還會見到知識份子的傲慢。你真讓我大開眼界。」

「不好意思，雨果。好啦，我問個合理的問題。那裡還有別人嗎？有個幫助你選擇人生的人？」

他點點頭。「有。是我叔叔菲利普。他幾年前過世了。他甚至不曾在影音出租店工作過。非常不合邏輯。」

諾拉告訴他愛爾姆女士的事。

「學校的圖書館員？」雨果故意嘲諷她。「那也很好笑。」

諾拉不理他。「你覺得他們是鬼嗎？領導我們的鬼魂？還是守護天使？他們是什麼？」

身處於科學研究機構，聊這些感覺格外荒謬。

雨果比了一下，好像想從空中抓下正確的詞彙。「他們是一個詮釋。」

「詮釋？」

「我遇過其他像我們一樣的人。」雨果說，「我已經在生死之間很久了。我遇過其他『過客』。我用這個詞叫他們。我們也是，我們就是過客。我們原本的人生中，我們無意識躺在某處，不生不死，然後我們來到一個地方。總是不一樣的地方。圖書館、影音出租站、藝廊、賭場、餐廳……這是什麼意思？」

諾拉聳聳肩，聽著中央暖氣的嗡嗚思考。「這全是鬼扯？這一切都不是真的？」

「不是。因為模式一直都一樣。例如，一直都有個人在，像個嚮導一樣。只是永遠都只有一個人。他們通常是曾在人生關鍵時期幫助我們的人。場景永遠都在重要感人的關鍵之處。通常都會聊到原本的人生和分支。」

諾拉想起她父親過世時，愛爾姆女士曾陪在她身邊安慰她。那可能是這輩子有人對她最好的一刻。

「而且現場都有無限的選擇。」雨果繼續說，「無限的錄影帶、書、畫或餐點……好，我是個科學家。我活過無數段科學家的生活。我原本的人生中，我有生物學位。在另一個人生，我也曾拿過諾貝爾化學獎。我當過海洋生物學家，努力保護大堡礁。但我最弱的永遠是物理。起初我不知道要從何理解自己發生什麼事。後來我在其中一段人生遇到一個女子，我和她面對面交談，像我們這樣，她在原本的人生中是個量子物理學家。她是蒙佩利爾大學的教授多明妮克．碧瑟。她向我解釋量子物理學中的多世界詮釋。所以那代表——」

一個諾拉不知道名字的男人走進來，他一臉親切，皮膚紅潤，留著赤褐色的鬍子，他用水沖了沖咖啡杯，朝他們微笑。

「明天見。」他口音有點像美國人（也許是加拿大人），說完便踏著腳上的便鞋走了。

「好。」諾拉說。

「拜拜。」雨果說完身子轉回來，壓低聲音回歸正題。「宇宙波函數是真的，諾拉。碧瑟教授這麼說。」

「什麼？」

雨果舉起一根手指，叫人等一下的那種手指，相當令人惱怒。諾拉耐著性子，差點沒伸手扭斷他手指。「埃爾溫．薛丁格……」

「貓的那個。」

「對。薛丁格的貓。他說在量子物理學中，每個可能性都同時發生。一切都在同一個時間，同一個地點發生。處於量子疊加狀態。箱子裡的貓同時活著，同時也死了。你可以打開箱子，看貓究竟死了還是活著，這樣答案就揭曉了，但某方面來說，即便打開箱子，貓仍同時活著，同時也死了。每個宇宙都和其他宇宙並存。像是上百萬張描圖紙，在同一個框架中，全都有微乎其微的變化。量子物理學的多世界詮釋指出，世上存在無限相異的平行宇宙。你人生的每個時間點，你做的每一個決定，都帶你進到一個全新的宇宙。傳統上，大家普遍認為，雖然一切發生在同一個空間，一切僅有毫米之差，但不同世界無法相互聯繫和穿越。」

「那我們呢？我們就在穿越。」

「沒錯。我在這裡，但我也知道我不在這裡。我也躺在巴黎的醫院，長了個動脈瘤。我也在亞利桑那州跳傘。並在南印度旅遊。在里昂品嚐紅酒，躺在蔚藍海岸的遊艇。」

「我就知道！」

「真的嗎？」

諾拉覺得，他長得滿帥的。

「你感覺不適合在北極圈探險，比較適合在坎城十字大道漫步。」

他打開像海星一樣的右手。「五天！我待在這人生五天了。真的破紀錄。也許這是最適合我的人生……」

「有趣。你未來的人生將非常寒冷。」

「誰知道？也許你也是……我是說，如果熊都不能讓你回圖書館，那也許沒別的能讓你回去了。」他在茶壺中裝水。「科學告訴我們，生死之間是個神祕的『灰色地帶』。有一個特別的時間點，我們處於不生不死的狀態，或同時處於生和死的狀態。在那二元之間的時刻，有時我們會成為薛丁格的貓，我們超越生死，和宇宙波函數一樣，成為每一種量子的可能性，包括我們凌晨一點在朗伊爾城公共廚房聊天……」

諾拉慢慢消化這些話。她想起伏特，牠在床下和路邊都靜止不動，毫無生命。

「但有時貓死了就是死了。」

「不好意思？」

「沒事。只是……我的貓死了。我試過另一段人生，結果牠在那裡仍死了。」

「真難過。我和一隻拉布拉多也類似這樣。但重點是，有其他人和我們一樣。我活過許多人生，我遇過少數幾個。有時只要吐露真相，就可以找到其他像你一樣的人。」

「太瘋狂了，世上居然有其他……你怎麼叫的？」

「過客？」

「對。就這個詞。」

「這當然有可能，但我覺得我們人數不多。我注意到我遇過的其他人，大概十幾個，他們全都在我們的年紀。全都是三十、四十、五十歲。有個是二十九歲。但每個人內心都渴望自己的人生能做出不同的選擇。他們都充滿後悔。有的會覺得，他們死了比較好，但同時又渴望活出另一個版本的自己。」

「薛丁格的人生。在自己腦中同時死了也活著。」

「沒錯！無論後悔怎麼影響我們的腦，無論……你怎麼說的……神經化學如何作用，不知何故，我們對生死複雜的渴望，讓我們進入中間的狀態。」

茶壺響起，水像諾拉的思緒一樣沸騰。

「為什麼我們看到的都只有一個人？在那個地方，那個圖書館之類的。」

雨果聳聳肩。「如果我有信仰，我會說那是神。我們也許看不到神，或無法理解祂，於是祂化為我們人生中友善的形象。但如果我沒有信仰……我這人確實沒有信仰，我想是因為開放量子波函數太過複雜，人類的大腦無法處理，於是大腦化繁為簡，將一切翻譯成能理解的畫面，像圖書館中的圖書館員，影音出租店的好叔叔，諸如此類。」

諾拉讀過多重宇宙理論，也知道一點格式塔心理學派[21]。她知道人類大腦會將世界上複雜的資訊簡化，所以人類看到一棵樹時，會將精細、複雜的樹葉和枝芽全統整為一個叫「樹」的事物。人類會持續將世界簡化、單純化，變成自己能理解的說法。

她知道人類所見的一切都是簡化版本。人類見到的世界是三維空間。那就是簡化。人類基本上就是個有所限制，常歸納統整的生物，生活都像自動駕駛，在腦中會把彎路看成直路，因此人類經常迷失方向。

「那就像人類無法看到秒針移動的過程。」諾拉說。

「什麼？」

她發現雨果的錶是指針式手錶。「你試試看，就是看不到。大腦看不到它們無法處理的事物。」

雨果觀察自己的錶，並點點頭。

諾拉說：「所以各個宇宙之間存在的絕不可能是間圖書館，只是因為這樣我比較容易理解。這是我的假設。我看到的是真相簡化的版本。圖書館員只是心理層面的比喻。整個情境都是。」

「很不可思議對吧？」雨果說。

諾拉嘆口氣。「在上個人生，我跟過世的父親說話了。」

雨果打開咖啡罐，舀了咖啡粉到兩個馬克杯中。

21 格式塔心理學派又稱「完形心理學」，強調人的知覺經驗中，部分之總和不代表整體，以及整體大於部分之和。換言之，完形心理學在研究的便是人的認知系統，如何將局部訊息串連為整體概念。

「而且那段人生中，我不喝咖啡。我喝薄荷茶。」

「聽起來爛透了。」

「還算能接受。」

「還有個事很怪。」雨果說，「這段對話中，你和我隨時會消失。」

「你親眼見過嗎？」諾拉接下雨果給他的馬克杯。

「有。發生過幾次。很詭異。但沒有人會發現。他們最後一段記憶會很模糊，但人的大腦很不可思議。如果你現在回到圖書館，我還和你站在廚房說話，你會突然說類似『我剛才晃神了，我們在聊什麼？』的話，當我發現發生什麼事，我會回答我們在聊冰河的事，說你劈里啪啦講一大堆。最後你的大腦會自行填空，編造出剛才發生的事。」

「對，但北極熊的事怎麼說？今天晚上的晚餐呢？另一個我會記得我吃什麼嗎？」

「其實不一定，但我曾親眼目睹。我們腦補的能力非常驚人，而且也擅於忘記。」

「所以我原本是什麼樣的人？我是說昨天。」

他目光望著諾拉，雙眸耀眼美麗。諾拉一時之間感覺自己彷彿步上他的軌道，像衛星進入地球軌道一般。

「舉止高雅，充滿魅力，知性又美麗。就像現在一樣。」

她大笑。「不要這麼法國人。」

兩人尷尬沉默。

「你度過了多少人生？」她最後說，「你體驗了多少？」

「太多了。將近三百段人生。」

「三百段？」

「我體驗好多事物。我去過五大洲。但我從未找到適合我的人生。我已經接受自己會永遠飄泊。我永遠找不到我真正想度過的人生。我變得太好奇。我變得渴望這種生活，不想以別種方式活著。你不要露出那種表情。這並不悲傷。我在生死之間很快樂。」

「但萬一有一天，影音出租店不見了呢？」諾拉想起愛爾姆女士在電腦前慌張的模樣，還有圖書館閃爍的燈光。「萬一有一天，在你找到適合的人生之前，你永遠消失呢？」

他聳聳肩。「那我就死了。那代表無論如何，我都會死。在我原本的人生也一樣。我喜歡當過客。我喜歡不完美。我喜歡讓死亡成為一個選項。我喜歡永不停留。」

「我覺得我的情況不一樣。我覺得死亡離我很近。如果我不趕快找個人生，我覺得我會永遠消失。」

她向雨果解釋她上次回圖書館出現的問題。

「喔，對，那可能不妙。但也可能還好。你很清楚這裡有無限的可能，對吧？我是說，多重宇宙不只是一些宇宙，或一小撮宇宙。甚至不是一大堆宇宙，或上萬、上億、上兆個宇宙，而是無限的宇宙。而且你都在裡面。不論宇宙多麼天馬行空，你都可以成為自己。你唯一的侷限是自己的想像力。你可以發揮各種創意，彌補各種後悔。我有次選的是小時候想到，但沒去做的事。我曾想去念航空工程，成為太空人。所以在那段人生中，我成為太空人。我這輩子從未去過太空。但我在那段人生中，短暫成為去過太空的人。你必須記得，這是個大好機會，而且非常難得，我們能彌補人生各種缺憾，隨心所欲享受任何生活。任何生活都可以。不要拘限想像……你可以成為任何人。因為在其中一個人生中，你就是那個人。」

她喝著咖啡。「我明白。」

「但如果你一直搜尋人生的意義，你永遠都不算活過。」他意味深長地說。

「你這句話引用卡謬。」

「被你發現了。」

雨果凝視著她。諾拉不再在意他專注的眼神，但反倒有點在意起自己的目光。「我是哲學系的。」她語氣盡可能平淡，並避開雨果的目光。

他現在很靠近諾拉。雨果這人有點煩，又有點有魅力。他態度傲慢，散發一種視道德為無物的氣息，依照不同場合，有時會想賞他一巴掌，有時又會想吻他。

「在其中一個人生中，我們認識彼此多年，而且結婚……」他說。

「在大多數人生中，我根本不認識你。」她回嘴，並直直望著他。

「真令人難過。」

「我不覺得。」

「真的？」

「真的。」她露出微笑。

「我們很特別，諾拉。我們是受選之人。沒人了解我們。」

「誰都不了解任何人。我們不是受選之人。」

「我待在這人生唯一的理由就是因為你……」

諾拉傾身向前，親吻了他。

如果我發生了什麼事，我想在場

感覺非常愉快。不只是那一吻，還包括發現自己能如此主動。當她知道一切可能在某個人生的某處發生過，她似乎不再猶豫。這只是宇宙波函數的事實。她說服自己，無論發生什麼事，都能化作量子物理。

「我不跟人同房。」他說。

諾拉大膽地瞪著他，彷彿和北極熊對峙後，得到從未開發的氣勢。「雨果，那你可能要破例了。」

結果性愛令人失望。做愛中途，卡謬的一句話出現在她腦中。

我也許不確定自己到底對什麼感興趣，但我非常確定自己對什麼不感興趣。

她腦中居然出現存在主義哲學，尤其還是這句話，對兩人深夜邂逅而言，這可不是好兆頭。但卡謬不也說過「如果我發生了什麼事，我想在場」嗎？

她下了結論，雨果是個怪人。這個男人對話時如此親密又投入，但他在性愛當下卻非常疏離。也許像他一樣活過無數人生之後，你唯一真正擁有親密關係的人就是自己。她感覺好像自己不在場一樣。

不久，她確實消失了。

神和其他圖書館員

「你是誰？」

「你知道我的名字。我是愛爾姆女士。露易絲・伊莎貝兒・愛爾姆。」

「你是神嗎？」

她露出笑容。「我就是我。」

「那是誰？」

「圖書館員。」

「但你不是真人。你只是一個……機制。」

「我們不都是嗎？」

「不像這樣。你只是我腦中和多重宇宙奇異交互作用下的產物，或量子波函數之類的簡化版本。」

愛爾姆女士聽到之後看起來相當焦慮。「怎麼了？」

諾拉垂頭望著黃褐色的地磚，想到北極熊的事。「我差點死了。」

「要記得，如果你在人生中死了，就回不來圖書館了。」

「那不公平。」

「圖書館有嚴格的規定。書本很珍貴。你必須小心對待每一本書。」

「但這些是別人的人生。其他版本的我的人生。不是我的人生。」

「對，但你在體驗時，承擔後果的就會是你。」

「老實說，我覺得這點爛透了。」

圖書館員嘴角勾起，像是落葉一般。「嘿，真有趣。」

「什麼有趣？」

「你完全改變了你對死亡的態度。」

「什麼？」

「你之前想死，現在你不想了。」

諾拉赫然發覺，愛爾姆女士雖然說得不完全是實情，但也算一針見血。「我還是覺得我現實人生不值得一活。其實這段體驗剛好證實了這點。」

她搖搖頭。「我不覺得你這麼想。」

「我的確這麼覺得。所以我才會這麼說。」

「不。《後悔之書》變輕了。現在裡面有很多空白……看來你這輩子都在說一些言不由衷的話。這是你其中的障礙。」

「障礙？」

「對。你擁有許多障礙。它們會阻礙你看見真相。」

「什麼真相？」

「你自己。而且你真的需要努力點，才能見到真相。因為這很重要。」

「我以為這裡有無限的人生能選擇。」

「你必須選出你最快樂的生活。不然再過不久，這裡根本不會有任何選擇。」

「我遇到一個選擇很久的人，他還沒找到他滿意的生活……」

「雨果是個特例，你可能不行。」

「雨果？你怎麼——」

但這時她想起，愛爾姆女士知道許多她不知道的事。

「你必須小心選擇。」圖書館員繼續說，「有一天這間圖書館不會在這兒，你也會永遠消失。」

「我有幾次人生？」

「這裡不是神燈，我也不是神燈精靈。沒有固定的次數。可能是一次。可能是一百次。但唯有午夜圖書館時間一直維持在午夜，你才有無限的人生能選擇。因為它停留在午夜，你原始的人生便處於生死之間。如果這裡的時間開始流動……」她搜尋著精確的詞彙。「……就代表決定性的事情發生了。午夜圖書館將夷為平地，並把我們帶走。所以我寧可謹慎一點。我會積極努力思考你想活出什麼樣的人生。我看得出來，你明顯有所進步。你似乎已體會到，人生值得一活，重點是要找到適合的人生。但在你抓住機會，全部體驗過之前，你不希望關上這扇門。」

他們兩人沉默良久，諾拉望向四周無數的書本，它們代表所有的可能性。她緩緩走過走道，心情無比平靜。她好奇每本書封面下究竟是何種人生，並希望綠色的書脊能提供線索。

「好了，你現在想體驗哪本書？」愛爾姆女士的聲音從背後傳來。

諾拉想起雨果在廚房說的話。

不要侷限想像。

圖書館員目光犀利。「誰是諾拉・席德？她究竟想要什麼？」

諾拉想起，最能讓她感到快樂的便是音樂。對，她至今有時仍會彈鋼琴和電子琴，但她已放棄創作了。她也放棄了唱歌。她回憶起早期在酒吧演出，快樂彈奏〈美麗天空〉的日子。她想起哥哥、她、拉維和艾拉在舞臺上玩耍的時光。

於是她拿定主意，知道自己要選擇哪本書了。

名聲

她在流汗。那是第一個觀察到的。腎上腺素在她體內流竄，衣服溼透，黏著肌膚。她身邊有其他人，兩人揹著吉他。她耳中聽到喧囂，那是廣大群眾發出的強烈呼喊。一股來自生命的巨吼緩緩找到節奏，形成一股聲波，化為一聲吟唱。

她面前有個女人替她擦臉。

「謝了。」諾拉微笑說。

那女的一臉驚恐，彷彿剛才神對她說話。

她認出拿著鼓棒的人，那是拉維。他頭髮染成白金色，身上穿著合身俐落的靛青色西裝外套。但他沒穿襯衫，西裝外套下露出赤裸的胸膛。與昨天在貝德福書報攤看音樂雜誌的他相比，他已改頭換面。他也不像諾拉在洲際飯店災難性的演講上，所看到的藍襯衫商務男子。

「拉維。」她說，「你看起來好帥！」

「什麼？」

他在喧囂聲中沒聽清楚，但現在她有另一個問題了。

「喬在哪？」她用力問，幾乎是用喊的。

拉維一時之間有點疑惑，或是感到害怕，諾拉做好心理準備接受任何惡耗。但事情不是如此。

「我想差不多吧。跟外國媒體打交道。」

諾拉完全不知道現在是怎麼回事。喬似乎仍是樂團的一份子，但也不夠資格在舞臺上和他們表演。如果他不在樂團裡，那不管他為何離團，他都沒完全離開。照拉維說的，以及他的語氣，喬依然是團隊的一份子。不過艾拉不在了。現在的貝斯手是個大塊頭的肌肉男，他理個平頭，身上都是刺青。她想多打聽些資訊，但現在顯然不是時候。

拉維手劃過空中，向側邊一比，諾拉順著他的手望去，看到一個非常寬闊的舞臺。她內心無比震撼，一時之間不知做何感想。

「安可曲。」拉維說。

諾拉試著思考。她已經好久沒有任何演出。就算有也只是在酒吧地下室，對著十二個興趣缺缺的觀眾。

拉維靠過來。「你還好嗎，諾拉？」

他語氣有點尖銳。昨天兩人在另一段人生相遇時，拉維叫她的口氣似乎也暗藏同樣的怨恨。

「沒事。」她扯著嗓子吼，「當然沒事。只是……我不知道我們安可要表演什麼。」

拉維聳聳肩。「跟以前一樣。」

「嗯。好。對。」諾拉試著思考。她望向舞臺，看到鬼叫的觀眾面前有個巨大的螢幕，上面投出「迷宮樂團」四個大字，不斷旋轉和閃爍。她心想，哇，我們很有名。名副其實體育館等級的大團。她看到電子琴，還有她剛才坐的凳子。她不知道名字的團員正準備走回舞臺上。

「我們在哪？」她大聲蓋過觀眾的呼聲。「我腦中一片空白。」

拿著貝斯的平頭大個兒告訴他：「聖保羅。」

「我們在巴西？」

他們望著她，彷彿她瘋了。

「你過去這四天去哪了？」

「〈美麗天空〉。」諾拉說，她覺得自己也許能記得大部分的歌詞。「我們唱那首。」

「再唱一次？」拉維大笑，他臉上汗水映著光。「我們十分鐘前才唱過。」

「好吧。聽著。」諾拉吼，觀眾此時鼓噪要求安可，她扯著嗓子大喊。「我想我們表演些不一樣的吧。變化一下。我在想我們能不能表演跟平常不一樣的歌。」

「我們要表演〈咆哮〉。」另一個團員說。她身上背著藍綠色的主音吉他。「我們向來都表演〈咆哮〉。」

諾拉這輩子從來沒聽過〈咆哮〉這首歌。

「對，我知道。」她瞎扯。「但我們變化一下。選一首出乎他們預料的歌曲。我們給觀眾一個驚喜。」

「你想太多了，諾拉。」拉維說。

「我腦袋很直，沒別的想法。」

拉維聳聳肩。「好吧，那我們要演奏什麼？」

諾拉攪盡腦汁。她想到艾許，想到賽門與葛芬柯吉他和弦歌本。「我們演奏〈惡水上的大橋〉。」

拉維感到難以置信。「什麼？」

「我覺得我們應該演奏這首。觀眾一定會感到驚訝。」

「我滿愛這首的。」女團員說，「而且我會。」

「每個人都會，伊曼妮。」拉維不屑地說。

「沒錯。」諾拉盡全力讓自己聽起來像個搖滾巨星。「上吧。」

銀河

諾拉走上舞臺。

起初她看不到觀眾的臉孔，因為燈光直射著她，刺眼的燈光之外，四周一片漆黑。而黑暗之中，有著無數相機閃光燈和手機燈光，像是一道迷人的銀河。

她也聽得到他們。

人只要夠多，而且不約而同做同一件事時，就彷彿變了個形態。當他們一起朝她吼，她以為他們是另一種動物。諾拉一開始覺得備受威脅，她彷彿成為海克力士，面對著想致她於死地的九頭蛇，但這是全心支持她的吼聲，那股衝擊給了她某種力量。

在那一刻諾拉發現，她比自己所想的有能力多了。

狂野和自由

她走到電子琴前，坐到凳子上，把麥克風拉近一些。

「謝謝你們，聖保羅。」她說，「我們愛你們。」

巴西回吼。

看來這就是力量。名聲的力量。就像她在社群媒體上看到的流行偶像，他們說一個字就能有上百萬人喜歡和分享。名聲到達頂端時，不費吹灰之力，你就會像個英雄、天才或神。但壞處就是那時的處境也是搖搖欲墜。你同樣會容易墜落，看起來像魔鬼或壞人，或就是個混蛋。

她心跳加速，彷彿正要走上鋼索。

她看得到人群中一張張臉。上千張臉從黑暗中浮出。遠遠望去每一張臉又小又詭異，穿著衣服的上身幾乎都看不到。她彷彿俯瞰著兩萬顆飄浮在空中的頭顱。

群眾的鼓噪漸漸停止。

時間到了。

「好。」她說，「這首歌你們可能都聽過。」

她發現，這句話聽起來很傻。他們買票來演唱會，大概就是因為他們之前這些歌都聽好幾遍了。

「這首歌對我意義深重。」

全場爆動。觀眾尖叫咆吼，有人鼓掌，有人合唱。他們的反應超乎想像。她一瞬間覺得自己像埃及豔后。不過是嚇傻的埃及豔后。

她雙手放到降E大調的位置，突然分了心，注意到自己毫無手毛的手臂上刺了一排美麗的斜體書法字。那是亨利．大衛．梭羅的一句話：所有美好的事物都是狂野和自由的。她閉上雙眼，發誓在唱完這首歌之前都不要睜開。

她了解蕭邦為何喜歡在黑暗中演奏了。這樣容易多了。

她在心中對自己想。狂野、自由。

她一邊唱，一邊覺得自己活著。比起她在奧運冠軍的身體中游泳都還深刻。

她好奇自己怎麼會害怕對觀眾唱歌。這感覺好棒。

拉維在那首歌最後來到她身邊，當時他們仍在舞臺上。「他媽的，這真的很特別。」他在她耳邊大喊。

「喔，是啊。」她說。

「現在我們殺翻全場，唱〈咆哮〉吧。」

她搖搖頭，趁其他人還沒開口，趕緊對麥克風說：「謝謝大家光臨，謝謝所有人！我真心希望你們今晚玩得愉快。回家小心。」

「回家小心？」回旅館的路上，拉維在車廂中說。諾拉不記得他有這麼混蛋。他一臉不悅。

「那有什麼問題？」她大聲問拉維。

「那根本不是你平常的風格。」

「不是嗎？」

「哼，跟芝加哥有點相反。」

「為什麼？我在芝加哥做了什麼？」

拉維大笑。「你是做了腦葉切除手術是不是？」

她查看手機。在這個人生中，她拿的是最新的款式。伊琪傳了訊息過來。

她和丹經營酒吧的人生中，她也收到同樣的訊息。那不是文字訊息，而是一張鯨魚的照片。其實，那張鯨魚照應該不是同一張。真有趣。為何她在這段人生中和伊琪仍是朋友，但在原始的人生卻與她形同陌路？畢竟她確定自己在這段人生絕對沒有嫁給丹。她看了一下手，無名指上沒有戒指，她鬆了口氣。

諾拉覺得也許是因為在伊琪決定去澳洲之前，她和迷宮樂團已打響名號，所以諾拉決定不和她去也是人之常情。也許伊琪喜歡有個名人朋友。

伊琪在鯨魚照下寫了一句話。

所有美好的事物都是狂野和自由的。

她一定知道刺青的事。

現在她又傳來另一段訊息。

「希望巴西順利。我相信你一定殺翻全場！謝謝你幫我弄了布里斯班的票。興奮到炸。這是我們黃金海岸人的用語。」

後頭有著鯨魚、感謝手勢、麥克風和音符圖案。

諾拉看了一下IG。在這人生中，她有一千一百三十萬個追蹤。

老天爺啊，而且她看起來帥呆了。她自然的黑髮染上白色的條紋，化著吸血鬼妝。嘴脣上還有打洞。她看起來很疲倦，但她想那是因為巡迴演出的關係。她散發著一種迷人的慵懶，像歌手怪奇比莉酷酷的阿姨。

她隨手自拍一張照片。雖然跟貼文上風格突出、濾鏡修飾過的雜誌照相去甚遠，但她確實比自己想像中酷多了。她和澳洲的人生一樣，將詩放到網路上。但在這段人生中，她放上的每一首詩都有五十萬人按讚。其中一首詩甚至同樣名為〈火〉，不過跟另一首不一樣。

她體內有火
她不知這把火是要溫暖她，還是毀滅她
後來她發現
火沒有動機
只有她有動機
那股力量屬於她

有個女人坐在她身旁。那女人不在樂團內，但她顯然是個要角。她大概五十歲。也許她是經紀人。也許她為唱片公司工作。她散發一種嚴母的氣息，但卻先露出了微笑。

「神來一筆。」她說，「賽門與葛芬柯那首。你席捲了南美洲。」

「酷。」

「我用你帳戶 po 上網了。」

她故作稀鬆平常。「喔。好。沒問題。」

「晚上在飯店還有最後兩場記者訪問。然後明天一早出發……我們會馬上飛去里約，然後有八小時媒體訪問。全都在旅館內。」

「里約？」

「你收到這週的巡迴行程表了，對吧？」

「嗯，大概有吧。你可以直接再跟我說一次嗎？」

她嘆口氣，只會心一笑，彷彿依諾拉的個性，不知道行程是意料之中的事。「好。明天去里約，住兩晚，然後在巴西最後一晚是在阿雷格里港。接著去智利的聖地牙哥、阿根廷的布宜諾斯艾利斯和祕魯的利馬。那是南美洲最後一站。下星期會開始亞洲巡迴，日本、香港、菲律賓和臺灣。」

「祕魯？我們紅到祕魯？」

「諾拉，你來過祕魯，記得嗎？去年的事。他們全都瘋了。一萬五千人。演唱會在同一個地點。在賽馬場。」

「賽馬場。當然了。對。我記得。那晚很不賴。真的……很不賴。」

她發現，這可能就是這人生的感覺。一個巨大的賽馬場。但在那比喻之中，她不知道自己是馬還是騎師。

拉維拍拍那女人肩膀。「喬安娜，明天 podcast 是幾點？」

「靠。其實是今晚。改了時間。對不起。忘了說。但他們其實只需要訪問諾拉而已。所以你可以早點睡。」

拉維聳聳肩，情緒有點低落。「沒問題。好啊。」

喬安娜嘆口氣。「別把氣出在我身上，我只是傳話人。但反正講了你也不會聽。」

諾拉再次好奇哥哥在哪，但喬安娜和拉維之間氣氛緊張，現在問一個她應該心知肚明的事，感覺像在找碴。所以她望向窗外，車沿著四線公路向前駛去。汽車、卡車和機車的車尾燈在黑暗中發亮，像是一雙雙盯著她的紅眼睛。遙遠的摩天大廈上有幾個方形的明亮小窗，後頭是朦朧的黑色夜空及烏黑雲朵。高速公路的路旁和路中央各有一排排樹木，將車流分成兩個方向。

如果明天晚上仍在這個人生，她就必須表演一整場演唱會，大多數的歌她其實都不知道。她不知道自己多快能學會歌單。

她電話響了。視訊電話。打來的人是「萊恩」。

喬安娜看到名字，微微竊笑。「你最好接一下。」

於是她接起來了，雖然她不知道這萊恩是誰。螢幕上的照片太模糊，她也認不出來。

但後來他本人出現。那張臉她在電影和照片上見過太多次了。

「嘿，寶貝。我只是來跟朋友打個招呼。我們還是朋友，對吧？」

她也認得那個聲音。

美國人，言行粗獷，充滿魅力。家喻戶曉。

她聽到喬安娜對車上另一個人悄聲說：「她在跟萊恩・貝里講電話。」

萊恩・貝里

萊恩・貝里。

就是那個萊恩・貝里。在她白日夢中，她和萊恩・貝里曾在他西好萊塢家中的按摩浴池裡，隔著蒸氣討論柏拉圖和海德格。

「諾拉？你有聽到嗎？你看起來很害怕。」

「嗯，有。我……對……我……我只是……我在……在巴士上……很大的……巡迴那種……對……嗨。」

「猜猜看我在哪？」

她完全不知道要說什麼。「按摩浴池」似乎不是適合的答案。「我真的不知道。」

他橫移手機鏡頭，照出寬闊豪華的別墅，布置鮮明亮眼，地面是赤陶瓷磚，四柱的雙人床上罩著一層蚊帳。

「墨西哥納亞里特。」他故意用西班牙腔說「墨西哥」三個字。他的長相和聲音跟電影裡的萊恩・貝里有點不一樣。身材有點胖，口齒有點不清。也許醉了。「我來這出外景。他們帶我來拍《最後機會酒館二》。」

「《最後機會酒館二》？喔，我好想看第一集。」

他大笑，彷彿她說了個最幽默的笑話。

「你果然還是個冷面笑匠，諾諾。」

諾諾？

「我待在米塔之家。」他繼續說，「記得嗎？我們曾在這裡度過週末？他們讓我住在同一棟別墅。你記得嗎？我為了紀念你，喝了一杯梅斯卡爾瑪格麗特。你在哪？」

「巴西。我們剛才在聖保羅表演。」

「哇。同一塊大陸上。真酷。真的，這真酷。」

「真的很不錯。」她說。

「你聽起來好拘謹。」

諾拉注意到巴士上一半的人都在聽。拉維邊喝著啤酒，雙眼邊盯著她。

「我只是……你知道……在巴士上……有人在旁邊。」

「有人。」他嘆口氣，彷彿那是個髒話。「總是有人在。那他媽的是個問題。嘿，但我最近想了很多。關於你在吉米．法隆節目上說……」

諾拉努力掩飾，因為他說的每一句話都彷彿是突然闖入公路上的動物。

「我說了什麼？」

「你知道，關於事情自然而然發生了。我和你之間。還有我們沒有不歡而散。我只是想謝謝你說的這些話。因為我知道我這人他媽的很難相處。我知道。但我努力在變好。我現在看的心理醫生真他媽厲害。」

「那……真不錯。」

「我想念你，諾拉。我們曾有過美好的時光。但除了美好的性愛，生活還有更多可能。」

「對。」諾拉說，並努力控制自己的想像力。「當然。」

「我們享受過各種美好的事物。但你結束這段感情是對的。照宇宙運行規律，你的決定是對的。世上沒有拋不拋棄，只有重新導向。你知道，我這段時間想了很多。關於宇宙的事。我一直試著和宇宙連結。宇宙告訴我，我需要振作起來。找到平衡。我們過去相處太激烈，我們的生活太激烈，就像達爾文第三運動定律。一切關於作用力和反作用力。天意難違。看出這點的是你，現在我們只是宇宙中飄浮的粒子，也許有一天會在馬爾蒙莊園重新連結……」

她不知該說什麼。「我想那是牛頓。」

「什麼？」

「第三運動定律。」

他歪著頭，像隻疑惑的狗。「什麼？」

「算了。不重要。」

他嘆口氣。

「總之，我要喝完這杯瑪格麗特。因為我明天一早有訓練課程。這杯加的是梅斯卡爾酒，不是加龍舌蘭。我一定要保持清醒，我們請了個新教練，他是練綜合格鬥的，很嚴格。」

「好。」

「諾諾……」

「怎麼了？」

「你可以再用你專用的名字叫我嗎？」

「嗯──」

「你知道的那個。」

「當然。對。好。」她試著推敲可能的名字。萊萊？萊姆？柏拉圖？

「不行。」

「因為有人。」

她假裝望了一圈。「對。有人。而且你知道，我們繼續過著各自的人生了，感覺有點……不適當。」

他露出憂鬱的笑容。「聽著。洛杉磯最後一場演出我會到場。史坦波中心前排。你阻止不了我，知道嗎？」

「真貼心。」

「一輩子的死黨？」

「一輩子的死黨。」

諾拉感到他們快聊完了，突然想問個問題。

「你真的喜歡哲學嗎？」

他打個嗝。她發現萊恩．貝里依舊是人類，身體一樣會產生氣體，這點既奇怪又令人驚訝。

「什麼？」

「哲學。好幾年前，你在《雅典人》中飾演柏拉圖，你在訪談上說自己讀很多哲學。」

「我解讀人生。人生是哲學。」

諾拉完全不懂他在說什麼，但內心深處，她為這版本的她感到驕傲，因為她甩了一流的電影明星。

「我想你當時說你讀過馬丁・海德格。」

「誰是馬丁・嗨歌？喔，可能只是面對媒體胡扯的。你知道，就是說一些屁話。」

「對。當然了。」

「再見，好友。」他用西班牙語說。

「再見，萊恩。」

接著他掛斷電話，喬安娜笑望著她，不發一語。

喬安娜有點像是導師一般，散發安心的氣息。她覺得這個版本的自己會喜歡喬安娜。但後來她想起，她接下來要代表樂團上podcast，而樂團有一半的成員她都不認識，也不知道她們上一張專輯的名稱，甚至連任何一張專輯都不熟悉。

車子開到了郊區一座奢華的旅館。那裡停著一輛輛車窗上了黑膜的高級車。棕櫚樹掛著五彩的燈光。建築物長得像來自另一個星球。

「以前這裡是個宮殿。」喬安娜對她說，「由巴西頂尖建築師設計。我忘記名字了。」她用手機查。「奧斯卡・尼邁耶[22]。」過一會，她說：「現代主義者。但這棟建築會比他平常的作品更富麗堂皇。這是巴西最好的旅館……」

後來諾拉看到一小群人聚集在門口，拿著手機的手伸得老長，錄著她抵達旅館的畫面。

22 奧斯卡・尼邁耶（Oscar Niemeyer, 1907-2012），巴西建築師，現代主義建築的關鍵人物。

你可以擁有一切，但卻毫無感覺。

@NoraLabyrinth，74.8K 轉推，485.3K 讚

銀托盤上的蜂蜜蛋糕

太瘋狂了，她想不到這人生就像和弦中的一個音，存在於她的多重宇宙中。

諾拉感到難以置信，她在其中一個人生連房租都繳不出來，在另一個人生卻能讓全世界的人為之瘋狂。

剛才巡迴巴士抵達旅館時，舉手機錄影的一小群粉絲現在在門口等著要簽名。他們似乎不太管其他樂團成員，只拚了命想和諾拉互動。

她踩過碎石路走向他們時，看到其中一人。那女孩身上有刺青，打扮就像「飛來波女郎[23]」，但不小心捲入末日後戰爭，成為賽博龐克的版本。她髮型和諾拉一模一樣，完美複製了她的白色條紋。

「諾拉！諾拉拉拉！我們愛你，女王！謝謝你來巴西！你太屌了！」然後大家又開始呼喊：「諾拉！諾拉！諾拉！」

她亂寫簽名時，一個二十出頭的年輕人脫下T恤，請她簽在肩膀上。

「要刺青。」他說。

「真的？」她問完便將名字簽在那人身上。

23 飛來波女郎（flapper girl），又名輕佻女子，她們是咆哮的一九二〇年代西方新一代女性，在打扮和行為上積極表達對女性舊習的鄙夷，成為二〇年代的代表形象。

「這是我人生中的高點。」他激動地說，「我叫法蘭西斯可。」

諾拉不懂為何自己用奇異筆在他皮膚上寫字，會是他存在的高點。

「你拯救了我的人生。〈美麗天空〉拯救了我的人生。那首歌好有力量。」

「喔，哇。〈美麗天空〉？你知道〈美麗天空〉？」

粉絲笑成一團。「你好好笑！這就是我把你當偶像的原因！我好愛你！我知道〈美麗天空〉嗎？超幽默！」

諾拉不知要如何回應。她十九歲在布里斯托大學寫的簡單歌曲，改變一個巴西人的人生。這點令人無比震撼。

這顯然是她注定的人生。她懷疑自己是否還會回到圖書館。她一定能欣然接受自己受萬眾崇拜。這比起在貝德福，坐在七十七號巴士上，朝窗戶哼著哀傷的曲調好太多了。

她和人拍自拍照。

有個年輕女生快哭了。她有張諾拉親吻萊恩．貝里的照片。

「你跟他分手我好難過！」

「我知道，對，很令人難過。但你知道，事情自然而然就發生了。這是種……學習。」

喬安娜出現在她身旁，小心地帶她走向旅館。

她到了瀰漫百合花香的雅緻大廳時（大理石面、水晶燈和鮮花），她發現樂團其他人已在吧檯。但她哥哥在哪？也許他又在別處和媒體打交道。

她邁步走向吧檯時，發現所有人都望著她，包括管家、接待員和賓客。

諾拉終於抓到機會問哥哥下落，但這時喬安娜卻向一個男的招手，他身上的T恤以復古科幻電影的字體印著「迷宮樂團」。那男的年紀大概四十歲，鬍子斑白，頭髮看來日漸稀疏，但他似乎很怕諾拉。他和諾拉握手時，微微鞠躬。

「我是馬西洛。」他說，「謝謝你答應這場訪問。」

諾拉注意到馬西洛身後有另一個年輕人，他有穿洞，身上也有刺青，他手中拿著錄音設備，臉上掛著大大的笑容。

「我們在吧檯保留了一個安靜的地方。」喬安娜說，「但……人太多了。我想我們最好到諾拉的房間訪問。」

「好。」馬西洛說，「很好，很好。」

他們走向電梯，諾拉回頭望向吧檯，看到其他樂團成員。「也許你也可以跟其他人聊聊？」她對馬西洛說，「他們記得許多我不記得的事。」

馬西洛露出微笑，搖搖頭，斟酌著說：「我覺得單獨訪問比較好……」

「喔，好。」她說。

她們等電梯時，每一雙眼都盯著他們。喬安娜靠向諾拉。

「你還好嗎？」

「當然。沒問題。怎麼了？」

「我不知道。只是你今晚似乎不一樣。」

「怎麼不一樣？」

「就是……不一樣。」

他們搭上電梯時，喬安娜吩咐諾拉在巴士看過的女生去酒吧，要她拿兩瓶啤酒給 podcast

的兩位，替諾拉拿一瓶氣泡礦泉水，喬安娜自己則要一杯卡琵莉亞調酒。

「待會拿來房間，瑪雅。」

諾拉心想，也許我這段人生中不喝酒。她走出電梯，踏著粉色如鮭魚肉的柔軟地毯走向房間。

她進門時，努力裝作一切正常。房間無比寬敞，巨大的房間連著另一間巨大的房間，最後還有一間巨大的浴室。那裡放著送給她的一大束花，上面小卡簽上了旅館經理的名字。

哇，她差點失聲驚呼。她望向豪華的布置，窗簾從天花板垂地，床罩潔白，床像一塊地一樣大，電視像小型的電影院，冰桶中放著香檳，旁邊銀托盤放滿蛋糕，一張小卡寫著「巴西蜂蜜蛋糕」。

「我想你不能吃。」喬安娜說，她從銀托盤拿了一個小點心。「畢竟你要進行新計畫。海莉要我盯著你。」

諾拉看著喬安娜咬著蛋糕，心裡好奇這到底是多美好的計畫，居然要犧牲美味可口的巴西蜂蜜蛋糕。她不知道海莉是誰，但知道自己不喜歡她。

「還有……跟你說一下，洛杉磯大火還沒撲滅，半個卡拉巴薩斯的人都撤離了，希望不會燒到你的房子……」

諾拉五味雜陳，不知道該為自己在洛杉磯有房子高興，還是要擔心房子快燒掉了。

那兩個做 podcast 的巴西人花了幾分鐘弄好設備。諾拉坐到客廳寬大的沙發上，喬安娜用做了精緻美甲的手指撥下深紅色的蛋糕屑，並解釋他們的節目《聲音》是巴西最熱門的 podcast 節目。

「流量很漂亮。」喬安娜興奮地說，「人數一直在高峰。非常值得。」

節目開始時，她也待在場，像老鷹媽媽一樣。

揭露真相的Podcast

「所以對你來說，今年真的很瘋狂。」馬西洛用一口標準的英文開口。

「喔，對。確實很不可思議。」諾拉說，努力裝出搖滾巨星的樣子。

「好，我有個關於你專輯的問題……《波特村》，全部的歌詞都是你寫的，對吧？」

「大多數，對。」諾拉瞎猜，雙眼望著左手熟悉的小痣。

「全部都是她寫的。」喬安娜打岔。

馬西洛點點頭，另一人仍咧嘴笑著，並用筆電調一下音量。

「我想我最喜歡的一首是〈羽毛〉。」馬西洛說，酒這時也拿來了。

「很高興你喜歡。」

諾拉思考要如何脫身。頭痛？吃壞肚子？

「但我首先想聊的是你第一首主打歌〈別進到我生活〉。這感覺是非常個人的宣言。」

諾拉擠出笑。「歌詞其實道盡一切。」

「大家當然都在猜測那是不是在說……你們英文怎麼說？」

「保護令？」喬安娜好心說道。

「對！保護令。」

「嗯。」諾拉心頭一驚。「對。我喜歡在歌裡說出心聲。我覺得那件事平常很難說出口。」

「對，我了解。只是你最近在《滾石雜誌》訪問中，稍微提到你前男友丹．羅德。你說他跟蹤你之後，你費了一番功夫才終於提出保護令……他不是還想闖進你家？然後還告訴記者他寫了〈美麗天空〉的歌詞？」

「老天。」

她又想哭又想笑，最後設法掩飾了。

「我還跟他在一起時寫了那首歌。但他不喜歡，他不喜歡我待在樂團。他恨透了。他討厭我哥和拉維，他也討厭艾拉，她是最早的團員。總之，丹心裡非常嫉妒。」

這真是超現實。在丹夢寐以求的人生中，他和諾拉結婚之後因為太無聊而出軌，但在這個人生中，他因為嫉妒諾拉成功而闖入她家。

「他是個爛人。」諾拉說，「我不知道葡萄牙語怎麼罵一個爛人。」

「Cuzão。意思就是爛人。」

「或混蛋。」年輕人面無表情地說。

「對，好，他是個 Cuzão。他完全變成另一個人。就像人生有所變化，人的行為也會隨之改變。我想這就是成名的代價。」

「你寫了一首歌叫〈亨利．大衛．梭羅〉。很少有歌會用哲學家為名……」

「我知道。我在大學讀哲學時，我最喜歡的哲學家就是他。我的刺青也是。稍微比用『伊曼努爾．康德』為歌名好一點。」

她抓到方法了。在她注定的人生中，裝模作樣其實不算太難。

「接下來當然是〈咆哮〉。這真是首充滿力量的歌。這首歌在二十二個國家都是冠軍單曲。MV請來好萊塢頂尖演員演出，也一舉奪下葛萊美大獎。我想你已經被訪問到不想再提了。」

「對，沒錯。」

喬安娜再去拿了個蜂蜜蛋糕。

馬西洛有禮地微笑，並進一步追問。「對我來說，感覺很原始，我指的是那首歌。好像你將一切都釋放出來。後來我發現你是在開除上一個經紀人的當天晚上寫下這首歌。也就是喬安娜之前的經紀人。你發現他一直在剝削你……」

「對。很糟糕。」她見招拆招。「那是很嚴重的背叛。」

「我在〈咆哮〉之前就是迷宮樂團的鐵粉。但那首歌真的打中我，另外我也喜歡〈燈塔女孩〉。〈咆哮〉發表時，我心裡就想：諾拉．席德是個天才。歌詞非常抽象，但你釋放出的憤怒好溫柔，同時又有著滿滿的靈魂和力量。感覺像早期的治療樂隊混合法蘭克．海洋，再加上木匠合唱團和溫馴高角羚樂團[24]。」

諾拉試著想像，但無法想像出那首歌。

出乎所有人預料，他開口唱了：「將音樂靜音，譜下更美好的曲調／停止虛假的笑容，朝月亮咆哮。」

24 治療樂隊（The Cure），七〇年代末跟上後龐克和新浪潮樂風，歌曲內容黑暗悲觀，也被視為哥德搖滾的先驅。法蘭克．海洋（Frank Ocean, 1987-）是美國歌手，融合爵士、放克和節奏藍調，是另類節奏藍調的代表人物。木匠兄妹合唱團（The Carpenters）是六〇年代到七〇年代最經典的合唱組合，史上最暢銷的樂團之一。溫馴高角羚樂團（Tame Impala）澳洲迷幻搖滾樂團，風格結合搖滾、電子和流行樂。

諾拉微笑點頭，彷彿自己知道歌詞。「對。對。我只是在……咆哮。」

馬西洛表情變得認真。他似乎真心關心諾拉。「這幾年你遇到許多麻煩。跟蹤狂、爛經紀人、不和謠言、法院官司、著作權爭議、和萊恩．貝里混亂中分手、上一張專輯的評價、進了勒戒所，還有多倫多的事件……你在巴黎因為虛脫倒下，另外還有令人難過的私事，一樁樁接踵而至。再加上所有媒體騷擾。你覺得為何媒體這麼討厭你？」

諾拉開始感到有點頭暈。名聲就像這樣嗎？崇拜和攻擊不斷襲來，像一杯苦甜交織的調酒？難怪軌道彎向各個方向時，許多名人都脫離了軌道。那感覺就像在親吻同時被甩一巴掌。

「我……我不知道……真的很瘋狂……」

「我是說，你可曾好奇如果你選擇另一條路，你的人生會是什麼樣子？」

諾拉望著氣泡礦泉水中緩緩浮起的泡泡，聽著這個問題。

「我覺得要想像出一條更容易的路並不難。」她突然意識到一件事。「但也許沒有所謂更容易的一條路。那些都只是人生不同的道路。在另一個人生，我可能結婚了，我也可能在當店員，可愛的男生邀我去喝咖啡，我也許會答應。我可能在北極圈研究冰河。我甚至可能是奧運游泳冠軍。誰曉得？我們每一秒都進到一個全新的宇宙。我們花好多時間和他人比較，和自己其他的可能性比較，並希望生活有所不同，但說實在的，每段人生都各有好壞之處。」

馬西洛、喬安娜和另一個巴西男子都睜大眼睛望著她，但她說得正順，便一股腦說下去。

「人生有規律……像節拍一樣。當你困在人生中，很自然會去想，一定是因為自己這樣生活，才會面臨悲傷、慘劇、失敗和恐懼。你會誤以為不開心的事都只是活著的副產品，並非生活的一部分。但當我們明白，不論如何生活，我們都無法逃避悲傷，一切便豁然開朗。

悲傷其實本質上是快樂的一部分，兩者一體兩面，無法分割。當然，每次感受的程度和重量不同，但人生不可能永遠快樂。如果你這樣期待，只會讓你現在的人生感到更不快樂。」

「真是個好答案。」馬西洛等她說完之後說，「但今天晚上的演唱會，我覺得你看起來很快樂。你沒有表演〈咆哮〉，反而表演〈惡水上的大橋〉，那是個很有力的宣言。感覺就在說：我很強壯。感覺你在告訴我們和你的粉絲，你過得很好。所以巡迴進行得順利嗎？」

「很順利。對，我只是想傳達一個訊息，就是我現在過的就是最好的人生。但我巡迴一陣子還是會想家。」

「哪個家？」馬西洛問，並默默露出頑皮的微笑。「我的意思是，倫敦、洛杉磯還是阿瑪菲海岸，你在哪裡感覺最像家？」

看來在這段人生中，她的碳足跡最高。

「我不知道。我想應該是倫敦。」

馬西洛深吸一口氣，彷彿下個問題他必須潛入水中。他搔搔鬍子。「好，但我想你一定很難過，就我所知，你當時和哥哥分租一間公寓？」

「為什麼會難過？」

喬安娜手中拿著調酒，對她投出詫異的目光。

馬西洛深情款款望著她。他雙眼似乎蒙上一層陰影。「我的意思是……」他輕輕喝了口啤酒，繼續說，「你哥哥曾是你人生中很重要的一部分，也曾是樂團很重要的一份子……」

曾是。

簡單的兩個字，卻帶來巨大的恐懼，像是石頭落入水中。

她記得自己在安可曲之前問過拉維她哥哥在哪。

「他一直都在我身邊。他今晚也在。」

「她是說她感覺得到他。」喬安娜說，「他們全都感覺得到他。他有著強大的靈魂，雖然困惑不安，但非常強大……酒、藥物和人生最後拖垮他，真是一場悲劇……」

「你在說什麼？」諾拉問。她不再假裝了。她真心想知道。

馬西洛為她感到難過。「你知道，自從他……用藥過量……過世至今才兩年……」

諾拉倒抽口氣。

她沒有馬上回到圖書館，因為她還沒消化完消息。她站起來，頭暈目眩，跌跌撞撞走出房間。

「諾拉？」喬安娜緊張地大笑。「諾拉？」

她進到電梯，下樓走到吧檯找拉維。

「你說喬在跟媒體打交道。」

「什麼？」

「你說的。我問你喬在幹嘛，你說『在和媒體打交道』。」

他放下啤酒，滿心問號望著她。「我沒說錯啊。她在跟媒體打交道。」

「她？」

他指向喬安娜，喬安娜一臉驚恐，從大廳電梯趕來。

「對。喬啊。她跟媒體在一起。」

諾拉感到悲傷像一拳襲來。

「喔，不。」她說，「喔，喬……喔，喬……喔……」

豪華的旅館吧檯消失。桌子、飲料、喬安娜、馬西洛、收音的傢伙、旅館賓客、拉維、其他人、大理石地面、酒保、服務生、水晶燈、花朵……全都化為烏有。

〈咆哮〉

來到冬天的森林
無處可去
女孩全力奔跑
逃離她所知的一切

壓力升高到達極限
壓力升高（不會停止）

他們想要你的身體
他們想要你的靈魂
他們想要你的假笑
這便叫作搖滾樂
狼群包圍了你
那是發燒中的噩夢
狼群包圍了你

於是你放聲尖叫

咆哮，朝漆黑的夜
咆哮，等待曙光乍現
咆哮，輪到你戰鬥
咆哮，全力修正一切

咆哮、咆哮、咆哮、咆哮

（幹你娘）

你無法永遠戰鬥
你必須屈服
如果你人生不順利
你必須自問原因

（獨白）
記得
我們小時候

不會害怕明天
也不會哀悼昨天
我們就只是
我們
時間就只有
現在
我們就活在
人生之中
不像手臂穿過袖口
穿梭而過
因為我們曾有時間
我們曾有時間呼吸

艱難的時刻就在面前
艱難的時刻即將來臨
但人生還沒結束
因為人生還沒開始
湖面閃爍，水溫寒冷
波光粼粼能化為黃金

將音樂靜音，譜下更美好的曲調
停止虛假的笑容，朝月亮咆哮

咆哮，朝漆黑的夜
咆哮，等待曙光乍現
咆哮，輪到你戰鬥
咆哮，全力修正一切

咆哮、咆哮、咆哮、咆哮

（重複至淡出）

愛與痛苦

「我恨這個……過程。」諾拉用上全身的力量，告訴愛爾姆女士。「我希望一切**停下來！**」

「請安靜。」愛爾姆女士手中拿著白色騎士，專注下棋。「這裡是圖書館。」

「我們是這裡唯一的兩個人！」

「那不是重點。這裡仍是圖書館。如果你在教堂，你會保持安靜，因為你在教堂裡，不是因為有其他人在。這跟圖書館一樣。」

「好。」諾拉降低音量。「我不喜歡。我要一切停止。我想要取消圖書館會員。我想繳回我的圖書館卡。」

「你就是圖書館卡。」

諾拉回到最初的要求。「我想要一切停止。」

「不，你不想。」

「我想。」

「那你為何還在這裡？」

「因為我別無選擇。」

「相信我，諾拉。如果你真心不想在這裡，你就不會在這裡。我從一開始就跟你說過了。」

「我不喜歡。」

「為什麼？」

「因為太痛苦了。」

「為什麼痛苦？」

「因為那是真的。在那個人生中，我哥哥死了。」圖書館員的表情再次變得嚴厲。「而在他某個人生中，你也死了。那對他來說會很痛苦嗎？」

「我不確定。他這陣子不想跟我有任何關係。他擁有屬於自己的人生，他認為我害他一事無成。」

「所以這一切都跟你哥哥有關。」

「不是。是跟所有事情有關，感覺我不管怎麼活都會傷害到人。」

「人生就是如此。」

「那為何還要活下來？」

「平心而論，死也會傷到人。好了，你接下來要選哪段人生？」

「我不選了。」

「什麼？」

「我不想再選另一本書。我不想要另一個人生。」

愛爾姆女士臉色慘白，好像多年前她接起電話，聽到諾拉父親的噩耗一樣。

諾拉感到地面顫抖。像是一場微弱的地震。她和愛爾姆女士抓住書架，書本從架上落到地上。燈泡閃爍，接著馬上失去光芒。棋盤和桌子翻倒。

「喔，不。」愛爾姆女士說，「不要再來一次。」

「怎麼回事？」

「你知道是怎麼回事。這圖書館是因為你而存在。你就是能量的來源。能量來源嚴重中斷，圖書館便岌岌可危。諾拉，是你。你在最緊急的一刻放棄了。你不能放棄，諾拉。你還能積極貢獻，也有更多機會。你的人生還擁有許多版本。想起你遇到北極熊之後的感覺。想起你想活下來的那份渴望。」

北極熊。

北極熊。

「即使是不好的經驗也有其目的，你不明白嗎？」

她明白。她這輩子一直後悔，那其實毫無意義。

「我明白。」

地震漸漸停止。

但書本散落一地。

燈光再次亮起，但仍不斷閃爍。

「對不起。」諾拉說。她彎身撿起地上的書，想放到書架上。

「不用。」愛爾姆女士厲聲說，「不要碰書。放下來。」

「對不起。」

「不要再說對不起了。來幫我一下。這比較安全。」

她幫愛爾姆女士撿起棋子，將棋子放到開局的原始位置，並把桌子放到原位。

「地上的書怎麼辦？我們就不管嗎？」

「你幹嘛在乎？你不是希望書全都消失不見？」

愛爾姆女士也許只是個機制，目的是為了簡化量子宇宙精密複雜的結構，但她在半空的書架之間，坐在棋盤前，布好新局時，神色悲傷，同時透露出智慧，儼然就像個人類。

「我不是故意要這麼凶的。」愛爾姆女士最後說。

「沒關係。」

「我記得我們在學校圖書館下棋時，你最好的棋總是一開始就會被吃。」她說，「你總會讓王后和城堡走出來，它們馬上會被吃掉。這時你就會表現得好像已經輸了，因為你只剩士兵和一、兩個騎士。」

「你為何現在提起？」

愛爾姆女士看到高領毛衣脫線，原本想把線塞到袖子裡，後來乾脆算了，讓線直接垂在外頭。

「如果你下棋想贏，你一定要了解一件事。」她說著，彷彿諾拉此時沒有更重要的事要煩惱。「你要明白的一點是，棋局下完之前永遠不算結束。只要還有一個士兵在棋盤上，棋局就還沒結束。如果有一方只剩下一個士兵和國王，另一方所有棋子都還在，棋局仍在進行。即便你是那殘存的士兵……也許我們全都只是士兵，那你也要記得，士兵是棋盤上最神奇的棋子。士兵也許看似微不足道，平凡無奇，但它並不平凡。你唯一要做的就是想辦法不斷向前，一格一格前進，等你到達棋盤另一端，便能打開各種力量。」

諾拉望著四周的書本。「所以你是說，我只剩士兵能下了嗎？」

「我說的是，看似最平凡的棋子，也許最後能帶你走向勝利。你必須繼續向前，像那天在河中一樣。你記得嗎？」

她當然記得。

她當時幾歲？一定是十七歲的事了，她當時不再去參加游泳比賽。那是充滿焦慮的時期，她爸爸氣她放棄，她媽媽陷入憂鬱，幾乎不言不語。她哥哥和拉維從藝術大學回來過週末。喬想帶拉維來看看偉大的貝德福，並臨時在河邊辦了場派對，他們放音樂、喝啤酒、抽大麻，派對上還有一堆難過的女生，因為喬對她們沒有任何興趣。喬也邀諾拉去，她不小心喝太多，不知何故跟拉維聊起游泳。

「所以你能游過河嗎？」拉維問她。

「當然可以。」

「不，你一定不行。」另一個人說。

於是她一時犯傻，決定證明他們錯了。等到抽茫又喝得爛醉的哥哥發現她要下水，一切就來不及了。她已經開始往前游。

她回憶時，圖書館通道遠方的走道從石磚變成河水。身旁的書架仍在原地不動，但她腳下的地磚卻長出青草，頭上的天花板化為天空。但跟她進到另一段人生不一樣，愛爾姆女士和書本都還在。她一半在圖書館裡，一半在回憶中。

河道中有一個人，她仔細望著那人，發現在水中的是年輕的她，這時夏天最後一絲日光已漸漸消失在天際。

等距

河水冰冷，水流強勁。

她看著自己，她記得肩膀和手臂的酸痛。她的肌肉僵硬又沉重，彷彿穿上了盔甲。她記得不知何故，儘管她用盡全力，英桐樹林剪影仍維持相同的大小，彷彿河岸距離絲毫沒縮短。她記得自己吞了幾口髒水。諾拉回頭望向出發的河岸，她此時也站在那看著自己，旁邊年輕的哥哥和朋友完全不知道她在場，對兩排的書架也恍若無聞。

諾拉記得她腦中混亂之際，想到「等距」這個詞。這個詞是在教室中，提到衛生安全距離時出現的。等距。這個屬於數學的中性詞彙卡在她腦中，像冥想般瘋狂重複，同一時間，她用盡最大的力氣，在原地游泳。等距、等距、等距。無法靠上河岸。

那就是她這一生的寫照。

卡在中間，不上不下，不斷掙扎，雙手揮動，努力存活，同時也不知道該往哪個方向。哪一條路才不會後悔。

她望向出發的河岸，雖然有了書架，但仍看得到英桐樹巨大的剪影彎向河面，像是憂心忡忡的父母，風颯颯掃過樹葉。

「但你堅持住了。」愛爾姆女士說，她顯然讀到諾拉的想法。「你也活了下來。」

別人的夢

「生活永遠是一種行動。」愛爾姆女士說，她們看著她哥哥的朋友將他從水邊拉回岸上。她哥哥回到岸上後，焦急地看著一個女生撥打緊急求救電話，而那女生叫什麼名字，諾拉早已忘了。「你在關鍵時刻有所行動。你游到對岸了。你爬上岸，咳得半死，全身失溫，但即使困難重重，你還是游過河了。你找到體內的某種東西。」

「對。有不少細菌。我病了好幾週。我吞了太多髒水。」

「但你活下來了。你充滿希望。」

「是啦，唉，但我每天都會喪失希望。」

她低頭看到青草縮回，地面又變回地磚，並回頭看了最後一眼河水。河水緩緩退去，英桐樹也漸漸消失，她哥哥、朋友和年輕的自己隨之淡去。

圖書館再次回復成圖書館。但現在書本已全回到書架上，燈光不再閃爍。

「我好笨，為了讓別人佩服我，居然下水游泳。我一直覺得喬比我優秀。我希望他喜歡我。」

「你為什麼覺得他比你好？因為父母這麼覺得嗎？」

諾拉很氣愛爾姆女士這麼直接。但也許她說中了。「為了獲得父母的認同，我總是在做他們希望我做的事。喬當然有他要面對的問題。等我知道他是同志之後，我才真心了解他的困境，但大家都說手足之爭其實無關手足，而是關於父母的關愛。我總覺得我父母親更支持他的夢想。」

「像音樂嗎？」

「對。」

「他和拉維決定成為搖滾巨星，爸媽便替喬買一把吉他，後來又買了電子琴。」

「結果怎麼樣？」

「他吉他練得很順利。他一週就上手，並能演奏〈水上煙霧〉，但他對鋼琴沒興趣，並決定電子琴不要堆在房間。」

「所以你就拿到電子琴了。」愛爾姆女士說得理所當然。她早已心知肚明。她當然知道。

「對。」

「電子琴放到你房間，你像迎接朋友一樣收下，並下定決心開始學習演奏。你拿零用錢買了鋼琴學習指南、《新手莫扎特》和《披頭四鋼琴譜》。因為你不但喜歡彈電子琴，也想獲得哥哥的認可。」

「我不曾跟你說過這些事。」

她嘴角勾起。「沒事的。我從書上讀來的。」

「好。當然。對。我懂了。」

「你可能要學著不要擔心別人的看法，諾拉。」愛爾姆女士輕聲說，加強了說服力和親密感。「你不需要他人許可才能——」

「好。我明白。」

而她不明白。

她進到圖書館之後，所試過的每個人生其實都是別人的夢想。經營酒吧的婚姻生活其實是丹的夢想。澳洲之旅是伊琪的夢想，她的後悔其實是對朋友感到愧疚，而不是為自己感到難過。游泳冠軍是父親的夢想。好，真要說起來，她小時候確實對北極圈和當個冰河學家有興趣，但那其實也是受到愛爾姆女士在學校圖書館說的話所影響。至於迷宮樂團，那一直是她哥哥的夢想。

或許她沒有完美的人生，但她一定有個值得一活的人生。如果她要找到一個真正值得一活的人生，她發覺自己必須朝更大的範圍探索。

愛爾姆女士說得對。棋局還沒結束。棋盤上還有棋子，棋手都不該放棄。

她站直身子，抬頭挺胸。

「你必須從底層或頂層書架選擇更多人生。你一直在試著挽回過去後悔的事。頂層和底層書架的人生和你原本的人生相差更遠。那些人生你不曾想像、後悔和思考過，但仍存在於某個宇宙。那些人生不曾出現在你腦中，但你可以嘗試看看。」

「所以那些是不快樂的人生？」

「有些是，有些不是。只是那些人生，不那麼想當然耳。你必須運用一點想像力才想得到。但我相信你辦得到……」

「你不能引導我嗎？」

愛爾姆女士微笑。「我可以讀詩給你聽。圖書館員喜歡詩。」她讀了羅伯・佛洛斯特[25]的詩。「黃色林中岔出兩路／我選了人跡少的路途／因此改變了一切……」

「要是樹林中不只出現兩條路呢？要是路比樹還多呢？要是你能有無限的選擇呢？那時羅伯特・佛洛斯特會怎麼做？」

她記得哲學系一年級時曾讀亞里斯多德的書。亞里斯多德認為成功絕非偶然，她當時讀到心裡有點難過。要成就非凡，必須「做出許多睿智的選擇」。結果現在，她得以嘗試人生每一條道路。這是通往智慧和快樂的捷徑。她現在不覺得這是負擔了，這是該珍惜的機會。

「看我們歸位的棋盤。」愛爾姆女士溫柔地說，「看棋盤在遊戲開始之前多有秩序，多安全平靜。但你一旦動了棋子，事情就變了。事情會開始變得混亂，進而影響你的每一步棋。」

她坐到愛爾姆女士對面，兩人之間隔著棋盤。她望著棋盤，將士兵向前兩格。

愛爾姆女士學她走了同一步棋。

「玩棋不難。」她告訴諾拉。「但要出類拔萃很難。你的每一步棋都開啟更多可能。」

諾拉移動騎士。兩人對弈一會。

愛爾姆女士邊下邊評論。「棋局一開始沒什麼變化。這只是布陣的一種方式。下完前六步有九百萬種變化。下完前八步會有兩千八百八十億種變化。而且變化愈下愈多。下一盤西洋棋，可能性的數量比宇宙中可觀測的原子數量還多。所以棋盤會變得混亂難測。一盤棋中，

25 羅伯・佛洛斯特（Robert Frost, 1874-1963），美國著名詩人，一生榮獲四次普立茲詩歌獎，此處所引用為他最著名的詩〈未走之路〉。

沒有所謂正確的下法，而且變化無窮。棋如人生，一切的基礎便是可能性。每個希望、夢想、後悔以及生活的每一刻都是可能性。」

最後，諾拉贏了。她心裡懷疑愛爾姆女士讓她，但她感覺還是好多了。

「好啦。」愛爾姆女士說，「我想該選書了，你覺得呢？」

諾拉望向書架。如果書上面有更明確的書名就好了。真希望有本書寫著《完美人生就在這裡》。

她起初想忽略愛爾姆女士。但她只要看到書，就會情不自禁想打開來看。她發現，人生似乎也是如此。

愛爾姆女士重複之前說過的話。

「永遠不要小看微小事物的重要性。」

她最後發現，這句話很有用。

她說：「我想要一個平順的人生。我為動物工作的人生。我選擇了動物收容所的工作。我沒去弦理論打工，選擇去學校實習。對。給我那個人生，謝謝。」

平順的人生

結果她不費吹灰之力便融入這個人生。

她在這個人生睡得很好，鬧鐘七點四十五分響起她才醒來。她開著破舊的現代汽車上班，車內都是狗和餅乾味，車上四處都見餅乾屑。她會經過醫院和運動中心，最後停到一塊狹小的停車場，停車場旁有一棟風格現代的單層灰磚建築，那便是動物收容所。

她早上會餵狗，並帶狗散步。她能快速融入有部分原因是有個叫寶琳的女人幫她交接，她為人友善，腳踏實地，留著一頭棕色捲髮，一口約克夏口音。她跟諾拉說，諾拉不去貓咪收容所，開始來狗狗收容所工作了。所以就算諾拉詢問工作事項，並且一臉困惑，也都合情合理。另外，她也不用擔心不知道大家的名字，因為所有工作人員都有名牌。

諾拉在收容所後面的草坪牽一隻新來的鬥牛獒散步。寶琳告訴她，這隻鬥牛獒被主人虐待。她指著幾個圓形的小疤。

「香菸痕。」

諾拉想活在一個善良的世界，但她能選擇的世界都有人類存在。鬥牛獒的名字叫莎利。牠什麼都害怕，包括牠的影子、草叢、其他狗、諾拉的腿、青草、空氣。不過牠顯然喜歡諾拉，甚至讓她摸牠肚子（一下下而已）。

諾拉接著幫忙清理小狗的窩。她覺得其他人稱之為「窩」，是因為叫籠子不好聽。有隻德國牧羊犬叫迪索，牠顯然已經在這裡很久了。諾拉和牠玩你丟我撿時，發現牠反應很快，每次都能咬中球。她喜歡這段人生。更準確來說，她喜歡這段人生中的她。從別人對她說話的態度，她能感受到自己是什麼樣的人。作為一個好人，她覺得舒服又踏實。

她的心境感覺不大一樣了。她在這段人生中有很多想法，但都很溫和。

「同情心是道德的基礎。」阿圖爾·叔本華[26]在他感性的時刻曾寫道。

收容所有個男員工叫狄倫，他跟所有狗都相處得很好。他和諾拉年紀相仿，也許年輕個幾歲。他散發著親切溫和的憂鬱感，留著一頭衝浪男子似的金色長髮，像黃金獵犬一樣。午餐時諾拉坐在一張長凳上，狄倫過來坐到她身旁，望著草坪。

「你今天吃什麼？」他親切地說，並朝諾拉的午餐盒點點頭。

她真心不知道。那天早上，她打開貼滿磁鐵和日曆的冰箱時，就看到午餐已經準備好了。她打開上蓋，發現裡面放著起司馬麥醬三明治，還有一包鹽醋薯片。天色變黑，漸漸起風了。

「糟了。」諾拉說，「快下雨了。」

「也許吧，但狗都還待在籠子裡。」

「什麼？」

「要下雨的話，狗聞得出來，如果牠們覺得要下雨了，通常會往室內走。很酷吧？牠們能用鼻子預知未來。」

「對。」諾拉說，「非常酷。」

---

26 阿圖爾·叔本華（Arthur Schopenhaur, 1788-1860），德國哲學家，唯意志主義和現代悲觀主義創始人，影響力擴及藝術、哲學和心理學。

諾拉咬一口起司三明治。這時狄倫手摟住她。

她跳了起來。

「——搞什麼鬼？」她說。

狄倫臉上帶著深深的歉意，自己也嚇一跳。「對不起。我弄傷你肩膀了嗎？」

「不是……我只是……我……沒事。沒有。我沒事。」

她發現狄倫是她男朋友，兩人讀同一個中學。哈澤汀綜合中學。他比諾拉小兩歲。

諾拉記得她爸過世那天，她在學校圖書館看到小她兩歲的金髮男孩跑過雨點斑斑的窗前。不是在追人，便是有人在追他。那就是他。諾拉依稀對他有好感，常從遠方看著他，但其實不認識他，也完全沒把他放心上。

「你還好嗎，諾絲特？」狄倫問。

諾絲特？

「還好。我只是……對。我很好。」

諾拉再次坐下，但跟他隔一段距離。狄倫沒什麼大問題。他很體貼。她相信在這段人生中，自己真心喜歡他，甚至可能愛著他。但進到這段人生不代表能投入情感。

「對了，你跟吉諾披薩訂位了嗎？」

「什麼？」

吉諾披薩是一家義式餐廳。諾拉還是少女時去過。她很驚訝那家店現在仍營業。

「吉諾披薩啊，訂今天晚上，你說你算認識那裡的經理。」

「對，我爸以前認識。」

「你打電話了嗎？」

「有。」她說謊，「但都訂滿了。」

「週末？怪了。真可惜。我喜歡吃披薩，還有義大利麵和寬麵條。還有——」

「對。」諾拉說，「好，我知道啦。我都了解。是很怪沒錯。但他們好像有兩個大訂單。」

狄倫已拿出手機。他很積極。「我問問看坎迪娜餐廳。你知道吧。墨西哥菜。有很多素食選項。我也很愛墨西哥菜，你呢？」

除了諾拉不想和狄倫交談，她找不到理由不去，再說考量她嘴裡的三明治及她冰箱的情況，墨西哥菜聽起來不賴。

於是狄倫替他們倆訂了位子。收容所裡的狗在他們身後吠叫，他們又繼續聊一會。聊著聊著就提到，他們考慮要住在一起。

「我們可以一起看《最後機會酒館》。」他說。

她沒仔細聽。「那是什麼？」

她發現狄倫很害羞。不敢和人眼神接觸。很可愛。「你知道，就是你想看的萊恩・貝里電影。我們看到預告片了。你說應該很好笑，我上網查了一下，在爛蕃茄上有百分之八十六的好評，現在 Netflix 上有……」

如果她告訴狄倫，在另一個人生，她是國際知名流行搖滾樂團主唱，也是全球偶像，而且其實曾和萊恩・貝里交往，最後主動和他分手，不知道狄倫會不會相信。

「聽起來不錯。」她說，她看到空的薯片包裝隨風飛過稀疏的草地。

狄倫從長凳衝過去，抓起包裝，丟到長凳旁的垃圾桶。

他一屁股坐回諾拉身旁，露出微笑。諾拉明白另一個諾拉看上他哪一點。他有一種純真的感覺，本身就像隻狗。

如果這個宇宙有狗，為什麼要其他宇宙？

餐廳在城堡路上，就在弦理論附近的街角，他們走去時會經過弦理論。那股熟悉感好詭異。她到店門口，發現事情不對勁。櫥窗裡沒有吉他，裡頭空無一物，只有一張褪色的A4紙貼在玻璃上。

她認出尼爾的筆跡。

弦理論再也無法在此向各位服務啦。因為房租上漲，我們實在無法負擔。感謝我們所有忠實的客人。〈別多想，無所謂〉，〈走你們自己的路〉，〈只有老天知道〉少了你，我們會變怎麼樣[27]。

狄倫感到不可思議。「最後都是歌名。」過一會他說，「我名字是以巴布．狄倫為名。我跟你說過嗎？」

「我不記得。」

「你知道吧，就那個音樂家。」

27〈別多想，無所謂〉（Don't Think Twice, It's All Right），〈走你們自己的路〉（You Can Go Your Own Way），〈只有老天知道〉（God Only Knows）三首歌分別來自巴布．狄倫、佛利伍麥克和海灘男孩。

「對。我知道巴布．狄倫，狄倫。」

「我的姊姊叫蘇珊。是以李歐納．柯恩的歌命名。」

諾拉微笑。「我父母也愛李歐納．柯恩。」

「你去過這家店嗎？」狄倫問她，「看起來是間很不錯的店。」

「去過一、兩次。」

「我覺得你應該去過，因為你對音樂這麼有興趣。你以前彈鋼琴，對吧？」

以前。

「對。電子琴。會彈一點。」

諾拉發現那張公告不新。她記得尼爾曾對她說的話。我不能雇你在店裡板著一張臭臉，客人都不想來了。

尼爾，看來也許原因不是我的臉。

他們繼續向前走。

「狄倫，你相信平行宇宙嗎？」

他聳聳肩。「算相信吧。」

「你覺得你在另一個人生在做什麼？你覺得這是好宇宙嗎？還是你會想待在一個你離開貝德福的宇宙。」

「不會。我在這裡很快樂。如果這個宇宙有狗，為什麼要其他宇宙？狗在倫敦或在這裡都一樣。你知道我曾有個機會，我申請上格拉斯哥大學獸醫系了。我去了一週，但我太想念我的狗了。後來我爸丟了工作，無法負擔我的學費，所以我沒有成為獸醫。我當時是真心想當個獸醫，但我不後悔。我這一生很幸福，我交到了很好的朋友，我也有我的狗。」

諾拉微笑。雖然她懷疑自己能不能像另一個諾拉一樣愛他，但她喜歡狄倫。他是個好人，而世上好人不多。

他們來到餐廳，看到一個黑髮高個兒穿著跑步裝朝他們跑來。諾拉疑惑了一陣，才發現那是艾許。艾許曾是個外科醫師，也曾是弦理論的客人。他曾邀她去喝咖啡，並在醫院安慰她，在另一個世界，他昨晚來敲門，告訴諾拉說伏爾泰死了。那段回憶時間感覺好近，但只屬於她。他顯然在為星期天的半馬訓練。對照她原始的人生，艾許沒理由過著不同的生活，差別只在於，他可能昨晚沒看到死掉的伏爾泰。或者也許他看到了，但伏爾泰不會叫伏爾泰。

「嗨。」她忘了自己在哪個時空，情不自禁說。

艾許朝他一笑，但笑容中帶著疑惑。雖然他很疑惑，但很親切，不知何故，害諾拉感覺更彆扭了。當然，因為在這段人生中，艾許不曾來敲她的門，不曾邀她喝咖啡，也不曾買過賽門與葛芬柯吉他和弦歌本。

「那是誰？」狄倫問。

「喔，只是我在別的人生認識的人。」

狄倫聽了有點疑惑，但把問題當雨水一樣甩開。

他們到餐廳了。

與狄倫的晚餐

坎迪娜餐廳幾乎沒變。

諾拉回憶起數年前有天晚上，她曾帶丹來到這裡，那是他第一次來貝德福。他們坐在角落桌，喝好多瑪格麗特，談論他們的未來。那是丹第一次說出他在鄉下經營酒館的夢想。他們當時正打算住在一起，就像諾拉和狄倫現在一樣。她想起來了，丹對服務生很沒禮貌，諾拉滿是愧疚，露出大大的笑容。那是人生守則之一，永遠不要相信對低薪的服務人員沒禮貌的人，丹這點沒做好，當然他的缺點也不只如此。不過諾拉不得不承認，如果要再訪，坎迪娜餐廳不是她的首選。

「我喜歡這裡。」狄倫看著鮮豔的紅黃裝潢說。諾拉默默好奇，有哪個地方狄倫會不喜歡。他就算在車諾比[28]，彷彿也能坐在附近的平原，望著美麗的景色，驚嘆不已。

他們吃著黑豆墨西哥捲餅，聊著狗和學校的事。狄倫比諾拉小兩歲，一開始只記得她是「擅長游泳的女生」。他甚至記得諾拉長久以來抗拒的朝會，有次她被叫上臺，獲頒哈澤汀綜合中學傑出代表證書。現在回想起來，諾拉可能就是那時開始討厭游泳。她發現自己愈來愈難和朋友相處，那時她的學校生活已悄悄愈來愈邊緣。

28 車諾比於一九八六年發生重大核災事故。

「我以前常在下課時看到你在圖書館。」他臉上帶著笑容回憶著。「我記得看到你跟以前那個圖書館員下棋……她叫什麼名字？」

「愛爾姆女士。」諾拉說。

「就是她！愛爾姆女士！」接著他說了一件更令人驚訝的事。「我那天看到她。」

「真的假的？」

「真的。她在莎士比亞路上。跟一個穿著制服的人在一起，應該是護士裝。我想她散步完正要回到安養中心。她看起來年事已高，身子非常虛弱。」

不知何故，諾拉一直以為愛爾姆女士幾年前就過世了，而她在圖書館看到的，也讓她這麼以為，因為那個愛爾姆女士樣子和學校的一模一樣，她保存在諾拉的回憶中，像琥珀中的蚊子。

「喔，不。可憐的愛爾姆女士。我很愛她。」

最後機會酒館

吃完飯，諾拉回到狄倫家看萊恩·貝里的電影。餐廳讓他們把半瓶紅酒帶回家。關於去狄倫家，她說服自己是因為他人很好，而且無話不說，她不需探問，便能了解許多他們生活大小事。

他住在赫斯利大道的一間小排屋，那是狄倫的母親留給他的。房子好多狗，讓空間感覺擁擠了。諾拉一共看到五隻狗，但也許有更多隻狗躲在樓上。諾拉一直以為自己喜歡狗味，但她突然發現，喜歡有個極限。

她坐在沙發上，感覺底下有個硬硬的東西。原來是給狗咬的塑膠圈。她拿到地毯上，和其他啃咬玩具放一起。那裡有玩具骨頭，有個泡棉黃球已被咬得坑坑疤疤，旁邊還有個破破爛爛的軟式玩具。

一隻有白內障的吉娃娃想和諾拉的右腿做愛。

「不要亂來，彼得。」狄倫大笑說，把狗從她身上拉開。

另一隻狗來到沙發上，牠是隻栗色的紐芬蘭犬，又胖又大隻。牠坐到諾拉旁邊，像拖鞋一樣大的舌頭舔著諾拉的耳朵，狄倫只好坐地上。

「你想坐沙發嗎？」

「不用。我坐地板就好。」

諾拉沒堅持。其實她算鬆了口氣。這樣看《最後機會酒館》輕鬆多了，不需要再有更多尷尬的時刻。紐芬蘭犬後來不舔她耳朵了，只將頭靠到她膝蓋上，諾拉感覺……其實不是快樂，但也不是難過。

但她看著萊恩・貝里告訴他的螢幕情人「人生就是要好好生活，甜心」時，狄倫說著他在想要讓另一隻狗睡他的床（「牠整晚都在叫。牠想要跟爸爸睡」）。諾拉發現，她在這段人生中，男友不算全心全意迷戀著她。

而且，狄倫值得擁有另一個諾拉。那個愛上他的諾拉。這是她全新的體悟，她彷彿占據了別人的位置。

她發現自己在這段人生很能喝酒，於是替自己又倒了更多紅酒。那是廉價的加州金芬黛紅酒。她看了一下酒瓶後的標籤。後面不知何故，記載著一男一女共寫的簡短自傳，他們是珍寧和泰倫斯・索恩頓夫妻，酒是來自他們的莊園。她讀最後一行字：我們結婚時，總是夢想有朝一日擁有自己的莊園。我們的夢想已經實現。如今在乾溪山谷中，我們的生活滋味和一杯金芬黛紅酒一樣棒。

她摸了摸剛才在舔她的大狗，向紐芬蘭犬寬大溫暖的額頭輕聲道別，留下狄倫和狗離開了。

好風景莊園

諾拉再次回到午夜圖書館之後，愛爾姆女士幫諾拉找到與餐廳酒瓶標籤所描述最接近的生活。她將書拿給諾拉，送她到美國。

諾拉在這段人生中叫諾拉．馬丁涅茲。她嫁給一個雙眸發亮的墨裔美國人，他叫愛德瓦多，年紀四十出頭，諾拉在空檔年壯遊時遇到他的。原本的人生中，她相當後悔自己大學畢業後沒去壯遊。愛德瓦多在父母親船難過世後，獲得一筆不少的遺產，他們在加州買下一座小葡萄園（船難的事是她後來看到《葡萄酒愛好者》雜誌人物報導才知道，他們將報導裱框，掛在鋪滿櫟木板的品嚐室裡）。三年之間，他們酒莊生意蒸蒸日上，尤其希哈品種的紅酒銷量很好。隔壁莊園出售時，他們又順勢買下。他們的酒莊叫作好風景莊園，座落在聖克魯斯山腳，他們生了個孩子名叫亞力翰卓，他就讀蒙特利灣的寄宿學校。

他們不少生意是來自品酒之旅的旅客，每小時都有一車車的人來訪。因為旅客真的很好騙，所以她要見人說人話並不難。每一輛車來的時候，愛德瓦多會決定玻璃杯要倒哪一瓶酒，並把酒瓶給諾拉。「哇，諾拉。慢點，有點太多。」她倒得太隨便時，他會用俏皮的西班牙話罵她。等旅客進門，拿酒啜飲和搖晃時，諾拉會聞一聞酒，並試著重複愛德瓦多的形容，再加些中聽的話。

「這支酒在花香中帶著木質味道」或「你會在裡面注意到水果的香氣，像黑莓明亮奔放的氣味，還有油桃的香味，淡淡的木炭氣味讓酒的香氣達到完全平衡。」

她體驗的每段人生都有不一樣的感覺，像是交響曲中不同的樂章，這個人生感覺很大膽，令人振奮。愛德瓦多人非常和善，兩人婚姻似乎很成功。也許甚至可和她一邊讓巨狗舔、一邊和狄倫喝的那瓶廉價酒標籤上的夫妻相比。她甚至記得他們的名字，珍寧和泰倫斯·索恩頓。她感覺自己也過著酒瓶標籤上的生活。她看起來也像個酒莊老闆娘。她有著完美的加州頭髮，牙齒潔白，看來花了不少錢保養，皮膚曬得十分均勻，雖然喝了不少希哈紅酒，但身體很健康。她肚子結實平坦，代表每週花了時間在做皮拉提斯。

但是，在這段人生中，不只假裝有紅酒的知識很容易。假裝任何事都很容易，從這點看來，諾拉和愛德瓦多結婚成功的關鍵，是因為他其實沒在注意諾拉。

最後一批旅客離開後，愛德瓦多和諾拉坐在星空下，手中拿著紅酒杯。

「洛杉磯的大火熄滅了。」他跟諾拉說。

諾拉好奇她明星生活中洛杉磯的房子現在是誰在住。「真好。」

「對啊。」

「很美對吧？」她望著清澈的天空及滿天星斗問。

「什麼？」

「銀河。」

「對。」

他之前講著電話，沒多說什麼。後來他放下手機，仍沒多說什麼。

她知道感情之中有三種沉默。有一種是冷暴力沉默，當然還有「我們沒什麼好說的」沉默，最後一種是愛德瓦多和她一起享受的沉默。不需要說話的沉默。單純在一起，一起存在於此刻，像是能安安靜靜和自己獨處一樣。

但她還是想說話。

「我們很快樂，對吧？」

「為什麼突然問？」

「喔，我知道我們很快樂。我只是有時希望能聽到你說。」

「我們很快樂，諾拉。」

她喝一口酒，望向丈夫。雖然天氣溫暖涼爽，他仍穿著毛衣。他們又多待一會，接著他打算先去睡覺。

「我再待一下。」

愛德瓦多似乎沒意見，他輕輕親吻諾拉的頭頂之後，便悄悄走了。

她拿著酒杯，走在月光照耀的葡萄園。

她望著星光閃爍的清澈天空。

這段人生完全沒有問題，但她覺得內心渴望別的東西、別的人生、其他可能性。她感覺自己彷彿飄蕩在空中，還不準備落地。也許她比自己所想得更像雨果．李費佛。也許她能像翻書頁一樣，翻過一段段人生。

她大口吞下剩下的酒，知道明天不會宿醉。「泥土和木質氣味。」她對自己說，並閉上雙眼。

再過不久。

很快。

她站在原地，等著自己消失。

諾拉・席德眾多的人生

諾拉明白了一件事。那是雨果在斯瓦爾巴廚房中不曾完整解釋的事。你到每一段人生，不需要享受所有面向，才能保有選擇。你只要永遠保持信念，相信外頭還有更多人生值得享受就行了。同樣的，享受一段人生不代表你就必須留在那段人生中。除非你無法想像更好的人生，你才會留下來，但矛盾的是，你試過愈多人生，你愈能想到更好的人生，因為每次你體驗過新的人生之後，你的想像力就變得更開闊。

不久，在愛爾姆女士的幫助下，諾拉為了搜尋最適合自己的人生，從書架上拿下無數書本，嘗盡各式各樣的人生。她發現，彌補過去的遺憾，確實是種讓願望成真的方式。畢竟在一個宇宙中，她能擁有的人生根本無窮無盡。

在某一段人生，她在巴黎獨自生活，並在蒙帕納斯的大學教英文，她會沿著塞納河騎腳踏車，在公園長椅上讀書。在另一段人生，她是個瑜珈老師，脖子柔軟度堪比貓頭鷹。

在另一段人生，她繼續游泳，但不曾追求奧運。她只為興趣而游。在那人生中，她在巴塞隆納附近的錫切斯海灘度假勝地當救生員，她的加泰隆尼亞語和西班牙語都很流利。她最好的朋友叫凱碧歐拉，她幽默風趣，並教會她如何衝浪。兩人一起住在離海灘五分鐘的公寓。

在另一段人生，諾拉繼續寫作，並在大學唸了一陣子書，現在是出書作家。她的小說《後悔的形狀》備受讚譽，並入圍各大文學獎。在那人生中，她在蘇活區一間普通的會員俱樂部跟兩人用餐，他們是魔法燈製作公司的製作人，態度親切友善，希望能把她的作品改編成電影。她最後被一塊麵餅噎到，把紅酒打翻，潑到其中一個製作人褲子上，搞砸整個會面。

在另一段人生，她有個青少年兒子叫亨利。諾拉不曾好好見過他，因為他常在諾拉面前甩上門。

在另一段人生，她是音樂會鋼琴家，目前在斯堪地那維亞巡迴，一晚接著一晚在陶醉的觀眾前演奏，她在赫爾辛基芬蘭音樂廳胡亂演繹蕭邦第二號鋼琴協奏曲時，回到午夜圖書館。

在另一段人生，她只吃吐司。

在另一段人生，她去讀牛津大學，成為聖凱瑟琳學院哲學講師。她獨自住在一間高級的喬治亞風格排房，那是上流社區，環境相對寧靜。

在另一段人生，諾拉情緒敏銳澎湃。不論什麼事，她的感受都深刻又直接。每一份喜悅，每一份悲傷都是如此。同一個時刻，她能有強烈的喜悅和強烈的痛苦，彷彿兩個情緒都獨立，像敲動的擺錘一樣。她單純到外頭散步，便會因為太陽被雲遮住感受到沉重的哀傷。反之，她遇到一隻狗，那狗開心回應她，便讓她欣喜若狂，彷彿幸福得要在人行道上融化。在那段人生中，她床邊放著艾蜜莉．狄金生的詩集，她有個歌單叫「極端亢奮」，還有一個歌單叫「我破碎時能將我修好的膠水」。

在一段人生，她是個旅行 vlogger，YouTube 有一百七十五萬訂閱，I G 也有差不多的訂閱數，她最熱門的影片是她在威尼斯從貢多拉船落水的影片。她還有一部去羅馬的影片叫《羅馬療法》[29]。

在一段人生，她是個單親家長，她的小寶寶就是不肯睡。

在一段人生，她是小報娛樂專欄作家，並寫過萊恩·貝里的戀情。

在一段人生，她是《國家地理雜誌》的相片編輯。

在一段人生，她是個成功的生態建築師，過著碳平衡的生活，住在自己設計的單層平房中，房子能儲存雨水，並利用太陽能。

在一段人生，她是波扎那共和國的人道救援人員。

在一段人生，她的工作是照顧貓。

在一段人生，她是遊民收容所的志工。

在一段人生，她睡在唯一的朋友的沙發上。

在一段人生，她在蒙特婁教音樂。

在一段人生，她成天在推特上和不認識的人爭執，有不少推特文最後都叫別人「做得更好」，她暗自發現，其實她是在跟自己說話。

在一段人生，她沒有社群媒體帳號。

在一段人生，她不曾喝過酒。

在一段人生，她是西洋棋冠軍，現在在烏克蘭參加錦標賽。

在一段人生，她嫁給一個小貴族，每分每秒都難受。

29 此處為文字遊戲。芳香療法的英文是 aromatherapy，分開來即為羅馬療法 A Roma Therapy。

在一段人生，她的臉書和ＩＧ只引用魯米[30]和老子的話。

在一段人生，她嫁給第三個老公，並已感到厭煩。

在一段人生，她是個素食舉重選手。

在一段人生，她遊歷南美洲，在智利遇到地震。

在一段人生，她有個朋友叫貝琪，只要有件好事發生她就會說：「喔，讚啦。」

在一個人生，她開車到科西嘉海岸又遇到雨果，他們聊了量子機制，一起在海灘旁的酒吧喝得爛醉，後來雨果聊到一半就離開了那段人生，丟下諾拉一個人跟一臉茫然、努力想記起她名字的雨果聊天。

有些人生中，諾拉引起許多人注意，有些則沒人注意她。有些人生中她很健康，有些則連爬個樓梯都會喘。有些人生中，她有固定伴侶，有些則單身，而不少人生中，她處於兩者之間。有些人生中，她是母親，大多數則不是。

她曾當過搖滾巨星、奧運選手、音樂教師、小學老師、教授、ＣＥＯ、音控師、廚師、冰河學家、氣候學家、特技表演者、種樹者、審計經理、理髮師、專職遛狗工、辦公室書記、軟體開發師、櫃檯接待、旅館清潔工、政治家、律師、小偷、海洋保育慈善機構總理、店員（又一次）、服務生、第一線管理者、吹製玻璃工以及成千上百種工作。她有過各種可怕的通勤經驗，開過車，搭過巴士、火車和遊輪，騎過腳踏車，也曾步行。她收過無數封電子郵件。她有過五十三歲有口臭的老闆，會在桌下摸她腿，傳老二照給她。她有過在背後誹謗她的同

30 魯米（Rumi, 1207-1273），伊斯蘭教蘇菲派神祕主義詩人，作品對世界影響深遠，知名作品為《瑪斯納維》。

事，也有過愛她的同事，當然大多數同事都完全無視她。在許多人生中，她選擇不要工作，而在一些人生中她雖然積極求職，但仍找不到工作。有些人生中，她突破女性在職場上的障礙，有些卻只強化了刻板印象。她有過無數工作經驗，有時大材小用，有時能力不足。她有時睡得很安穩，有時輾轉難眠。有的人生中，她會吃抗憂鬱藥，有的則連頭痛吃的布洛芬都不用。有的人生中，她身體健康，卻有慮病症；有的則抱著病痛，時時焦慮自己的病情惡化，但大多數的人生中，她多半沒有慮病症。有個人生中，她有慢性疲勞症候群，有個人生中，她得了癌症，有個人生中，她出了場車禍，椎間盤突出，並撞斷了肋骨。

簡而言之，她擁有眾多不同的人生。

在那些人生中，她有過歡笑，有過淚水，感受過平靜、恐懼及兩者之間的所有情緒。人生和人生之間，她總會在圖書館見到愛爾姆女士。

起初，她體驗愈多人生，進入每一段人生也愈變愈順利。圖書館不再倒塌或分崩離析，也不曾有消失的危機。她交換到另一段人生時，燈光甚至不再閃爍。彷彿她已經到達能接受所有人生的狀態，如果她遇到不好的經驗，她也知道人生中不只有不好的經驗。她發現自己不是因為生活悲慘才試圖自殺，而是因為她設法說服自己，她無法逃脫悲慘的命運。

她覺得這是憂鬱的基礎，也是恐懼和絕望的差別。恐懼就像你走進地窖，擔心門會關上。絕望就像是門已關上，將你鎖在裡頭。

但她愈擅長運用想像力之後，她發現比喻中的那道門都更為敞開。有時她待在一段人生中不到一分鐘就會回來，其他則會待上幾天，甚至好幾週。她感覺自己活過愈多人生，愈難在任何地方感到有所歸屬。

問題在於諾拉最後開始失去方向。她不知道自己是誰。甚至她的名字也開始變得像是一個聲音，像是人與人之間傳遞的耳語，失去了意義。

「沒有用。」她最後一次在科西嘉的海灘酒吧和雨果對話時，對他說，「再也不有趣了。我不是你。我需要找到一個歸屬。但沒有一處讓我感到安穩。」

「有趣之處在於探索，朋友。」

「但萬一落地才是目的呢？」

就在那一刻，雨果回去了他滌罪的影音出租店。

「對不起。」另一個雨果喝著酒說，身後太陽西下。「我忘記你是誰了。」

「沒關係。」她說，「我也是。」

她像被地平線吞噬的太陽一樣，漸漸離開這世界。

迷失在圖書館之中

「愛爾姆女士？」

「是，諾拉，怎麼了？」

「一片漆黑。」

「我注意到了。」

「這不是個好現象，對吧？」

「對。」愛爾姆女士聽起來有點心煩。「你非常明白，這不是好現象。」

「我不能繼續下去。」

「你總是這麼說。」

「我已經快體驗完所有人生了。我嘗試過各種生活，但最後還是回來這裡。永遠都有事情讓我不再享受。永遠都有。我感覺自己不懂珍惜。」

「你不該這麼想。而且你還有許多人生還沒體驗過。」愛爾姆女士停住話頭，嘆口氣。「你知道每次你選了書，那本書就再也不會回到書架上了嗎？」

「知道。」

「這就是為什麼你永遠不能回到你試過的人生。每次在人生主軸上一定都會有……變化。在午夜圖書館，你不能拿同一本書兩次。」

「我不懂這是什麼意思。」

「雖然在黑暗中，但你知道書架跟上次你看到時一樣滿。你想的話，可以摸看看。」

諾拉沒伸出手摸。「對。我知道書還在。」

「它們跟你初次來這裡一樣滿，不是嗎？」

「我不——」

「那代表你在這世上還有許多充滿可能性的人生。其實是無窮無盡的。你永遠不可能試完。」

「但你會不想再嘗試。」

「喔，諾拉。」

「喔，怎麼樣？」

黑暗中，一切停頓一會。諾拉按開手錶上的小燈，檢查一下。

0點0分0秒

愛爾姆女士最後說：「我覺得……我就直接說了，我覺得你可能有點迷失了方向。」

「那不就是我最初來到午夜圖書館的原因嗎？因為我迷失了方向？」

「嗯，對。但現在你在自己的迷失之中迷失了。換句話說，你完完全全迷失了。你這樣找不到你想生活的方式。」

「要是那種方式不存在呢？要是我……困在這裡了呢？」

「只要書架上還有書，你絕不會被困住。每本書都是一種逃脫的可能性。」

「我不了解人生。」諾拉生氣地說。

「你不需要了解人生。你只需要活在其中。」

諾拉搖搖頭，這對哲學系畢業的人來說太難了。

「但我不想這樣下去。」諾拉告訴她，「我不想像雨果一樣。我不想永遠在人生中徘徊。」

「好吧。那你必須仔細聽我說。你想要我的建議嗎？還是不要？」

「想啊。當然想。感覺有點晚了，但愛爾姆女士，你快給我建議，我會非常感激。」

「好。唉。我覺得你到了一個見木不見林的階段。」

「我不確定你的意思。」

「你覺得這些人生像是鋼琴，而你演奏的曲調都不是真正的你，這點沒錯。你忘記你是誰了。因為當你變成每一個人，你就變得誰都不是。你忘記你原本的人生。你忘記自己適合什麼、不適合什麼。你忘記了你後悔的事物。」

「我後悔的事都改變過了。」

「沒有。沒有全部都變過。」

「沒有每一個小後悔都改過。當然沒有。」

「你必須再去看看《後悔之書》。」

「這裡一片漆黑，我怎麼看得到？」

「那本書你滾瓜爛熟。因為那本書就在你心裡。就像……就像我一樣。」

她記得狄倫曾告訴她，他在安養中心看到愛爾姆女士。諾拉原本想跟她提起，但後來決定算了。「好。」

「我們只知道我們感知的事物。我們體驗的一切終究只是我們感知的樣貌。『重要的不是你看到的事物，而是你怎麼去看』。」

「你懂梭羅？」

「當然了。你懂我就懂。」

「問題是，我不知道我後悔什麼。」

「好吧，我們來看看。你說我只是大腦感知的事物。那你怎麼看我的？我為何是愛爾姆女士？為什麼你看到的我是愛爾姆女士？」

「我不知道。因為你是我信任的人。你對我很好。」

「善意是個強大的力量。」

「而且相當罕見。」

「所以你可能找錯地方了。」

「也許。」

圖書館四周燈泡緩緩變亮，劃破了漆黑。

「在你原本的人生中，你曾在哪裡感受過？善意？」

諾拉記得艾許那天晚上敲她家門的事。他將貓屍從道路中抱起，冒雨拿到她公寓狹小的後花園，又因為她當時喝醉，哭得泣不成聲，艾許替她將貓埋進土裡。也許這算不上世上最浪漫的事，但確實是莫大的善意，他犧牲練跑四十分鐘，幫助一個需要幫助的人，回報只有一杯水。

她當時無法真心感受到他的善意。因為她心中滿是強烈的悲傷和絕望。但現在她回想起來，那的確是非常特殊的情操。

「我想我知道了。」她說，「就在我眼前，我自殺前一晚。」

「你是說昨天晚上？」

「我想是吧。對。艾許。外科醫師。發現伏特那個人。他曾邀我去喝咖啡。好幾年前的事了。當時我和丹在交往，所以我拒絕了。但要是我當時沒跟他交往呢？要是我已和丹分手，並和艾許去咖啡廳約會呢？如果我在星期六，整家店眾目睽睽之下，大膽答應他的邀請？我一定有段人生中，那時剛好單身，而且擁有敢做敢言的個性。在那段人生中，我會說『好啊，有空我們來喝杯咖啡吧，艾許，那樣不錯』。我會選擇和艾許出去。我想要試試那段人生。看看那段人生發展如何？」

在黑暗中，她聽到熟悉的書架聲，書架又緩緩開始移動，一開始咿呀作響，速度不快，後來愈來愈快，並變得更流暢，最後愛爾姆女士看到那本書。

「就在那裡。」

蚌殼中的珍珠

她從淺眠中睜開雙眼，第一個注意的事情是她累翻了。黑暗中，她在牆上看到一張畫。她大概看得出來，那張抽象畫大致上是在詮釋一棵樹，但不是細長高大的樹，而是又矮又寬的樹，樹上長滿花朵。

她旁邊有個熟睡的男人。男人在黑暗中背對著她，全身都蓋著羽絨被，所以她無從判斷那是不是艾許。

不知何故，這比平常還奇怪。當然，她跟艾許不過埋過貓，並在音樂商店櫃檯有過幾段有趣的對話，所以現在同床共枕，自然有點奇怪。但自從進到午夜圖書館，諾拉漸漸習慣這特殊的感覺。

不過，那人可能是艾許，也可能不是艾許。只憑一個決定不可能預測未來走向。例如，和艾許去喝咖啡，可能會讓諾拉愛上端咖啡上桌的服務生。量子物理學變化莫測。

她摸了摸無名指。兩枚戒指。

那人翻過身。

黑暗中，一隻手臂放到她手上，她輕輕將手臂拿起，放回羽絨被上。接著她鑽下床。她的計劃是下樓，也許躺在沙發上，照慣例用手機調查一下自己。

有件事很有趣，不管她體驗多少人生，不管每個人生多不一樣，她手機幾乎都會放在床旁邊。在這段人生中，手機也在同樣的位置。她拿起手機，想靜靜溜出房間。不管那男人是誰，他都睡得很沉，絲毫不動。

她盯著他瞧。

「諾拉？」他半夢半醒之間咕噥。

是他。諾拉很確定，就是艾許。

「我去上廁所。」她說。

他喃喃吐出類似「好」的聲音，又繼續睡著了。

她輕輕走過地板。但她一打開門，走出房間，差點嚇得魂都飛了。因為在昏暗的樓梯口有另一個人。身材嬌小，小孩子一般。

「媽咪，我做噩夢。」

走廊上的燈泡投出柔和的光線，諾拉看到女孩的臉。她頭髮因睡覺而凌亂，頭髮一絲絲黏在滿是汗水的額頭上。

諾拉不吭聲。這是她女兒。

她怎麼說得出話來？

熟悉的問題出現：她要怎麼進到一個她晚了好幾年才接觸的人生？諾拉閉上雙眼。在其他人生中，她就算有小孩，也只面對幾分鐘而已。這段人生已經逼她踏上陌生的領域。

她全身顫抖，壓抑內心難以言喻的心情。她不想看到女孩。不只是為了自己，也為了那女孩。這感覺是種背叛。諾拉是她母親，但同時更重要的是：她不是這孩子的母親。她只是個陌生的女人，在一間陌生的房子，望著一個陌生的小孩。

「媽咪？你聽到我說的嗎？我做噩夢。」

她聽到身後房中的人在床上動了動。如果他真的醒來，情況會變得更尷尬。於是諾拉決定跟小孩說話。

「喔，喔，真糟糕。」她小聲說，「但那不是真的。那只是夢。」

「我夢到熊。」

諾拉關上身後的門。「熊？」

「因為聽故事。」

「對。好。故事。來吧，回到床上……」

她發覺自己語氣聽起來很嚴厲。「親愛的。」她補一句，並好奇她……她在這個宇宙的女兒叫什麼名字。「這裡沒有熊。」

「只有泰迪熊。」

「對，只有——」

那女孩又變得更清醒了。她雙眼亮起，凝視著母親，於是有一秒鐘，諾拉感覺到了。她感覺自己像她母親。她透過別人，和這世界有所連接，內心不再感到陌生。「媽咪，你在幹什麼？」

她現在聲音很大，態度莫名認真，只有四歲的小孩子才會這樣（她頂多就四歲吧）。

「噓。」諾拉說。她必須知道這女孩的名字。名字具有力量。如果你不知道自己女兒的名字，你就失去了控制力。「聽著。」諾拉輕聲說，「我只是要下樓做些事。你回床上。」

「但有熊。」

「這裡沒有熊。」

「在我夢裡有。」

諾拉想起在濃霧中衝向她的北極熊，並回憶起那份恐懼。還有在那一瞬間，想活下來的欲望。「這次不會有了。我保證。」

「媽咪，你為什麼那樣說話？」

「怎樣？」

「那樣。」

「輕聲說？」

「不是。」

諾拉不知道這女孩覺得她說話是什麼樣子，也不知道自己和她母親有何差別。身為母親說話的方式會變嗎？

「好像你在害怕。」女孩解釋。

「我不怕。」

「我想要有人握我的手。」

「什麼？」

「我想要有人握我的手。」

「好。」

「笨媽咪！」

「對。對。我好笨。」

「我真的很怕。」

她靜靜地說，一副理所當然的樣子。這時諾拉望向她，真心仔細望著她。那女孩的相貌雖然十足陌生，卻又十分熟悉。諾拉感到內心湧起某種情感，充滿力量和憂慮。

那女孩望著她的方式和所有人都不同。她的情感令人害怕。她有諾拉的嘴巴，還有那略微恍神的模樣，是大家有時會形容諾拉的。女孩長得很美，而且是她的……算是屬於她的。她感到內心湧現一股不理性的愛，並知道如果圖書館此時不趕快出現的話（也的確沒有），她必須趕快離開。

「媽咪，你可以握我的手嗎……？」

「我……」

女孩將手放到諾拉手中。她的手感覺好小、好溫暖，並放鬆地放在她手中，像是蚌殼中的珍珠，讓她感到好難過。她牽著諾拉走向附近的房間，那是女孩的臥室。諾拉進門之後將門掩起，舉起手錶想查看時間，但在這段人生中，她戴的是指針式手錶，沒有燈光，所以她花了一、兩秒眼睛才適應光線。她也用手機確認時間。時間是凌晨兩點三十二分。所以，不管這人生中她幾點上床睡覺，她的身體都還沒獲得多少睡眠。感覺起來確實是如此。

「死了會發生什麼事，媽咪？」

房間昏暗。走廊上的銀色光線照了進來，除此之外，窗外附近街燈的光線也透過狗狗圖案的窗簾照入房中。她看到女孩長方形的床。她看到地上大象玩偶的剪影，還有其他玩具，這房間一片凌亂，但散發快樂的氣氛。

女孩雙眼發光，望著諾拉。

「我不知道。」諾拉說，「我覺得沒有人知道。」

女孩皺起眉頭。她不滿意這答案，一點也不滿意。

「聽著。」諾拉說，「在你死之前，你有機會再活一次。你可以體驗你以前從沒體驗過的事。你可以選擇你想過的人生。」

「那聽起來很棒。」

「但你還要好久好久才要擔心這些事。你未來會有一段刺激的冒險之旅。而且會體驗好多快樂的事情。」

「像露營！」

諾拉心頭的暖意擴散到全身，她微笑望著這可愛的女孩。「對。像露營！」

「我喜歡我們一起去露營！」

諾拉臉上仍掛著笑容，但她感到眼眶泛淚。這似乎是個幸福的人生。有自己的家庭。假期能和女兒一起去露營。

「聽著。」她發現自己還要好一陣子才能逃出臥室。「你擔心自己不知道的事時，像未來之類的，最好提醒自己知道的事。」

「我不懂。」那女孩說，並鑽到羽絨被下。諾拉坐到她身旁的地上。

「嗯，就像玩遊戲一樣。」

「我喜歡玩遊戲。」

「要玩個遊戲嗎？」

「好。」她女兒笑了。「我們來玩。」

遊戲

「我問你我們已經知道的事情，你說答案。所以如果我問你：『媽咪叫什麼名字？』你要回答：『諾拉。』懂嗎？」

「好。」

「所以你叫什麼名字？」

「莫莉。」

「好，爸爸叫什麼名字？」

「爸爸！」

「但他真正的名字是？」

「艾許！」

哎唷，那次喝咖啡約會真的很成功。

「我們住在哪裡？」

「劍橋！」

劍橋。算有點道理。諾拉一直都很喜歡劍橋，而且離貝德福大概只有五十公里。艾許一定也喜歡這裡。如果他仍在倫敦工作，這也是能通勤的距離。簡而言之，她讀完布理斯托大學之後，去攻讀哲學碩士，並在凱斯學院獲得教職。

「劍橋哪裡？你記得嗎？我們家在哪條街上？」

「我們住在……波……波頓路。」

「答對了！你有兄弟姊妹嗎？」

「沒有！」

「媽咪和爸比喜歡彼此嗎？」

莫莉聽了大笑。「喜歡！」

「我們有大吼大叫嗎？」

她露出狡黠的笑容。「有時候！尤其媽咪！」

「對不起！」

「你只有真的、真的、真的很累才會大叫，而且你會道歉，所以沒關係。如果道歉，一切都不會有事。你跟我說的。」

「媽咪有出去工作嗎？」

「有。有時候。」

「我還在遇到爸比的店裡工作嗎？」

「沒有。」

「媽咪去上班的時候都在做什麼？」

「教書！」

「她怎麼……我怎麼教人？我教什麼？」

「哲……哲……」

「哲學？」

「我正要說！」

「我在哪裡教書？大學？」

「對！」

「哪間大學？」接著她想起他們住哪裡。「劍橋大學？」

「沒錯！」

她試著把空格填滿。也許在這個人生，她重修了碩士，成功畢業後，在這裡取得教職。

無論如何，如果她在這個人生想蒙混過關，她可能要多讀些哲學書。但這時莫莉說：「但你現在停了。」

「停了？我為什麼不做了？」

「要寫書！」

「為你寫書？」

「不是，傻瓜。要寫大人的書。」

「我在寫書？」

「對！我剛才就說了。」

「我知道，我只是故意讓你說兩次。因為這樣有兩倍效果。熊會變得更不可怕。好嗎？」

「好。」

「爸比工作嗎？」

「有。」

「你知道爸比做什麼嗎？」

「知道。他切人！」

這一刻，她忘記艾許是個外科醫師，並納悶自己是不是住在連續殺人魔家裡。「切人？」

「對，他把人身體切開，讓他們變好！」

「啊，對。當然。」

「他拯救別人！」

「對，沒錯。」

「只不過有時候他很難過，因為別人死了。」

「對，那很令人難過。爸比現在還在貝德福工作嗎？還是他在劍橋工作？」

她聳聳肩。「劍橋？」

「他還在彈吉他嗎？」

「有。有，他還會彈。但非常非常非常非常爛！」她說著咯咯笑起來。

諾拉也大笑。莫莉的笑聲很有感染力。「所以……你有阿姨或叔叔嗎？」

「有，我有賈雅姑姑。」

「賈雅姑姑是誰？」

「爸比的妹妹。」

「還有嗎？」

「有，喬舅舅和伊旺叔叔。」

諾拉感覺鬆了口氣，他哥在這時間軸中還活著。而且跟她奧運的生活一樣，他哥和同一個男人在一起。而且他顯然和諾拉很親，莫莉知道他的名字。

「我們上次什麼時候見到喬舅舅？」

「耶誕節！」

「你喜歡喬舅舅嗎？」

「喜歡！他很好笑。而且他給我熊貓。」

「熊貓？」

「我最喜歡的玩偶！」

「熊貓也是熊。」

「牠是好熊。」

莫莉打哈欠。她睏了。

「媽咪和喬舅舅喜歡彼此嗎？」

「喜歡！你們常常講電話！」

這倒有趣。諾拉以為只有在她不曾參與迷宮樂團的人生中，她才能與哥哥和平相處，但現在兩人相談甚歡，證明這不是絕對。這跟她決定繼續游泳時不大一樣，畢竟她和艾許的咖啡之約，已是她退出迷宮樂團之後的事。諾拉不禁好奇，可愛的莫莉是不是她生命中缺少的環節。也許她面前的小女孩修復了兩人之間的關係。

「你有爺爺奶奶嗎？」

「只有索爾奶奶。」

諾拉想問更多關於自己父母過世的事，但現在恐怕不適合。

「你快樂嗎？我是說，你沒擔心熊的時候？」

「我想是吧。」

「媽咪和爸比快樂嗎？」

「快樂。」她慢慢說道，「有時候快樂。你們不累的時候！」

「我們常一起做好玩的事嗎？」

她揉揉眼睛。「有。」

「我們有養寵物嗎？」

「有。柏拉圖。」

「誰是柏拉圖？」

「我們的狗。」

「柏拉圖是哪一種狗？」

但莫莉沒有回答，因為她睡著了。諾拉躺在地毯上，閉上雙眼。

她醒來時，有條舌頭舔著她的臉。

一隻拉布拉多眉開眼笑，搖著尾巴湊過來，興奮又開心能見到她。

「柏拉圖？」她睡眼惺忪地說。

就是我，柏拉圖似乎搖著尾巴說。

已經是早上了，晨光從窗簾照進房中。玩偶散落一地，其中包括諾拉之前看出的熊貓和大象。她望向床，發現床是空的。莫莉不在房內。樓梯傳來腳步聲，比莫莉腳步更重。

她坐起來。她前一晚睡在地毯上時，身上穿著大件治療樂團T恤（這件她認得）和一件格子呢睡褲（這件她不認得）。她知道自己現在一定很狼狽。她伸手摸摸臉，臉被壓得皺皺的，感覺頭髮又髒又凌亂。她在兩秒之內盡可能讓自己能見人，等待她夜夜同床共枕，同時又不曾共睡一床的男人。換言之，就是薛丁格的丈夫。

突然之間，他來了。

完美的人生

艾許一如過往，仍是個帥氣的高瘦男孩子，他的氣質沒有因為成了父親而走樣。真要說，他看起來比出現在她家門口時還更健康。就像那時候，他現在也穿著跑步服裝。不過他的衣服比較流行，感覺更貴了。而且從他手臂看來，他有種健康跑者的感覺。

他露出笑容，手中拿著兩杯咖啡，其中一杯是要給諾拉的。她好奇從咖啡約會之後，他們一起喝了多少杯咖啡。

「喔，謝謝你。」

「噢，不會吧，諾兒，你在這裡睡一整晚？」他問。

諾兒。

「後來是。我原本想回床上睡，但莫莉很害怕。我要安撫她，後來我太累，就沒回去了。」

「噢，不。對不起。我沒聽到她。」他真心感到愧疚。「可能是我的錯。我昨天工作之前給她看 YouTube 上的熊。」

「沒關係。」

「總之，我帶柏拉圖去散步了。我今天中午才要去醫院。今天會弄很晚。你今天還想去圖書館嗎？」

「喔。我跟你說，我今天也許先不去了。」

「好，我給莫莉吃早餐，待會送她上學。」

「我可以帶莫莉去。」諾拉說，「如果今天是大手術的話。」

「喔，這次還好。目前一個是膽囊，一個是胰臟。算輕鬆。待會還有時間去跑個步。」

「對。好。當然了，要準備星期天的半馬。」

「什麼？」

「沒事。不重要。」諾拉說，「我睡在地上一整晚，腦袋還不清楚。」

「沒關係。總之，我妹打來。他們要她畫邱園[31]的月曆。要畫許多植物。她非常開心。」

艾許微笑，為妹妹感到高興，那是諾拉從未見過的人。她想感謝艾許對她過世的貓那麼好，但她當然不能說出口，於是只說：「謝謝你。」

「謝什麼？」

「你知道的，就是這一切。」

「喔。好。沒問題。」

「反正，謝謝你。」

他點點頭。「不客氣。總之，該去跑步了。」

他喝完咖啡便離開了。諾拉掃視房間，吸收各種新的資訊，包括每個絨毛玩具、書籍和插座，彷彿它們全是她人生的拼圖。

一小時之後，莫莉到了托兒所，諾拉照平常一樣查看電子郵件信箱和社群媒體。在這段

31 邱園（Kew Gardens）是英國皇家園林，也是聯合國認定的世界文化遺產。

人生中，她的社群媒體活動並不頻繁，這算是很有希望的跡象，但她電子郵件超級多。從電子郵件看來，她判斷她不單單是暫停教書，而是正式離開教職。她現在在休長假，想寫一本關於亨利·大衛·梭羅的書，闡述他和現代環保運動的關連。今年年末，她因為申請到了研究金，打算去麻州康科德的華爾登湖。

這感覺很不賴。

好得教人心煩。

一段美好的人生，有著美好的女兒、美好的丈夫、住在美好的房子和美好的城鎮。好得太過分。在這段人生，她可以成天坐著讀書，做點研究，寫她最喜歡的哲學家的事。

「這真的很棒。」她跟狗說，「這很棒吧？」

柏拉圖不置可否，打個哈欠。

她接下來開始探索房子，柏拉圖從舒服的沙發一直看著她。客廳很寬敞。她的腳踏在柔軟的地毯之中。

白色木地板、電視、火爐、電子琴、兩臺充著電的新筆電，桃花心木櫃上有一組精美的西洋棋，一旁還有放滿書的整齊書櫃。角落放著一把吉他。諾拉一眼就看出那是芬德牌馬里布款的電木吉他「午夜綢緞」。她上週在弦理論工作賣出了一把。

客廳四處都掛著框好的照片。照片裡有她不認識的小孩，還有一個長得像艾許的女人，大概是他妹妹。有張她過世父母的結婚照，還有一張她和艾許的結婚照。她看到哥哥站在背景。牆上還有一張柏拉圖的照片，以及一張嬰兒照，應該是莫莉。

她望向書本。那裡有幾本瑜珈書，但不是她原本人生中的二手書。有幾本醫學相關的書。

她看到她的伯特蘭．羅素《西方哲學史》，旁邊還有亨利．大衛．梭羅的《湖濱散記》，這兩本書她從大學時代便擁有。還有她熟悉的《地質學原理》。另外有不少關於梭羅的書。書架上也有柏拉圖的《共和國》和漢娜．鄂蘭的《極權主義的起源》，她在原本的人生也有，但版本不同。也有幾本知識份子的書，像是茱莉亞．克莉斯蒂娃[32]、朱迪斯．巴特勒[33]和奇瑪曼達．恩格茲．阿迪契[34]的著作。有許多書是關於東方哲學，她以前都不曾讀過。諾拉不禁想，她如果留在這個人生，目前看來是滿有可能的，她不知道有沒有辦法在回劍橋教學之前把書全看完。

書櫃上還有小說，幾本狄更斯的作品、《瓶中美人》、幾本宅宅的流行科學著作、音樂書、還有一些育兒手冊如愛默生[35]的《自然》和瑞秋．卡森[36]《寂靜的春天》，有些關於氣候變遷的書，還有一本精裝大書《北極圈之夢：北方景色的想像和欲望》。

她這輩子不曾鑽研知識到此地步。如果你在劍橋取得碩士學位，然後決定休長假來寫一本書，討論你最喜歡的哲學家，人生自然是如此。

32 茱莉亞．克莉斯蒂娃（Julia Kristeva, 1941-），法國當代思想家，涉獵甚廣，包括語言學、符號學、精神分析學和女權主義，是當代重要的結構主義人物，也對後結構主義有深刻影響。

33 朱迪斯．巴特勒（Judith Butler, 1956-），美國後結構主義學者，當代最具影響力的理論家之一，著作廣泛，內容包括女性主義、酷兒理論、政治哲學、倫理學和猶太哲學。

34 奇瑪曼達．恩格茲．阿迪契（Chimamanda Ngozi Adichie, 1977-），奈及利亞作家，女權文學的新星，她主要作品有《紫芙蓉》、《半個黃色太陽》和《美國》。

35 愛默生（Ralph Waldo Emerson, 1803-1882），美國哲學家和詩人，十九世紀超驗文學運動代表人物，熱愛自然，崇尚自我價值。

36 瑞秋．卡森（Rachel Carson, 1907-1964），美國海洋生物學家，著作《寂靜的春天》一書促進了全球環保運動。

「你很佩服我。」她對狗說，「你可以承認沒關係。」

書架上還有一疊音樂歌本，諾拉看到賽門與葛芬柯的歌本放在最上頭，不禁露出微笑，艾許邀她出去那天，她便是賣給他這本書。咖啡桌上有一本光滑的精裝書，裡面有許多西班牙風景照片，沙發上有一本書標題是《植物和花朵百科》。

雜誌架上有本全新的《國家地理雜誌》，封面是一張黑洞照片。

牆上有一張畫。那是來自巴塞隆納一間美術館的米羅複製畫。

「我跟艾許有一起去巴塞隆納嗎，柏拉圖？」她想像兩人牽著手，一起在歌德區散步，進到酒吧吃小菜，喝里奧哈紅酒。

書櫃對面的牆上有面巨大的鏡子，鏡框紋飾精緻。她在不同人生都有不同的樣貌，她已不再為此感到驚訝。她有過各種身形和體形，留過各式各樣的髮型。在這人生中，她看起來非常自在。她會想跟鏡子中這人交朋友。她面前的不是奧運選手、搖滾巨星或太陽馬戲團的特技演員，但至少看得出來，她過著美滿的人生。她是個成熟的大人，依稀知道自己是誰，她的人生在做什麼。她留著短髮，但也不會短到特立獨行，皮膚比原本的人生來得健康，要麼是因為她飲食健康，少喝紅酒，經常運動，不然就是靠她在浴室看到的保養品。那些保溼清潔乳液比她原本人生中擁有的一切都還昂貴。

「好吧。」她對柏拉圖說，「這是個很棒的人生，對吧？」

柏拉圖似乎同意。

和宇宙更深入連結的心靈之旅

她在廚房找到放藥品的抽屜。她翻了翻，看到膏藥、消炎藥、退燒糖漿、綜合維他命和跑者膝專用繃帶，但找不到任何抗憂鬱藥物。

也許這就是了。也許這就是她要留下來的人生。她會選擇這段人生。這是她不會放回書架上的人生之書。

我在這裡很快樂。

她淋浴時，檢查身體有沒有陌生的痕跡。她身上沒有刺青，但有道疤痕。那不是自殘的傷疤，而是手術的刀疤。長疤位在肚臍下方，細緻筆直。她看過剖腹產的疤痕，現在她用大拇指撫摸那道疤，心想自己即使留在這段人生，也永遠都算遲了一步。

艾許送莫莉上學之後回到家裡。

她趕緊穿好衣服，以免艾許看到她裸體。

他們一起吃了早餐。兩人坐在廚房餐桌，翻看今天的報紙，吃著酵母吐司，簡直像一對活生生的婚姻代言人。

後來艾許去醫院上班，她待在家研究梭羅一整天。她檢查了一下進度，已經寫了四萬兩千七百二十九字，了不起。她又吃了點吐司，接著去接莫莉下課。

莫莉想像「平常一樣」去公園餵鴨子，於是諾拉帶她去了，並掩飾自己其實是用 Google

Map才知道路。

諾拉推她盪秋千到手酸，並和她玩溜滑梯，還和她一起爬過巨大的金屬隧道。接著她們舀著一盒燕麥，撒進池塘餵鴨子。

最後她坐在電視前，餵莫莉吃晚餐，吃完之後為她讀床邊故事。艾許在這之後才回到家。艾許回家之後，有個男人來到大門邊想進來，諾拉當著他的面直接把門關上。

「諾拉？」

「怎麼了？」

「你為什麼對亞當這麼奇怪？」

「什麼？」

「我覺得他有點生氣。」

「什麼意思？」

「你表現得好像他是陌生人。」

「喔。」諾拉微笑。「對不起。」

「他三年來都是我們鄰居。我們也與他和安娜去湖區露營過。」

「對。我知道。當然了。」

「你看起來像是不想讓他進來。好像怕他闖進來之類的。」

「有嗎？」

「你直接在他面前關上門。」

「我關上門而已。沒有當著他的面。我是說，對，他站在門口。嚴格來說沒錯。但我只是不希望他覺得自己可以闖進來。」

「他要拿水管來還。」

「喔，對。嗯，我們不需要水管。水管對環境不好。」

「你還好嗎？」

「怎麼了？」

「我只是擔心你……」

總之，事情大致上算順利，每次她好奇自己會不會在圖書館醒來時，她都留在原地。諾拉有天上完瑜珈課，坐在坎恩河畔的長椅上，重讀梭羅的書。隔天她在電視上看到萊恩・貝里在《最後機會酒館二》的片場接受採訪，他提到說自己正在進行「和宇宙更深入連結的心靈之旅」，暫時不去煩惱「穩定的感情」。

諾拉收到伊琪傳來的鯨魚照片。她用 WhatsApp 傳訊叮嚀伊琪，她最近聽說澳洲有一場可怕的車禍，並要伊琪答應她開車一定要小心。

諾拉心情自在，發現自己一點也不想查丹在這個人生過得如何。她很慶幸自己能和艾許在一起。或者更精確地說，她覺得自己應該很慶幸，因為艾許人很好，他們的人生也充滿許多歡笑和愛。

艾許上班時間很長，但他在家時，即使好幾天都面對鮮血、壓力和膽囊，他仍然很好相處。他有點書呆子，遛狗時會在街上和老人大聲說「早安」，對方有時會不理他。他會在車上跟著廣播唱歌。他感覺好像不用睡覺一樣。即使他明天要開刀，也願意陪伴莫莉入睡。

他很喜歡講一些知識來逗莫莉：胃每四天會多一條皺紋！耳屎是汗的一種！有一種叫蟎

的生物活在你的睫毛裡！而且他很愛說些不該說的話。第一個星期六，在鴨子池塘邊，他也不管莫莉就在一旁，興致高昂跟一個陌生人說雄鴨的陰莖像螺旋開瓶器。

晚上他早回家，可以下廚的話，會做好吃的印式扁豆咖哩和香辣茄醬筆管麵，不過他做的每道菜都想放一整顆蒜頭。但莫莉說得一點都沒錯，他的才華不包括音樂能力。他彈吉他唱《寂靜之聲》時，她情不自禁希望他用寂靜來表達這首歌。

換言之，他有點傻氣。雖然是個每天都在拯救生命的傻子，但還是個傻子。這是好事。諾拉喜歡傻子，她覺得自己就是傻子，而且她現在才剛慢慢在認識她丈夫，知道兩人都傻里傻氣之後，她比較能克服適應人生的詭異感。

這是個美好的人生，諾拉一次次在內心對自己說。

對，當父母很累，但你很難不愛莫莉，至少白天都會念著她。其實比起讓莫莉上學，諾拉更喜歡她在家，因為這樣比較有挑戰性，不然她的人生太順利了。她沒有感情、工作和金錢的壓力。

許多事情值得慶幸。

當然難免有些緊張的時刻。她再次面對熟悉的情況，好像自己在演一齣劇，卻不知道臺詞。

「怎麼了嗎？」她有天晚上問艾許。

「只是……」他望著諾拉，笑容親切，但目光專注犀利。「我不知道。你忘記我們結婚紀念日快到了。你看過的電影都忘了，你沒看過的電影都覺得自己有看。你忘了自己有腳踏車。你忘了盤子放哪。你一直穿我的拖鞋，還睡到我這半邊。」

「老天，艾許。」她語氣有點太強烈。「我感覺好像被三隻熊[37]審問一樣。」

「我只是擔心……」

「我沒事。你知道嗎，只是研究太累了。在樹林中迷失了，在梭羅的樹林之中。」

那些時刻，她總覺得自己也許會回到午夜圖書館。有時她會想起第一次到那裡，愛爾姆女士所說的話。如果你真心想活在那段人生，不需要擔心……當你發自內心想要那段人生，那麼現在你腦海中的一切，包括這間午夜圖書館，最終都將化為模糊且難以捉摸的記憶，宛如不曾存在過似的。

這時就出現一個問題：如果這是完美的人生，為何她還沒忘記圖書館？

她要多久才會忘記？

不知何故，她偶爾會感到讓輕微的憂鬱包圍，但這份憂鬱跟她在原本的人生，或是和許多人生相比，都是小巫見大巫。那感覺就像拿流鼻水來和肺炎比一樣。每當她回憶她在弦理論被解雇那天，自己有多難受和絕望，內心多寂寞，自己多想死，她心裡都知道，這差太多了。

她每天上床前都在想，自己是否會在這段人生中醒來，因為這是她所知最好的人生。總體而言，生活各方面都很好。她起初只是睡前會好奇，後來反而變得不敢入睡，深怕自己一睡就回不來了。

37 出自童話《金髮姑娘和三隻熊》的故事，故事中金髮姑娘偷用了熊的餐具，也偷睡熊的床。

但每天晚上，她終究會睡著，而每天早晨，她都在同一張床醒來。不過艾許和諾拉因為會輪流哄女兒入睡，所以她偶爾也會在地毯上醒來。後來莫莉睡得愈來愈安穩，她就都在床上醒來了。

當然還有些尷尬的時刻。諾拉對生活和房子一無所知，艾許有時會開口，問她要不要看醫生。起初諾拉躲著他，不和他做愛，但有天晚上，他們做了愛，諾拉事後覺得有種罪惡感，彷彿自己活在謊言之中。

他們在黑暗中躺了一會，沉浸在性交後的沉默，但她知道自己必須提起話題，試試水溫。

「艾許。」她說。

「什麼事？」

「你相信平行宇宙理論嗎？」

諾拉看到他臉上綻放笑容。這是他有興趣的話題。「相信，我想我相信。」

「我也是。我是說，那算科學，對吧？那不是宅宅物理學家隨便覺得：『嘿，平行宇宙很酷。我們編個理論吧。』」

「對。」他附和。「科學會推翻只是聽起來很酷的事物。那些事太科幻了。基本上，科學家都是懷疑論者。」

「沒錯，但物理學家相信平行宇宙。」

「那只是科學導向的結論，不是嗎？量子力學和弦理論的一切全指出世上有多重宇宙。無數宇宙。」

「好，要是我說我活過其他人生，但想選這個人生呢？」

「我會說你瘋了。但我還是喜歡你。」

「哼，我活過好不好。我活過許多不同的人生。」

他微笑。「好啊。那有沒有哪段人生是你再度親我的？」

「在其中一個人生中，你替我埋葬了我過世的貓。」

他大笑。「太酷了，諾兒。我喜歡你的地方，就是你總是讓我覺得自己好正常。」

就這樣。

她發覺在人生中她能盡可能坦誠時，大家會以最接近自己現實的方式來理解。如梭羅所說：「重要的不是你看到的事物，而是你怎麼去看。」艾許看到諾拉，只看到他深愛並結婚的女孩，所以某方面來說，諾拉便是她。

漢默史密斯

學期中的假期，莫莉不用上學，星期二艾許不用去醫院上班，他們坐火車去倫敦，去諾拉的哥哥和伊旺位於漢默史密斯的公寓。

喬看起來很好，他的丈夫和諾拉奧運人生中在哥哥手機上看到的是同一位。喬在這個人生是音訊工程師。伊旺全名是伊旺・蘭佛醫生，他是皇家馬斯登醫院放射科顧問醫師，所以艾許和他能聊許多醫院經，一起發牢騷。

喬和伊旺對莫莉很好，耐心陪著她，問她貓熊要做什麼。喬為大家煮了一頓美味的蒜香義大利麵配花椰菜。

「當然這是普利亞料理。」他跟諾拉說，「我們畢竟繼承了一點義大利血統。」

諾拉想起她義大利裔的祖父，好奇他發現倫敦磚廠其實在貝德福時不知作何感想。他真心感到失望嗎？還是他其實決定在此盡力生活？也許有個版本的祖父真的去了倫敦，結果到城市的第一天，就在皮卡迪利圓環被雙層巴士輾過。

喬和伊旺的廚房有一個滿滿的酒櫃。諾拉注意到有瓶希哈紅酒來自加州好景色葡萄園。諾拉看到酒瓶下方印著兩個簽名「愛莉莎和愛德瓦多・馬丁涅茲」，她不禁起了雞皮瘩疙。她露出笑容，感覺愛德瓦多在這個人生一樣快樂。她不禁好奇愛莉莎是誰，是什麼樣的人。至少那裡有美麗的夕陽。

「你還好嗎？」艾許問，諾拉茫然望著酒標。

「很好，當然好。只是這瓶看起來不錯。」

「那真的是我的最愛。」伊旺說，「超好喝的一瓶酒。我們開了吧？」

「嗯。」諾拉說，「如果你們本來就要喝的話。」

「喔，我沒有。」喬說，「我最近喝太多了。我最近在戒酒期。」

「你知道你哥是怎麼回事。」伊旺在一旁附和，親了喬臉頰一口。「一喝就喝個不停。」

「喔，對。我是。」

伊旺已經拿了開瓶器。「今天工作超辛苦。所以如果沒人要加入，我很樂意直接對口喝。」

「我想喝。」艾許說。

「我還好。」諾拉說，並想起她上次看到哥哥是在旅館的商務會客室，喬當時向她坦承他酗酒。

他們給莫莉一本圖畫書，諾拉在沙發上唸給她聽。

夜晚繼續。他們聊新聞、音樂和電影。喬和伊旺很喜歡《最後機會酒館》。

過一會，出乎大家意料之外，諾拉從安全的流行文化跳脫出來，直截了當問了哥哥一個問題。

「你曾經氣我嗎？你知道，就我退團的事？」

「那是好幾年前的事了，小妹。很多事早已順水東流，都是過去的事。」

「不過你那時想當搖滾巨星。」

「他還是搖滾巨星。」伊旺大笑說，「但專屬於我。」

「我總覺得我讓你失望了，喬。」

「不要這麼覺得……但我覺得我也讓你失望了。因為我真是個白痴……我有一陣子對你很壞。」

這句話像是一劑她等待多年的心藥。「沒關係。」她擠出一句話。

「我和伊旺在一起之前，我不擅長處理自己的心理健康。我以為焦慮症不算什麼……常在那邊『意念勝過物質』，或『鼓起勇氣啊，小妹』。但後來伊旺開始有了焦慮症，我才了解那有多嚴重。」

「不只是焦慮症。感覺就是不對勁。我不知道……無論如何，我覺得比起你……」她差點說死了的人生。「……的樂團人生，我覺得你在這個人生快樂多了。」

她哥哥微笑，並望向伊旺。她懷疑喬是否相信這句話，但諾拉心裡有數，她必須接受有些事情的真相終究不可能明白。

三輪車

一週週過去，諾拉感到不可思議的事情發生了。

她開始回憶起她不曾擁有的過去。

例如有一天，有人打電話約她吃飯，她原本人生中不認識他，兩人顯然是在大學讀書和教書認識的。手機螢幕出現「若拉」時，她腦中馬上浮現「若拉．布萊恩」，並出現對方的身影。諾拉不知何故知道她另一半叫摩歐，他們有個叫阿道斯的孩子。後來諾拉和她見面時，所有訊息都和現實契合。

似曾相識的感覺愈來愈常發生。當然，她偶爾還是會出包，像是忘記艾許試著靠跑步控制氣喘這件事。

「你有氣喘多久了？」

「從我七歲就有了。」

「喔，對，當然了。我以為你在說溼疹。」

「諾拉，你沒事嗎？」

「喔，沒事，很好。我只是中午和若拉喝了點酒，腦袋有點空白。」

但慢慢的，她愈來愈少出包，彷彿每一天都拼上一塊拼圖。而每一塊拼上之後，就更容易看出少的是哪一塊。

她在其他人生中都一直搜尋著線索，感覺自己在演戲，但在這段人生中，她漸漸察覺，她愈放鬆融入，自己想起愈多事情。

諾拉也喜歡和莫莉在一起。

她喜歡和莫莉在雜亂又舒適的房間玩耍，喜歡在床邊唸著《老虎喝下午茶》神奇的故事，默默和她建立親密關係，也喜歡在花園陪著她。

「你看我，媽咪。」星期六時，莫莉騎著她的三輪車。「媽咪，看！你看到了嗎？」

「好棒，莫莉。騎得真好。」

「媽咪，看！好快！」

「衝啊，莫莉！」

但三輪車的前輪在草坪打滑，車子衝進花床。莫莉掉下來，頭重重撞到一塊小石頭。諾拉衝過去，把她抱起來，檢查她的傷勢。莫莉一臉痛苦，額頭有道刮痕，皮膚磨傷流血。她下巴不斷顫抖，但不想表現出自己覺得很痛。

「我沒事。」她緩緩說，聲音像瓷器一樣脆弱。「我沒事。我沒事。我沒事。我沒事。」每一聲「沒事」眼淚都要盈眶落下，最後她懸崖勒馬，再次冷靜下來。雖然她晚上怕熊，但她那股韌性令諾拉好佩服，並深受感動。這個小傢伙是她生下來的，某方面來說是她的一部分，如果莫莉有隱藏的力量，那也許諾拉也有。

諾拉抱住她。「沒事，寶貝……我女兒好勇敢。沒關係。親愛的，感覺還好嗎？」

「沒事。感覺像在過假日。」

「過假日？」

「對，媽咪……」她說，有點難過諾拉不記得。「溜滑梯。」

「喔對，當然了。溜滑梯。對。我好笨。笨媽咪。」

諾拉內心突然感到某種感情，像是某種恐懼，和她在北極圈礁石上面對北極熊時一樣真實。

她恐懼自己內心的感受。

那是愛。

你可以吃全世界最美味的餐廳，你可以享受各種感官的快樂，你可以在聖保羅舞臺上向兩萬人唱歌，你可以沉浸在如雷的掌聲中，你可以去到地球的終點，網路上可以有上百萬人追蹤你，你可以贏得奧運獎牌，但少了愛，這一切全都毫無意義。

她回想她原本的人生，最根本的問題，她如此脆弱的原因就是因為少了愛。在那個人生中，甚至連她哥哥都不想要她。伏特過世之後，沒人在意她。她不愛人，也沒人愛她。她如一具空殼，她的人生很空虛，四處遊走，像是有感知卻絕望的人偶，假裝過著人類正常的生活，只想著要熬過人生。

但在劍橋的花園中，在那暗淡的灰色天空下，她感到深深愛著人，以及深深被愛，那股令人懼怕的力量。對，在這段人生中她父母都已過世，但她還有莫莉、艾許和喬。這裡有一面面愛之網，不讓她墜落。

但諾拉內心深處知道，不久一切都將結束。這段人生表面上非常完美，卻暗藏著一個問題。其實，最大的問題就在於這份完美。一切都太完美了，但她不值得享有這一切。她像是中途才來看這部電影，或像是將書從圖書館借回家，但說到底，這本書不是她的。她感覺自己像個騙子。她好希望這成為她的人生，她真正的人生。但這不是，她好希望自己能忘記這件事。她真心希望。

「媽咪，你在哭嗎？」

「沒有，莫莉，沒有。我沒事。媽咪沒事。」

「你看起來在哭。」

「我們幫你清乾淨……」

後來稍晚，莫莉拼好叢林動物的拼圖，諾拉坐在沙發上摸著柏拉圖，牠溫暖沉重的頭靠在她大腿上。她望著桃花心木櫃上精美的西洋棋組。

她腦中突然浮現一個想法，但她暫時拋到腦後。不久這想法再次浮現。

艾許一回家，諾拉跟他說，她想去見一個貝德福的老朋友，幾小時後才會回來。

不在了

諾拉進到櫟葉安養中心，甚至還沒到櫃檯，便認出一個戴眼鏡的虛弱老先生。他和一個護士激烈爭執，護士一臉怒火，像是化成人形的一聲嘆息。

「我真的想去花園。」老人說。

「不好意思，但花園今天有人在用。」

「我只是想去坐在長椅上看報紙。」

「也許你可以加入花園課程——」

「我不想參加花園課程。我想打電話給德弗克。一切都搞錯了。」

諾拉拿藥給舊鄰居時，曾聽過他談起兒子德弗克的事。他兒子顯然一直要他去安養中心，但班納傑先生堅持要住在家裡。「我難道不能——」

這時候，他注意到有人一直盯著他。

「班納傑先生？」

他望著諾拉，一臉茫然。「你好？你是誰？」

「我是諾拉。你知道的，諾拉．席德。」她感到一陣慌張，又補一句：「我是你在班科羅夫大道的鄰居。」

他搖搖頭。「我想你搞錯了，女士。我不住在那裡三年了。而且我很確定你不是我的鄰居。」

護士歪頭望著班納傑先生，彷彿他是隻困惑的小狗。「也許你忘了。」

「沒有。」諾拉馬上說，並發現自己弄錯了。「他說的對。弄錯的是我。我有時記憶會錯亂。我不曾住在那裡，是別的地方，認成別人了。對不起。」

他們繼續吵。諾拉想起班納傑先生花園裡的鳶尾花和毛地黃。

「請問有什麼事嗎？」

她轉身看向櫃檯接待人員。他是個態度溫和的紅髮男子，臉上戴了副眼鏡，皮膚粗糙，有點蘇格蘭口音。

她跟男子說自己是誰，並說稍早曾打過電話。

對方起初有點困惑。

「你說你留了訊息？」

他哼著一首安靜的曲子，檢查電子郵件收件匣。

「對，是電話留言。我想打進來，但等了好久，所以最後留了訊息。我也寄了電子郵件。」

「啊，對，我了解了。不好意思。你是來見家人的嗎？」

「不是。」諾拉解釋道，「我不是來見家人。我只是以前認識她。不過她認識我。她的名字是愛爾姆女士。」

諾拉試著記起她全名。「不好意思，她全名是路易絲．愛爾姆。你可以跟她說我的名字，諾拉。諾拉．席德。她以前是我的……她是哈澤汀小學的圖書館員。我只是覺得，她可能會想跟人聊聊天。」

那人的目光從電腦移到諾拉身上，表情難掩驚訝。起初諾拉以為她弄錯了。那天晚上在坎迪娜，也許狄倫不小心搞錯了。或也許愛爾姆女士在這段人生有不同的命運。但諾拉不知道她在動物收容所工作為何會影響愛爾姆女士的結局。那不合理。因為在兩段人生中，她離開學校之後，都沒再和圖書館員聯絡。

「怎麼了嗎？」諾拉問接待人員。

「我非常遺憾，但路易絲・愛爾姆不在了。」

「她在哪？」

「她……其實她三週前過世了。」

起初她以為一定登記錯誤了。「你確定嗎？」

「對。恐怕我非常確定。」

「喔。」諾拉說。她不知道該說什麼，或做何感想。她低頭望著剛才在汽車上、放在她旁邊的托特包。袋子中裝著西洋棋組，她原本想陪伴她下棋。「對不起。我不知道。我不……你知道，我好幾年沒見到她了。好幾年。但我聽別人說她在這裡……」

「很遺憾。」接待人員說。

「好。沒關係。我只是想謝謝她。她以前對我很好。」

「她走得非常安詳。」他說，「在睡夢中過世。」

諾拉微笑，有禮地退開。「太好了。謝謝你。謝謝你照顧她。那我走了。拜……」

警察之插曲

諾拉拿著托特包和西洋棋組，走回莎士比亞路上，著實不知所措。她身體發麻，不像如坐針氈的感覺，更像是她快離開人生時所感到像靜電般的酥麻感。

她忽略那感覺，茫然走向停車場。諾拉經過她以前在班科羅夫大道上的33 A花園公寓。一個她不曾見過的男子將一箱資源回收拿出來。她想起她現在劍橋美輪美奐的房子，不禁拿來和街道垃圾滿地，簡陋破舊的公寓比較。酥麻感減輕了一點。諾拉經過班納傑先生的舊家，這是街道上唯一沒租成公寓的房子，但如今外觀和她印象中截然不同。前方的小草坪雜草叢生，他去年夏天臀部動刀復健時，諾拉幫他澆水的鐵線蓮和非洲鳳仙花盆栽也都不見蹤影。

人行道上，她住意到有兩個壓扁的啤酒罐。

她看到一個留鮑伯頭的金髮女子，膚色均勻，從人行道朝她走來，推車中載著兩個小孩。女子看起來累壞了。那是她決定自殺那天，在書報攤和她聊天的女人。當時女子看起來快樂又自在。她叫凱莉安。有個孩子在哭鬧，所以她沒注意到諾拉。男孩哭紅了臉，她拿著塑膠恐龍在他面前晃，試著安撫他。

我和傑克像兔子一樣定不下來，但最後終於生了兔崽子。生了兩個小惡魔。但很值得，你知道嗎？我心裡感覺完整了。我可以給你看照片。

這時凱莉安抬頭看到諾拉。

「我認識你，對不對？你是諾拉？」

「對。」

「嗨，諾拉。」

「嗨，凱莉安。」

「你記得我的名字？喔，哇。我在學校很佩服你。你感覺無所不能。你後來有去奧運嗎？」

「有，其實有。算有吧，其中一個我去了。但不是我想要的樣子。不過話說回來，哪件事能順自己的意？對吧？」

凱莉安困惑了一下子。這時她兒子把恐龍丟到人行道上，落在其中一個啤酒罐旁。

諾拉拿起恐龍，那是一隻神色警戒的劍龍。她拿給凱莉安，凱莉安微笑感謝她，並走進原本屬於班納傑先生的房子，她的兒子這時已完全失控。

「拜。」諾拉說。

「好。拜。」

諾拉納悶她造成的變化。班納傑先生為何被逼著去他不想去的安養中心？她是兩段人生中唯一的差別，但那有什麼差？她做了什麼？設定好線上購物？為他拿幾次藥？

「永遠不要小看微小事物的重要性。」愛爾姆女士說，「你要謹記在心。」

她望向窗戶。她回想起原本的人生，自己在房間裡，徘徊在生死之間，與兩岸等距。這時諾拉第一次擔心起自己，彷彿她已不是自己。而且不光是版本的差別，她覺得自己已改頭換面。彷彿透過她所有人生經驗，她終於能為過去的自己感到可憐。但不是自憐，因為她現在不一樣了。

這時有人出現在她自家窗戶。那女子不是她，懷中抱著一隻不是伏爾泰的貓。

總之，雖然她漸漸覺得頭暈目眩，全身發麻，但這想法給了她一線希望。

她走路進城，沿著主幹道向前。

對，她現在不一樣了。她內心更強大了。她打開了某種內心的力量。如果她不曾在舞臺唱歌，擊退北極熊，感受到那麼多愛、恐懼和勇氣，她可能永遠不會知道。

博姿藥妝店外有些騷動。警察抓住了兩個男孩子，附近商家的保全在講對講機。

她認出其中一個孩子，並走向他。

「里歐？」

警察朝她比劃，請她後退。

「你是誰？」里歐問。

「我——」諾拉發現她不能說是「你的鋼琴老師」。而且她發覺，她想問的事在這情況之下有多神經病。但她還是問了。「你在上音樂課嗎？」

里歐低下頭，警察替他扣上手銬。「我才沒上什麼音樂課……」

他的聲音失去了氣勢。

警察現在不高興了。「小姐，拜託，不要干擾我們。」

「他是個好孩子。」諾拉跟他說，「請不要對他太粗暴。」

「這個好孩子剛才從店裡偷了價值兩百鎊的東西，而且他身上還藏了武器。」

「武器？」

「一把刀。」

「不。一定是搞錯了。他不是那種孩子。」

「聽到了嗎？」警察對同事說，「這小姐覺得我們的老朋友里歐．湯普森是個乖孩子。」

另一個警察大笑。「這小鬼經常找麻煩。」

「好了，拜託你。」前一個警察說，「讓我們好好工作……」

「沒問題。」諾拉說，「沒問題，聽他們的話，里歐……」

里歐望著她，彷彿她是一樁惡作劇。

幾年前，他母親朵琳來到弦理論，替兒子買一臺便宜的電子琴。她擔心兒子在學校的操行。里歐說他對音樂有興趣，所以朵琳想讓他上鋼琴課。諾拉解釋自己有電子琴，也會彈奏，但沒有受過正式教學訓練。朵琳表示她沒有太多錢，但她們最後談成了。諾拉很享受星期二晚上的教學時光，她教里歐大小七和弦，並覺得里歐是個好孩子，很認真學習。

朵琳原本發現里歐「行為開始有偏差」，但他開始學音樂之後，其他方面也都改善了。突然之間，他不再跟老師搗亂，他什麼都彈，不論蕭邦、史考特．喬普林、法蘭克．海洋、約翰．傳奇或橘郡雷克斯[38]，他都同樣細心專注彈奏。

她腦中浮現剛到午夜圖書館時，愛爾姆女士說過的話。

每一段人生都有數百萬個選擇。有的大，有的小。但每次決定之後，結局都不同。每一

38 史考特．喬普林（Scott Joplin, 1868-1917），美國作曲家和鋼琴家，被譽為散拍之王。約翰．傳奇（John Legend, 1978-）美國流行歌手，多次奪得葛萊美大獎。橘郡雷克斯（Rex Orange County）英國音樂奇才，音樂風格豐富多變。

次選擇都會產生無法回溯的變化，因此也會造成更多變數……

在這個時間軸，她在劍橋讀碩士，嫁給艾許，生了小孩，所以四年前朵琳和里歐到店裡那天，她不在弦理論。在這個時間軸，朵琳不曾找到家教費夠便宜的音樂老師，所以里歐不曾堅持走上音樂之路，發現自己的才華。他不曾在星期二晚上，坐在諾拉身旁，延續他的熱情，製作自己的歌曲。

諾拉感覺自己變虛弱了。不只是酥麻感，而是更強大的衝擊。一種虛無的感受襲來，令她雙眼一黑。她感到另一個諾拉就在身邊，準備在她離開時接手。她的腦袋已準備補上這段時間的空白，為貝德福一日遊編織出完美合理的解釋，補齊不在場的記憶，讓她以為自己一直都在。

她不敢再多想。里歐和他朋友被押上警車時，貝德福主幹道上的人都盯著他們，她轉身加快腳步走向停車場。

這是美好的人生……這是美好的人生……這是美好的人生……

從新的角度理解

她接近車站時經過了坎迪娜餐廳，餐廳外觀有著紅黃色的之字形線條，配色鮮豔，儼然是墨西哥式偏頭痛的縮影。裡頭有個服務生正將椅子搬下桌。弦理論一樣已關門大吉，門口張貼著手寫告示：

> 弦理論再也無法在此向各位服務啦。因為房租上漲，我們實在無法負擔。感謝我們所有忠實的客人。〈別多想，無所謂〉，〈走你們自己的路〉，〈只有老天知道〉少了你，我們會變怎麼樣。

這和她跟狄倫看到的告示一模一樣。根據尼爾以細字麥克筆寫下的筆跡，上面的日期是快三個月前的事。

她感覺很難過，因為弦理論對許多人都充滿意義。但在店裡困難時，她沒有在弦理論工作。

唉，我想我確實賣了不少電子琴。還有一些很不錯的吉他。

她和喬從小到大經常嘲笑家鄉，像一般青少年一樣，他們常說貝德福監獄只是監獄內部，鎮上是監獄外圍，只要有機會逃出來，就要把握機會。

但現在太陽升起，她接近車站，感覺多年來都看錯這地方了。她經過聖保羅廣場監獄改革家約翰．霍華德的雕像時，四周樹木青蔥，後方河流潺潺流動，映著陽光波光粼粼，她為面前的景致驚嘆，彷彿初次看到這一切。重要的不是你看到的事物，而是你怎麼去看。

她安穩坐在昂貴的奧迪汽車上，聞著令人作嘔的樹脂、塑膠和合成物質的氣味，在忙碌的車陣中穿梭，返回劍橋。汽車一輛輛開過，像是被遺忘的生命，她好希望自己能在真正的愛爾姆女士過世前和她見上一面。她過世之前，如果能好好跟她下一局棋應該不錯。她想到可憐的里歐，坐在貝德福警察局無窗的窄小牢房，等待朵琳來接他。

「這是最美好的人生。」她對自己說，心裡有點焦急。「這是最美好的人生。我要待在這裡。這是最適合我的人生。這是最美好的人生。這是最美好的人生。」

但她知道她時間不多了。

花兒有水

她把車停好，跑到屋裡，柏拉圖開心地走來歡迎她。

「哈囉？」她拚命地喊，「艾許？莫莉？」

她需要見到他們，她知道自己時間不多。她能感到午夜圖書館等著她。

「在外面！」艾許從後院喊，語氣快活。

諾拉穿過屋子，看到莫莉又在騎三輪車，毫不受之前的意外影響，艾許則在整理花床。

「你這趟順利嗎？」

莫莉從三輪車爬下，跑過來。「媽咪！我好想你！我現在真的很會騎腳踏車了！」

「真的呀，親愛的？」

她緊緊抱住女兒，閉上雙眼，深深聞著她頭髮、柔軟精的香氣，還有身上狗狗和幼童的氣味，她希望那美好的一切能讓她留在這裡。「我愛你，莫莉，我希望你知道。永遠永遠，你明白嗎？」

「知道，媽咪。當然知道。」

「我也愛你爸比。一切都不會有事，因為不管發生什麼，你永遠都有爸比和媽咪，只是我可能不會用同樣的方式在這裡。我會在這裡，但是……」她發現莫莉除了一件事，其他都不需要知道。「我愛你。」

莫莉臉上透露出憂慮。「你忘了柏拉圖！」

「喔，我當然愛柏拉圖……我怎麼會忘了柏拉圖？柏拉圖知道我愛牠，對不對，柏拉圖？柏拉圖，我愛你。」

諾拉試著冷靜下來。

無論發生什麼事，他們都會有人照顧。有人會愛著他們，他們擁有彼此，他們一定會快樂。

這時艾許過來了，他戴著手套。「你沒事吧，諾拉？你看起來臉色有點蒼白。發生什麼事了嗎？」

「喔，我待會再跟你說。莫莉睡覺之後。」

「好。喔，待會會有店家送貨……所以注意一下送貨車。」

「沒問題。好。好。」

莫莉問她能不能拿灑水壺，艾許跟她解釋，最近下了很多雨，不用澆花，因為天空一直照顧著花朵。「它們不會有事。有人在照顧它們。花有充足的水了。」這幾句話迴蕩在諾拉腦中。它們不會有事。有人在照顧它們……後來艾許說晚上要去電影院，他已經安排好保母，諾拉全忘得一乾二淨，但她只掛上笑容，設法留在當下。一切已一點一滴在發生。她身體每一寸都感受到了，無論她怎麼掙扎，都無法阻止。

無處落腳

「不！」

果不其然，事情發生了。

她回到了午夜圖書館。

愛爾姆女士在電腦旁。燈泡震動搖晃，不斷快速閃爍，毫無節奏可言。「諾拉，不要鬧。冷靜下來，乖一點。我要把這件事解決。」

天花板裂開的縫隙落下一縷縷塵土，像蛛絲一樣以不自然的速度擴散。突然之間，有個巨大的破壞聲響起，諾拉此時悲傷又憤怒，幾乎充耳不聞。

「你不是愛爾姆女士。愛爾姆女士死了……我死了嗎？」

「我們談過這件事了。但既然你提到了，也許你快死了……」

「我為何在這裡？我為何不在那裡？我感覺得到我要離開了，但我不想離開。你明明說如果我找到一個我想留下的人生……我真心想留下的人生，那我就可以留下。你明明說我會忘記這間爛圖書館。你說我能找到我想要的人生。剛才那就是我想要的人生。那就是啊！」

剛才她還和艾許、莫莉和柏拉圖在一起，花園中充滿生命和愛，現在她則在圖書館中。

「帶我回去……」

「你知道辦不到。」

「好，那帶我去最接近的人生。給我最接近那個人生的人生。拜託，愛爾姆女士，一定有可能。一定有哪個人生我一樣和艾許去喝咖啡，我們有莫莉和柏拉圖，但我……我做了稍微不一樣的選擇。所以嚴格來說，那是不同的人生。像是我為柏拉圖選了不同的項圈。或……或……或是我……我不知道……我不做瑜珈，我做皮拉提斯？或者我去了劍橋不同的大學？或一定要時間早一點的話，我們沒去喝咖啡，我們去喝茶？那個人生。帶我去那個人生。拜託，求求你。幫我一下。我想試其中一個人生，拜託……」

電腦開始冒煙。螢幕變黑。整個螢幕崩裂。

「你不了解。」愛爾姆女士垂頭喪氣倒回辦公椅上。

「但那就是這裡的方法，不是嗎？我選一個後悔的事。我希望能做出改變……然後你找到那本書，我打開書，並照書中記載的人生生活。這間圖書館就是這樣，對吧？」

「沒那麼容易。」

「為什麼？有傳送上的問題嗎？就像之前一樣？」

愛爾姆女士悲傷地望著她。「不只那樣。你原本的人生有很大的機率會結束。我跟你說過，對不對？你想死，也許你現在要死了。」

「對，但你說我需要有個地方可以去。『有個地方落腳』，你那時是這麼說的。『另一段人生』。一字不差。我唯一要做的就是努力思考，選擇正確的人生——」

「我知道，我知道，但行不通了。」

天花板開始一塊塊崩落，彷彿灰泥變成結婚蛋糕的糖霜，再也不堅固。

諾拉注意到更令人擔憂的畫面。火星從燈泡飄下，落在一本書上，書馬上燒起，火舌四竄。不久火延燒到整座書架，書本快速燃燒，彷彿剛才浸泡在汽油中。一整條走道上，琥珀色的熊熊火焰飛竄，熱風撲面，轟轟作響。另一個火星又飛到不同的書架，另一處也燒了起來。幾乎同一時間，一大塊天花板挾帶灰塵落到諾拉腳邊。

「躲到桌子底下！」愛爾姆女士說，「快！」

諾拉彎身，跟著趴在地上的愛爾姆女士躲到桌下。諾拉曲膝跪坐，像愛爾姆女士那樣低著頭。

「你為什麼阻止不了？」

「現在是連鎖反應。那些火星不是意外落下的。如今書本要全部燒光了。接下來整間圖書館無可避免要崩毀了。」

「為什麼？我不懂。我在那裡找到適合我的人生。我唯一適合的。裡面最好的……」

「但那就是問題。」愛爾姆女士說，她緊張地從木桌腳之間向外望，更多書架著火，建築碎片落在四周。「因為還是不夠。看！」

「看什麼？」

「看你的錶。隨時會發生。」

諾拉低頭看，起初什麼都沒有，後來開始發生了。錶突然回復正常，指針開始動了。

0點0分0秒

0點0分1秒

0點0分2秒

「發生什麼事？」諾拉問，她發覺不論是怎麼回事，事情恐怕不妙。

「時間。時間在走了。」

「我們要怎麼離開這裡？」

0點0分9秒

0點0分10秒

「我們不會離開。」愛爾姆女士說，「沒有我們。我不能離開圖書館。圖書館消失，我也會消失。但你有機會可以逃出去，不過你時間不多。不到一分鐘……」

諾拉已經失去一個愛爾姆女士，她不想再失去第二個。愛爾姆女士看出她的悲傷。

「聽著。我是圖書館的一部分。但這整間圖書館都是你的一部分。你明白嗎？你不是因為圖書館才存在的，但這間圖書館是因為你才存在。記得雨果說的嗎？他告訴你，這是你腦袋解讀詭異的多重宇宙的方式。所以這只是你腦袋的解讀。而且是某件重要且危險的事。」

「我明白。」

「但有一點很清楚。你不想要那段人生。」

「那是完美的人生。」

「你感覺它完美嗎？沒有一刻遲疑？」

「有。我是說……我有試著這麼想。我是說，我愛莫莉。我可能也愛艾許，但我想也許……那終究不是我的人生。我並未親身經歷那一切。我變成另一個版本的我。我像複製自己，並進到一段完美的人生，但那不是我。」

0點0分15秒

「我不想死。」諾拉突然提高聲音，但同時很虛弱。她打從心底在顫抖。「我不想死。」

愛爾姆女士瞪大眼睛望著她。她雙眼發光，像是靈光一閃。「你必須離開這裡。」

「我辦不到！圖書館無邊無際。我一走進來，入口就消失了。」

「那你就必須再找一次。」

「怎麼找？這裡又沒有門。」

「你有書何必要門？」

「書全都著火了。」

「有一本不會著火。你必須找到那本書。」

「《後悔之書》？」

愛爾姆女士差點大笑。「不是。你現在才不需要那本書。《後悔之書》現在早燒成灰燼了。那是第一本就會燒掉的。你必須往那個方向走！」她指向左方，那裡一片混亂，火光閃爍，碎片落下。「往那邊走，第十一條走道，從底下算上來第三層書架。」

「整間圖書館要垮了！」

0點0分21秒

0點0分22秒

0點0分23秒

「你不懂嗎，諾拉？」

「什麼？」

「全都合理了。你這次回來，不是因為你想死，而是因為你想活下來。這間圖書館崩塌，不是因為你要死了，而是因為圖書館要給你機會回到現實。決定性的事件終於發生了。你已決定你想活下來。現在去吧，趁你還有機會，活下去吧。」

「可是……你呢？你怎麼辦？」

「別擔心我。」她說，「我向你保證。我不會有感覺。」這時，她說了現實中諾拉父親過世那天，愛爾姆女士在學校圖書館擁抱諾拉時所說的話。「事情會好轉的，諾拉。不會有事的。」

愛爾姆女士一手伸到桌上，手忙腳亂找東西。過一會，她給諾拉一枝橘色塑膠製的原子筆。諾拉在學校有的那種。她好久之前注意到的那枝筆。

「你會需要這枝筆。」

「為什麼？」

「這本書還沒有內容。你必須自己動筆寫。」

諾拉接下筆。

「再見，愛爾姆女士。」

一秒之後，一大塊天花板砸到桌上，濃密的灰泥籠罩她們，讓她們難以呼吸。

0點0分34秒

0點0分35秒

「去吧。」愛爾姆女士咳嗽。「活下去。」

你不准放棄，諾拉．席德！

諾拉穿過塵土和煙霧，朝愛爾姆女士指的方向前進，天花板繼續崩塌。

空氣難以呼吸，視線不清，但她設法算著走道。燈泡的火星落到她頭上。灰塵卡住她喉嚨，差點讓她嘔吐。即使煙塵瀰漫，她仍看得到大多數的書都已冒出火焰。書架上的書無一倖免，熱浪像是一股大力撲來。許多較早著火的書和書架現在都已化為灰燼。

她來到第十一條走道時，被一塊落下的石塊砸中，倒在地上。

她壓在石塊下，原子筆從手中滑出，掉了出去。

她試著掙脫，但第一下失敗了。

到此為止。我要死了，不管我想不想。我要死了。

圖書館已成廢墟。

0點0分41秒

0點0分42秒

一切都結束了。

她再次確定。她會死在這裡，她人生所有可能性都被剝奪了。

但煙霧暫時散開時，她看到了。第十一條走道上，從底下算來第三層書架上所有書都已被火吞噬，但中間有個缺口。

我不想死。

她一定要更努力。她必須渴望她不曾渴望過的那段人生。圖書館是她的一部分，其他的人生也都是。她也許無法體驗其他人生的感受，但她擁有無限的潛力。她也許錯過了那些機會，無法成為奧運游泳選手、旅行家、葡萄酒莊主人、搖滾巨星、拯救地球的冰河專家、劍橋畢業生、母親或上百萬種身分，但某方面而言，她仍是所有的她。她們全都是她。她做得到各種不可思議的事，而且她不再為此感到唏噓。完全不會，她反而覺得深受鼓舞。因為她現在知道，自己只要好好努力就能有所成就。其實，她過去的人生自有一套邏輯。她哥哥仍活著，伊琪也仍活著，她還幫助了一個年輕男孩走向正途，而有時她面臨的困境其實都只是腦袋在作祟。她不需要葡萄莊園或加州夕陽才能感到快樂。她甚至不需要一間大房子和完美的家庭。她只需要潛力，而她其實擁有無窮的潛力。她不知道自己為何不曾發覺。

她聽到愛爾姆女士的聲音，從她身後遠處的桌下，穿過噪音傳來。

「別放棄！你不准放棄，諾拉．席德！」

她不想死。除了自己的人生，她不想活在其他人生。那段人生也許充滿混亂和掙扎，但那是她的混亂和掙扎。

0點0分52秒

0點0分53秒

她扭動身體，奮力推開身上的石塊。她閉住呼吸，肺部發燙，用盡力氣站起。

她在地面胡亂摸索，找到滿是灰塵的原子筆，穿過煙塵來到第十一條走道。

就在那。

唯一沒有燒掉的那本書仍在那裡，綠色的書皮完好如初。

熱浪撲來，她縮著身體，小心翼翼用食指鉤住書脊，將書從書架拿下來。接著她和之前一樣打開書，想翻到第一頁。但唯一的問題是，那本書沒有第一頁。整本書上沒有任何一個字，完全空白。像其他書一樣，這是她未來的書。但和其他本不一樣，這本書中未來還未寫下。

所以就是這本了。這是她的人生。她原本的人生。

頁面一片空白。

諾拉站在原地一會，手中拿著她以前學校的筆。現在已經快午夜零點一分了。

書架上其他書已燒成黑炭，高掛的燈泡在煙霧中閃爍，稀微的光線照亮破碎的天花板。光線上方，一大塊形狀像法國的天花板搖搖欲墜，即將壓到她頭上。

諾拉打開筆蓋，將書按到焦黑的書架上。

天花板發出呻吟。

時間不多了。

她開始動筆。諾拉想活下來。

她寫完這行字，等了一會。令人沮喪，什麼都沒發生，她想起愛爾姆女士曾說過的話。『想』是個很有趣的字。它同時代表『缺乏』。於是她把這句劃掉，再試一次。

諾拉決定要活下來。

沒動靜。她又試一次。

諾拉準備要活下來了。

還是沒動靜，她甚至還在「活下來」三字底下劃線。四處都在崩塌和碎裂。天花板不斷落下，將每個書架壓垮，並化為塵土。她倒抽一口氣，看到愛爾姆女士的身影從剛才自己也在的書桌下走出，無所畏懼的站在那裡，四周天花板落下，完全將她掩埋，蓋住餘火、書架和一切。

諾拉被煙嗆得無法呼吸，現在什麼都看不到了。

但圖書館這一角仍沒事，她仍站在原地。

她心裡有數，一切隨時都有可能消失。

於是她不再思考，在焦躁中寫下腦中第一個浮現的句子。她內心深處的感受像是劃過沉默的吼聲，戰勝外在的破壞。那是她心中唯一的真相，她如今為之驕傲，也為之欣喜。她坦然接受一切，全身上下每一顆熾熱的分子都欣然擁抱這項事實。她行筆匆忙但堅定，筆尖深深抵著紙頁，字寫得大大的，用第一人稱現在式。

這是一切的開端，彷彿是所有可能性的種子。它是過去的詛咒，與現在的祝福。僅僅三個字，便道盡多重宇宙的力量和可能性。

我活著。

她寫下之後，地面劇烈震動，午夜圖書館僅存的一切全化為塵土。

覺醒

午夜零點一分二十七秒，諾拉．席德一口氣吐在羽絨被上，活轉過來。

她活下來了，但還未脫離險境。

她呼吸不順，全身沉重，乏力脫水，身體掙扎顫抖，腦中一片混亂。她胸口發疼，頭更是劇痛不已，這是她生命中最糟糕的感受，但仍是生命，她想要的生命。

她難以下床，幾乎不可能，但她知道自己一定要坐起來。

她不知道自己如何辦到的，但設法坐了起來，並抓到她的手機。手機感覺好沉重，從她手中滑落到地上，掉到視線之外。

「救命。」她沙啞喊著，搖搖晃晃走出房間。

門外走廊像是暴風雨中的船艦不斷傾斜。但她撐到門前，沒有昏倒。她拉開鏈鎖，用盡全力打開了門。

「拜託救救我。」

她沒注意到外頭仍在下雨。她穿著沾滿嘔吐物的睡衣，走到外頭，經過門口的臺階，一天前艾許就站在那裡，通知她貓過世的消息。

四周空無一人。

她舉目不見人影。於是她拖著腳步，朝班納傑先生的家走去。她一路頭暈目眩，腳步蹣跚，最後終於按到了門鈴。

一盞燈突然亮起，從方形的前窗照出。

門打開了。

他沒戴眼鏡，一臉疑惑，也許是因為看到諾拉狀況古怪，而且已是午夜。

「真的對不起，班納傑先生。我做了非常愚蠢的事。你最好叫救護車……」

「喔，我的天啊。到底發生什麼事？」

「拜託。」

「好。我來叫救護車。現在就……」

0點3分48秒

她撐到這一刻才讓自己昏倒，全身向前直接軟倒在班納傑先生的門墊上。

天色變黑
遮蔽藍天
但星點仍大膽
為你發亮

絕望的另一頭

沙特曾寫道：「生命始於絕望的另一頭。」

天空不再下著雨。

她在室內，坐在醫院床上。她住進病房，吃了點東西，感覺好多了。她身體檢查沒問題，醫護人員都很高興。當然腹痛無可避免。她在醫生面前裝懂，跟她說了艾許告訴她的知識，說每隔幾天，胃黏膜會自動復原。

後來護士來了，拿個筆記板坐在她床邊，以一連串的問題確認她的精神狀態。諾拉決定不要分享午夜圖書館的經歷，因為她覺得這件事在心理評估測驗上沒什麼幫助。多重宇宙現實至今都算未知的領域，所以她很確定國民醫療保健制度還沒包含這塊。

兩人問答感覺持續了大約一小時。他們聊了用藥歷史、她母親的死、伏爾泰、失業、經濟壓力和情境性憂鬱症。

「你以前有試過類似的事嗎？」護士問。

「在這人生沒有。」

「你現在感覺怎麼樣？」

「我不知道。有點奇怪。但我再也不想死了。」

護士在表格上快速寫了些話。

護士走了之後，她望向窗外，午後微風輕輕吹動樹枝，遠方貝德福環形公路車潮緩緩分流。

其實窗外不過是樹林、車潮、普通的建築物，但那也是一切。

那就是人生。

過一會，她刪除了社群媒體上的自殺文。一段時間後，她有感而發，真誠寫下別段文字。

她在標題上寫下「我學到的事（by平凡如眾的小人物）」。

我學到的事（by平凡如眾的小人物）

抱怨我們不曾擁有的人生很容易。我們常會希望自己發展其他專才，或接受其他機會。我們常希望自己更努力，愛得更好，理財更精明，更受人歡迎，也希望自己留在樂團、去澳洲、答應和人喝杯咖啡或花更多時間做瑜珈。

我們不知不覺中，會懊悔自己沒和那人交朋友，錯過那份工作，沒嫁那個人，沒生小孩。我們經常透過別人的目光看自己，希望自己能符合他們的期望，成為千變萬化的模樣。後悔很容易，我們會無止無境地後悔，直到時間終結。

但真正問題不在於我們後悔自己錯過人生，而是在於後悔本身。後悔讓我們枯萎凋零，讓我們覺得自己是自己和他人最可怕的敵人。

我們無從判斷其他版本的人生是否會更好或更糟。確實，那些人生也存在，但你也存在，而那才是我們該專注的存在。

當然，我們不可能去所有地方、認識所有人或做所有工作，但我們保有所有人生中的所有**感受**。

我們不用玩遍所有遊戲才曉得勝利的滋味。我們不用聽遍世上所有音樂才了解音樂。我們不用試過每個葡萄園的葡萄才能享受喝酒的喜悅。愛、笑聲、恐懼和痛苦世間共通。

我們只需要閉上雙眼，享受面前飲料的滋味，聆聽耳邊演奏的歌曲。不論在哪個人生，我們都一樣完整，活得一樣精采，並享受同樣的情緒和感受。

我們只需要成為一個人就好。

我們只需要感受一個存在。

我們不需為了**追求**一切，而去**做**每一件事，因為我們早已充滿無限可能。我們活著的當下，未來便有無窮無盡的可能性。

所以，讓我們善待世上的所有人。讓我們偶爾從所在之處抬頭，因為不論我們站在哪，頭頂上的天空都無邊無際。

昨天我覺得未來毫無希望，無法接受我的人生。雖然今天我的人生依舊一團亂，也依然感受到活著的重擔，但事情不一樣了。我在黑暗中找到了某樣東西，找到了希望和可能性。

醫生總是說，我的問題是情境性憂鬱症，不是重度憂鬱症。然而我的處境沒有改變，問題其實仍在，我的腦袋也一樣陷入憂鬱。不同的是，我有幸體驗到我所有可能擁有的人生。我可以跟你解釋，但你絕不會相信。我只能告訴你我唯一的改變。這是最重要的。我不想死了。我在絕望的谷底找到了堅實可靠的東西。對你來說只是一個晚上，但對我來說，我活了好幾輩子。我彷彿跋涉千里，見了最荒唐的事，也走過最可行的路。我從死亡迎向了生命。

我想，活著就能克服不可能。

我的人生能像奇蹟一般，不再有痛苦、絕望、悲傷、心痛、苦難、寂寞和憂鬱嗎？不會。

但我想活下來嗎？

想。**我想**。

問我一千次，答案都是想。

活著VS.了解

幾分鐘之後，諾拉的哥哥來看她。他聽到諾拉留下的語音訊息，零點七分回覆。「你還好嗎，小妹？」醫院通知他之後，他從倫敦搭第一班火車趕來。他在聖潘克拉斯車站等車時，替她買了最新一期《國家地理雜誌》。

「你以前很愛看。」他跟諾拉說，並將雜誌放到醫院床旁。

「我還是很愛看。」

諾拉很高興見到他。他粗黑的眉毛和不情願的笑容依舊。他走路有點彆扭，頭低垂，頭髮比諾拉在最後兩段人生中見到的還長。

「對不起，我最近不想跟他人接觸。」他說，「不是關於拉維說的事。我腦中甚至都沒有關於迷宮樂團的念頭了。我最近狀況怪怪的。媽過世後，我跟一個傢伙約會，我們分手時鬧得不歡而散，我只是不想跟你說，也不想跟任何人說。我只想喝酒。然後我喝太多了，喝到出現問題。但我已經開始找人幫忙。我已好幾週沒喝酒。我現在會去健身房運動什麼的。我報了交叉訓練課程。」

「喔，喬，你怎麼了。很遺憾聽到你分手了，還有其他所有的事情。」

「你是我人生中唯一的親人，小妹。」他聲音有點哽咽。「我知道我沒有好好珍惜你。我知道從小到大，我不是一直都是最好的哥哥。但我有自己的問題。因為爸爸，我必須表現出特定的樣子，隱藏我的性向。我知道生活對你來說不容易，但對我來說也不容易。你什麼都擅長。學業、游泳、音樂。我根本比不上……再加上爸爸他那樣子，我必須裝出他覺得男人該有的模樣。」他嘆口氣。「很奇怪。我們倆可能記得的都不一樣。但不要拋下我，好嗎？離開樂團是一回事。但不要離開這世上。我會受不了。」

「你不會我就不會。」她說。

「相信我，我哪都不會去。」

她想起在聖保羅聽到喬因用藥過量過世時，心中湧上的悲痛，於是她要喬抱抱她。喬靠過來輕輕擁諾拉入懷，她感到哥哥生命的溫度。

「謝謝你為了我想跳進河裡。」她說。

「什麼？」

「我一直以為你沒跳，但你想跳。他們把你拉回去了。謝謝你。」

喬突然明白了她在說什麼。當時諾拉往反方向愈游愈遠。也許喬會疑惑她如何知道的。

「啊，小妹。我愛你。我們那時真是年輕的傻瓜。」

他們沉默一會。

「我對自己做的事……」諾拉終於開口，「那是個錯誤。我終於睜開雙眼了。你知道嗎，我就像戴著蛙鏡游泳。我的意思是，我可能還是在水下，但至少我現在看得清眼前的一切。你懂我的意思嗎？」

喬點點頭。「完全懂。繼續向前游吧，小妹。妳一定會成功的。」

喬暫時離開一小時。他去諾拉房東那拿鑰匙，替妹妹拿衣服和手機。

諾拉看到伊琪傳訊息來了。對不起，我昨晚／今早沒回訊。我想要好好討論！用正反合辯證。對這全部的事。你好嗎？我想你。喔，而且你猜怎麼著？我想在六月時回英國。這次不離開了。想念你，我的朋友。還有，我有**一大堆**的座頭鯨照片要傳給你。XXX

諾拉喉嚨深處不由自主發出喜悅的聲音。

伊琪回覆她了。她感到不可思議，人生有時很有趣，你只要多等一會，人生便會給你全新的觀點。

她打開臉書，到國際極地研究機構頁面。諾拉看到和自己共住同一個船艙的女人英格麗的照片，她和田野領隊彼得站在一起，用尖細的鑽探器測量海冰厚度，上面還有個連結，連結中的文章標題為〈國際極地研究機構證實，過去十年北極達到有史以來最高溫〉。她分享連結，並留下評論：「繼續加油！」她在心裡決定，她賺到錢之後會捐款。

醫生同意讓諾拉回家。她哥哥叫了Uber。他們離開停車場時，諾拉看到艾許開車到醫院。他今天一定是上晚班。他在這段人生開不同的車。雖然諾拉朝他微笑，但他沒看到諾拉。她希望艾許很快樂。她希望他今天只是有個輕鬆的膽囊小手術。也許她週日會去看艾許跑貝德福半馬。也許她會約他喝杯咖啡。

也許。

諾拉坐在車後座，哥哥告訴她，自己在找約聘工作。

「我想成為音訊工程師。」他說，「總之類似的工作。」

諾拉很高興聽到這件事。「好，我也覺得你應該去試試。我覺得你會喜歡。不知道為什麼。我只是有個感覺。」

「好。」

「我是說，那可能不像國際搖滾巨星那樣光鮮亮麗，但可能……安全一點。也許甚至會更快樂。」

這說法有點牽強，喬完全不信她說的話。但他笑了笑，自顧自點點頭。「其實，漢默史密斯有間工作室在找音訊工程師。離我不到五分鐘。我走路就可以到。」

「漢默史密斯？對。就是那間。」

「什麼意思？」

「我是說，我只是覺得聽起來不錯。漢默史密斯，音訊工程師。聽起來你會很快樂。」

喬對她大笑。「好啦，諾拉。好啦。還有我跟你說過那家健身房吧？就在工作室的隔壁。」

「啊，酷。那裡有好男人嗎？」

「其實有，有一個。他叫作伊旺，是個醫生。他也有報交叉訓練。」

「伊旺！太好了！」

「誰？」

「你應該跟他約會。」

喬大笑，覺得諾拉只是在逗他。「我甚至不確定他百分之百是同志。」

「他是！他是同志。他百分之百是同志。而且他百分之百喜歡你。伊旺．蘭佛醫生。約他。

你一定要相信我！那會是你人生最棒的決定……」

她哥哥大笑，車停到了班科羅夫大道33 A。因為諾拉仍身無分文，錢包也不在身上，他付了車錢。

班納傑先生坐在窗前讀書。

到了街上，諾拉看到哥哥低著頭，驚訝地盯著手機。

「怎麼了，喬？」

他說不出話來。「蘭佛……」

「什麼？」

「伊旺．蘭佛醫生。我根本不知道他的姓是蘭佛，但這就是他沒錯。」

諾拉聳聳肩。「妹妹的直覺。加他、追蹤他、私訊他。不管怎樣都行。嗯，不要未經允許就傳裸照。但他是你命中注定的伴侶，相信我。就是他了。」

「但你怎麼知道是他？」

她挽起哥哥手臂，知道她不可能給他合理的解釋。「聽我說，喬。」她想起午夜圖書館愛爾姆女士反哲學的論述。「你不需要了解人生。你只需要活在其中。」

她哥走向班科羅夫大道33 A的門口，諾拉望向四周排屋，還有天空下所有街燈和樹木，她單純在這裡感受胸中的驚喜，彷彿第一次見到這一切。也許在其中一間房子裡，有另一個過客，他們正在經歷他們第三段、第十七段、或最後一段的人生。她會留心。

她望著31號屋子。

透過窗，班納傑先生看到諾拉平安無事，臉上緩緩透露出喜悅。他綻放笑容，用嘴形說了句「謝謝你」，彷彿諾拉活下來，他便心懷感激。明天她會設法找出點錢，去花藝中心為班納傑先生的花床買個植物。也許毛地黃吧。諾拉很確定他喜歡毛地黃。

「不。」她朝班納傑先生回喊，並對他拋個友善的飛吻。「我才該謝謝你，班納傑先生！謝謝你所做的一切！」

他笑得更開了，雙眼慈祥親切，充滿關愛，諾拉記起何謂關心他人，以及受人關心。她跟著哥哥進到公寓內，著手打掃整理。她途中瞄到班納傑先生花園裡一叢叢鳶尾花。她以前不曾欣賞花朵，但現在她望著雅緻的紫色花朵，為之目眩神迷，彷彿花朵不只是顏色，而是一種語言，其中蘊藏著璀燦的旋律，和蕭邦一樣具有力量，默默應和著這嘆為觀止的生命奇蹟。

火山

你最想逃去的地方就是你最想逃離的地方，這件事她始料未及。那地方不是監獄，全是自己的觀點始然。諾拉發現最奇特的是，她體驗過無數相異的自己，但最劇烈的改變卻是在同一個人生中發生，也就是她最初、也是最後的人生。

最巨大和深層的變化不是因為她變富有，變更功成名就，或處在斯瓦爾巴冰河之間面對北極熊。而是她走到同一張床，進到同一個難看潮溼的公寓，看到破沙發、尤加樹、小仙人掌盆栽、書架和沒動過的瑜珈手冊。

那裡也有著同樣的電子琴和書，同樣可悲的少了一隻貓和一份工作。同樣有著不完美的腦袋和世界。她接下來的人生依舊不知何去何從。

但是，一切都不一樣了。

因為她不再感覺自己只是單純在滿足他人的夢想。她不再覺得自己必須功成名就，或迎合他人幻想中完美的女兒、妹妹、夥伴、妻子、母親和員工。她只是一個單純的人類，有自己的目標，只為自己負責。

一切都不一樣了，因為她曾瀕臨死亡，卻活下來。那是她的選擇。她選擇要活下來。她發現人生廣闊，也看到自己的可能性，不光是她的能力，還有她能感受的事物。世上還有其他的音階和曲調。她曾有過其他感受，未來也一定能再次感受到。有時感受會同時出現。沒錯，也許大鼓是絕望的聲音，但她手邊還有其他的樂器。它們能同時演奏。

她絕不會為自己天生的特質感到羞愧。她會去看醫生，約時間看診，繼續配合醫生的建議。她不會再逃避痛苦。她不會在腦中想像完美的人生，給自己壓力。她會面對自己的痛苦，並接納它。她不會再去想像自己有機會擁有全然正面和快樂的人生，並怪自己沒好好把握。她會用前所未有的方式接受生命的黑暗面，不把那當失敗，而是當作生命的一部分，這樣一來，其他事物便能成為慰藉，成為成長的養分，成為生命的重心。那會像是土壤中的灰燼。

她聽過不同音樂聲，絕不會忘記那曲調。（她發現這不是可預料的結局。這是出乎預料的開始。這是首未知的序曲。）即使情境和要素都不變，視角仍能改變。「重要的不是你看到的事物，而是你怎麼去看。」她的視角改變，向不確定的未來敞開。無論現在面臨什麼處境，當一切不確定，就等於充滿可能性。

而這給了她希望……

一想到這，她就充滿希望。就連站在房中，她內心都有著深深的感激。她知道自己有各種可能，可以享受燦爛的天空，觀看萊恩·貝里平凡的喜劇片，滿足聽著音樂，與人交談，讓心臟跳動。

一切都不一樣了，因為除此之外，那本沉重又痛苦的《後悔之書》已成功燒成了灰。

「嗨，諾拉。是我，朵琳。」

諾拉很興奮能聽到她的聲音，因為她才正用工整的字跡寫著鋼琴課的廣告。「喔，朵琳！我可不可以先向你道歉？對不起那天錯過那堂課。」

「事情都過去了。」

「好，我不會找藉口。」諾拉大氣都不敢喘，接著說，「但我必須說，我絕對不會再讓那種事發生了。如果你想讓里歐繼續上鋼琴課，我保證我未來該到一定會到。我不會讓你失望。如果你不希望我繼續當里歐的鋼琴老師，我完全理解。但我想讓你知道，里歐才華出眾。他對鋼琴情有獨鍾。他最後可能以此為職業。他最後也許能讀到皇家音樂學院。所以我想說的是，如果他不繼續跟我上課，我覺得他應該找個地方繼續上課，只是希望你知道這點。就這樣。」

電話另一頭沒有聲音好一陣子。除了靜電沙沙聲什麼都沒有。接著朵琳開口：

「諾拉，親愛的，沒事，我不需要你長篇大論。其實事情是這樣的，我們兩個昨天到鎮上。我在替他買洗面乳，他說：『我還是會繼續練琴，對吧？』就在博姿裡。我們下週就繼續接上進度好嗎？」

「真的嗎？太棒了。好，那下週見。」

諾拉掛上電話那一刻，她馬上坐到電子琴前，演奏了一首她從未演奏過的歌。她喜歡她彈的這首歌，並發誓要記起來，填入歌詞。也許她能把這段好好變成一首歌，放到網路上。也許她能再多寫幾首歌曲。也許她會暫時把音樂放到一旁，先申請碩士班。也許她兩件事都會去做。誰知道？她演奏時，向旁邊望，看到喬買給她的雜誌，雜誌已攤開，裡面有一張印尼喀啦喀托火山的照片。

火山的矛盾就在於，它們是破壞同時也是生命的象徵。岩漿慢下來冷卻之後，會變成固態，經過時間風化會崩裂成土壤，肥沃的土壤。

她決定，自己不是黑洞。她是火山。她像火山一樣，不能逃離自己。她必須留下，澆灌這塊荒漠。

她可以在內心種植一片森林。

結局會是如何

愛爾姆女士看起來比在午夜圖書館年老多了。她之前斑白的頭髮現在已全白稀疏，她臉色疲倦，皺紋密布像地圖一樣，雙手長著老斑，但她跟多年前在哈澤登小學圖書館一樣，擅長下西洋棋。

櫟葉安養中心有自己的棋盤，但必須先清一清灰塵。

「這裡沒人下棋。」她對諾拉說，「我好高興你來看我。真是個驚喜。」

「如果你想的話，我可以每天過來，愛爾姆女士？」

「路易絲，請叫我路易絲就好。你不用工作嗎？」

諾拉微笑。自從她請尼爾在弦理論替她張貼廣告之後，不過二十四小時，已經有無數人來詢問上課的事。「我教鋼琴。我隔週二會去遊民收容所幫忙。但空出一小時不難……而且老實說，也沒人能陪我下西洋棋。」

愛爾姆女士疲倦的臉上露出笑容。「那就太好了。」她從房間小窗向外望，諾拉跟隨她的目光。諾拉認得那裡的人和那隻狗。狄倫正在蹓著鬥牛獒莎利，那隻身上有菸燙傷卻很喜歡她的狗狗。她心裡隱隱想著，不知道房東願不願意讓她養狗。畢竟他答應讓她養貓了。但她必須等到把房租交出來。

愛爾姆女士說：「在這裡，光坐著滿寂寞的。我感覺棋局已經結束，像是棋盤上孤單的國王。

你知道嗎，我不知道你怎麼記得我，但在學校外頭，我不是——」她猶豫了一下。「我讓大家失望。我不是那麼好相處。我做過後悔的事。我不是個好妻子。也並非一直是個好母親。大家都不理我了，我其實無法完全怪他們。」

「你對我很好，愛爾……路易絲。我在學校過得不好的時候，你總是能安慰我。」

愛爾姆女士呼吸平穩下來。「謝謝你，諾拉。」

「而且你現在在棋盤上不孤單了。有個士兵來陪你了。」

「你從來就不是個士兵。」

她下了一手棋。主教占據重要位置。她嘴角微微勾起。

「你要贏了。」諾拉判斷。

愛爾姆女士雙眼閃爍光芒，突然充滿精神。「嘿，這就是下棋有趣之處，不是嗎？你永遠不知道結局會是如何。」

諾拉露出笑容，望著她所剩的棋子，思考她的下一步。

午夜圖書館
The Midnight Library

作　　者　麥特・海格
譯　　者　章晉唯
封面設計　高偉哲
內文排版　高巧怡
行銷企畫　江紫涓、蕭浩仰
行銷統籌　駱漢琦
業務發行　邱紹溢
責任編輯　吳佳珍
總 編 輯　李亞南
出　　版　漫遊者文化事業股份有限公司
地　　址　台北市大同區重慶北路二段88號2樓之6
電　　話　（02）27152022
傳　　真　（02）27152021
服務信箱　service@azothbooks.com
發　　行　大雁出版基地
地　　址　新北市新店區北新路三段207-3號5樓
電　　話　（02）89131005
傳　　真　（02）89131056
劃撥帳號　50022001
戶　　名　漫遊者文化事業股份有限公司
初版一刷　2021 年 02 月
初版十五刷　2024 年 05 月
定　　價　新台幣 350 元

ISBN　978-986-489-425-3
有著作權・侵害必究
本書如有缺頁、破損、裝訂錯誤，請寄回本公司更換。

The Midnight Library © Matt Haig, 2020
Copyright licensed by Canongate Books Ltd.
arranged with Andrew Nurnberg Associates International Limited
Complex Chinese Translation copyright © 2021
AzothBooks Co., Ltd
All rights reserved.

國家圖書館出版品預行編目(CIP)資料

午夜圖書館 / 麥特・海格(Matt Haig)作;
章晉唯譯. -- 初版. -- 臺北市 : 漫遊者文化事業股份有限公司, 2021.02
320面 ; 14.8×21公分
譯自 : The Midnight Library
ISBN 978-986-489-425-3(平裝)

873.57　　11000092

漫遊，一種新的路上觀察學
www.azothbooks.com
漫遊者文化

大人的素養課，通往自由學習之路
www.ontheroad.today
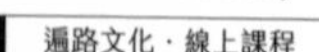

Life Death
午夜圖書館
THE MIDNIGHT LIBRARY
台灣分館借書卡
借閱人
諾拉・席德
NO.
TITLE.
DUE.
1.
《成敗自取：奧運金牌諾拉・席德的游泳夢》
4/28
2.
《咆哮：諾拉・席德的搖滾巨星之路》
4/28
3.
《完美的不完美：諾拉的幸福人
4.
《我曾在世界盡頭
午夜圖書館